谨以此书致敬母亲!

勤俭持家（赵彦国）

乐观生活（徐锋）

一位母亲的人生底色

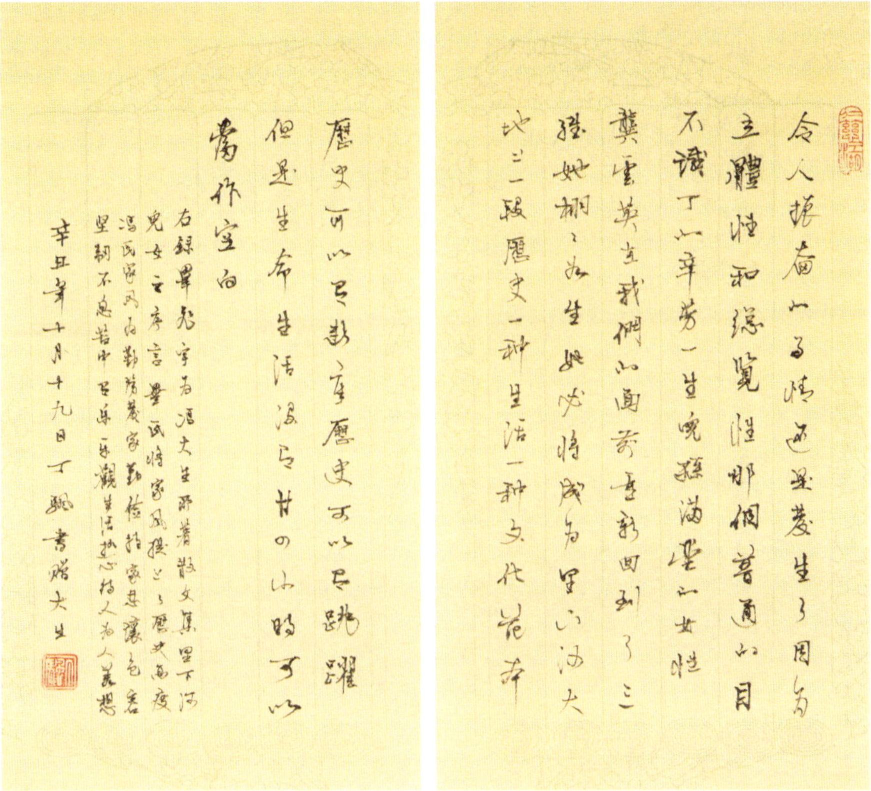

丁帆先生题词

家教家风读物

里下河的女兒

冯大生　编著

南京师范大学出版社

图书在版编目（CIP）数据

里下河的女儿 / 冯大生编著 . — 南京 : 南京师范大学出版社，2022.1（2022.6 重印）
（家教家风读物）
ISBN 978-7-5651-5080-7

Ⅰ . ①里… Ⅱ . ①冯… Ⅲ . ①回忆录—中国—当代
Ⅳ . ① I251

中国版本图书馆 CIP 数据核字（2022）第 004807 号

书　　名　里下河的女儿
丛 书 名　家教家风读物
编　　著　冯大生
出版发行　南京师范大学出版社
地　　址　江苏省南京市玄武区后宰门西村 9 号（邮编：210016）
电　　话　（025）83598919（总编办）　83598412（营销部）
　　　　　83373872（邮购部）
网　　址　http://press.njnu.edu.cn
电子信箱　nspzbb@njnu.edu.cn
排　　版　南京私书坊文化传播有限公司
印　　刷　江苏凤凰扬州鑫华印刷有限公司
开　　本　890mm × 1240mm　1/32
印　　张　9.75
字　　数　218 千
版　　次　2022 年 1 月第 1 版　2022 年 6 月第 2 次印刷
书　　号　ISBN 978-7-5651-5080-7
定　　价　88.00 元

出 版 人　张志刚

序言 | 历史的余数

龚云英，女，1933 年 7 月 28 日出生，2019 年 2 月 28 日谢世，目不识丁，辛劳一生，儿孙满堂。在苏北的大地上，这样的女性遍地都是。相信我，在未来的任何一部被称作“历史”的作品中，我们都不可能看到龚云英的身影。龚云英普通得不能再普通了，她就是“百姓”中的一姓，现在，她的姓名被刻在了石头上，供她的子孙凭吊。

现在的问题是，历史是什么？常识告诉我们，历史是大事件，历史是大人物。这没错。历史只能是概括的，它不可能面面俱到。历史的书写首先面对的是符号化，只有那些被符号化的事和人才有可能成为“历史”。

这就导致了历史的余数，那个比历史本身要庞大得多、复杂得多、丰富得多和幽深得多的余数。我们接下来要面对的必然是这个：历史的余数有没有意义？

有。当然有。必须有。如果我们不能确认历史余数的意义，这等于说，我们就此否认了我们自身的意义，我们就此否认了生命的意义，存在的意义，乃至于活着的意义。但是，我们不习惯书写历史，我们认准了历史的书写是他者的行为与使命，我们一代又一代，就这样放弃了面对历史的权利。

但是，有一个人，冯大生，我的本科师兄，他是一个异数。他另类。他不信邪。他坚持把历史书写的权利牢牢地把控在自己的手上——哪怕他书写的仅仅是余数。他的生母去世了，出于对母亲的爱，他写下了一篇又一篇感人至深的文章。这些文章称得上“文学作品”么？我不知道。这些文章够得上“历史书写”么？我也不知道。我所知道的是，冯大生不只是自己在书写，他还发动了整个家族，那些和“龚云英”有过千丝万缕的联系的亲人们，他们一起来写。令人振奋的事情到底还是发生了，因为立体性和总揽性，那个普通的、目不识丁的、辛劳一生的、儿孙满堂的女性——龚云英——在我们的面前重新回到了三维，栩栩如生。她必将成为里下河大地上一段历史，一种生活，一种文化的生命范本。在长达 86 年的时间长河里，这里的大历史是如何转换的？这里的人们是如何婚丧嫁娶和生老病死的？这里的人们是如何劳作、如何持家、如何待客、如何助人、如何忍让、如何餐饮、如何教育、如何医疗、如何参与公共事业、如何“柴米油盐酱醋茶”的？“历史”可以有断章，“历史”可以有跳跃，但是，生命，生活，没有一个 24 小时可以当作空白。回到先前的问题上来，冯大生这样做有意义就在于，他做了！而那些没有看到意义的人，仅仅是没有这样做。

如果我们愿意把这样的书写再拓宽一些，我们将不可避免地从“龚云英”的身上看到一个放大物，那就是龚云英和她的家。我们看到了一个完整家庭的运行和完整家庭的文化，这将给我们以启示，一个好人放大了，势必会带来一个好的家庭。

每一个个人的存在都是一部历史，历史学家可以宣布我们是余数，但我们不是。我们完成了历史，承担了历史，同时也丰富和发展了历史。

（毕飞宇）

毕飞宇，当代著名作家，南京大学教授。
中国作协副主席，江苏省作家协会主席。

目　录

二　满庭芳

三　情义深

附　录

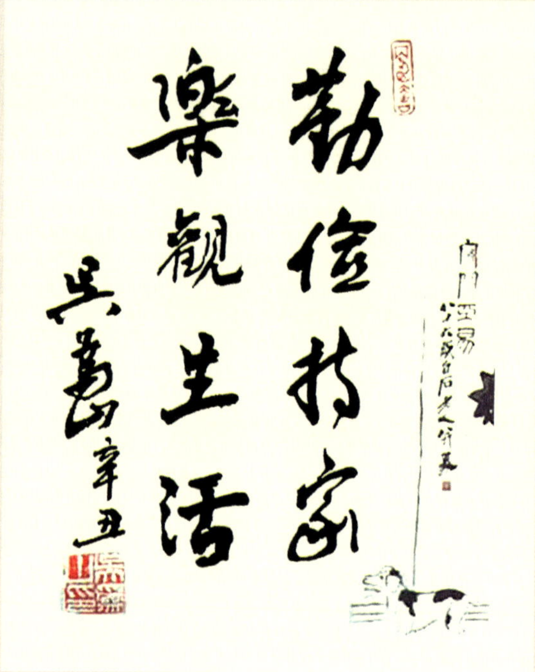

勤俭持家，乐观生活（吴为山）

吴为山，国际著名雕塑家，南京大学教授、博士生导师。全国政协常委，中国美术馆馆长，中国美术家协会副主席，中国艺术研究院中国雕塑院院长，法兰西艺术院通讯院士。

一

三春晖

写在大地上的悼词

——纪念母亲逝世一周年

那天早晨，安卧在水晶棺里的母亲，被四人抬起，出了她进进出出无数次的大门，出了她上上下下爬过无数次的院门，在她来来回回走过无数次的屋后的那条路上——上了车，永远离开了她的家……

送葬的车队出了小镇的东头沿着野田河向北，在和尚的吹打声中向左下坡拐进了高徐火葬场。为母亲领到的牌子是5号，在排队等候的过程中，不时听到鼓乐声起，是别人家的送葬队伍。这个火葬场建了几十年了，方圆几十里水乡故去的人，就被送到此处走完人生最后一站。在这里送走了祖父母，在这里送走了外祖父母，在这里送走了父亲，今天又来送母亲。“你是谁？”“你从哪里来？”“你要到哪里去？”人生的三个终极问题也许只有到了这里才能找到答案。这么想着，轮到母亲的告别仪式了，灵堂的主持司仪是位年轻姑娘，她忽然问道：“你们准备悼词了吗？”我猛然一惊，方才想起悼词没有写啊！转念一想，农村人谁还准备悼词呢？随即那个司仪说：“如果没有，我就代致悼词了。”她格式化地略带感情色彩地说了一段话，这通稿内容也还说得过去。我们随着司仪的引导，向母亲三鞠躬，在哀乐声中，依次向遗体告别。缓行的队伍里有人发出哭喊声，母亲没有女儿，谁在伤心地痛哭啊？我久久端详着母亲的遗容，母亲仍旧安详地睡着，犹如在家里灵堂睡着一样，脸颊上应该还留着泪痕吧？永别了，亲爱的妈妈，永别了，我一步一回头，失声痛哭。我在心底里呼唤："妈妈，孩儿舍不得您这么走啊，妈妈，让儿再看您一眼吧……"母亲被推进去了，推进去了！我们又赶紧来到灵堂外等待，估计烟囱里那股黑烟是母亲的了，只听人群里有人哭喊："孃孃（姑妈），你让火啊，你让火啊！"此时此刻，我只有对天而泣，直到黑烟变成青烟，那缕缕青烟可是我母亲的精灵呀！当从窗口接上母亲的骨灰盒后，我的心反而平静了。按照风俗不走回头路，到镇上沿街北绕一圈回家。将母亲的骨灰盒放到堂屋的供柜上，供奉不久，又被送到村里的墓地里。当浩浩荡荡的送葬队伍走上通往太平村的马路时，路边目送的人群中有一个人哭得泪人儿一般，她是母亲的堂姐，从小带我母亲一起玩的娘家人。这条路，是从村里老家通往母亲娘家的那条路，母亲不知道在这条路上来来回回走了多少次，这是她最后一回了。母亲的骨灰被送到了她最终的归属地，一块离路边不远，离河边很近的墓地，与在这里等候十年的父亲合葬在一起。砖砌的墓室四周有茂盛的松柏与冬青树，前面是一块麦田。俗话说，入土为安，我边叩头边祷告："妈妈，你今天与爸爸在一起了，你们好好过日子吧，旁边还有爷爷奶奶他们……"

每当回想起送别母亲的那一天，我的心情便久久不能平静。从母亲被抬着离开家的那一刻起，从向母亲遗体告别的那一刻

里下河水乡之景（宋玉麟）

宋玉麟，著名画家，江苏省国画院一级美术师。曾任江苏省国画院院长，江苏省美术家协会主席，江苏省美术馆馆长。

起，从母亲被安放在墓室的那一刻起，母亲的后事又走完了三部曲。从童年到青壮年到老年，母亲艰难地走完了人生三部曲，共活了 86 年零 24 天（农村习惯过了春节才长一岁）。尤其令我不能忘记的是，母亲的追悼会是个没有悼词的告别仪式，母亲是个爱热闹讲排场的人，按风俗该办的都办了，可唯独没有为母亲写悼词。其实，一个农民死了哪有什么悼词呢？父亲没有悼词，爷爷奶奶、外公外婆也没有。也许在中国只有农民死后没有悼词。我听过“八宝山”的悼词，我听过老领导的悼词，我还听过乡镇干部的悼词，参加过若干次追悼会，唯独没有听过农民的悼词。作为祖祖辈辈的农民，没人写也不需要写那玩意儿。因为，农民的悼词写在儿女的心中，写在每个乡亲的口碑中，写在他们赖以生存的那片土地上。如果那天要写，我就这么写：“我的母亲是里下河农民的女儿。”

一、母亲是个典型的农村妇女

1933 年农历六月初六，母亲出生在苏北里下河水乡一个农民家庭。此地地处江都县东北角，与兴化、高邮、泰县（现为姜堰）交界。据查，称里下河是在民国时期，内有宝应、高邮、江都、泰县、东台、兴化、盐城、阜宁和淮安 9 县。现在地理区划是西起里运河，东至串场河，北自苏北灌溉总渠，南抵老通扬运河。包括淮阴（现为淮安）、扬州、泰州、盐城与南通 5 市的部分地区。里运河简称里河，串场河俗称下河，里下河平原介于这两条河道之间，故此得名。在清康熙时便形成了四面高中间低，四水投塘的形势。里下河平原地势极为低平，状如锅底。而我们的老家处于里下河地区中心地带，俗称“锅底洼”，我说的里下河，是指民间一般所说的里下河，主要是指江都东北与兴化、高邮、姜堰相连片的那个区域。在我母亲出生的前两年（1931 年）的夏秋之际，长江流域发生特大洪水，整个里下河平原一片汪洋，死了超过 7.7 万人，300 多万灾民流离失所，140 万人外出逃荒，许多人外流到上海。四县交界的我的家乡，现在的行政称呼为扬州市江都区小纪镇太平村（王贞村等并给太平村了），可谓是交通闭塞的穷乡僻壤。我曾在南京朝天宫古玩市场上见过一幅民国江都县地图，当时的小纪并不属江都，而是属泰州。因此，方言的音调与扬州江都城里不一样，虽都是江淮官话，有淮扬片与泰如片之分，我们那里行泰州一带的腔。我在丁沟中学上学时，丁沟人嘲笑我是“下河秃子”“东洲佬”。我记事的时候外祖父虽然不务农，在公社炕坊上班，但居住条件与环境是典型的农民之家。外祖父家所在的村叫王贞舍（高徐话音如 sā），龚姓为多，我家所在的村叫太平舍，姓冯的为主，相距一二里路。“舍”相当于现在的村，而“庄”相当于现在的镇，在并镇之前，我们的镇叫高徐镇，即由高庄与徐庄两个地名合并而成。原江苏教育电视台同事周云龙在《堤东堤西》一文中写道：“堤西是里下河水乡，地势低洼，水网密布，人们所以抢占高地聚居，便有了庄子。后来‘装’不下了，延伸出次高地‘舍’。因为高地是稀缺资源，人们往往寸土必争，六亲不认。因为居住地之争，人很早便开始学习法律，依法维权。因为居住地逼仄，人们也很早就走出去，开疆辟土，所以他们头脑也先‘富’起来。因为水乡过去连年遭受水灾，人们更信奉及时行乐的理念。”文中对堤西里下河风土人情的分析，似乎有道理。我们老家男女老少都会打麻将，过年过节讲究吃。我小时候的印象，太平舍、王贞舍都是白汪汪的一片水田，后来水改旱，冬天种小麦，夏天种水稻，一年两熟。母亲何故嫁到太平舍的冯家，我不得而知，但母亲就是在这样的一个地理环境里长大的。我在其中一篇的纪念文章里写到母亲在早春的时候，赤脚下到尚在结冰的水田犁田的情形。种田应该是农村妇女的“主要工作”，我孩童时候随母亲下田，母亲插秧，我在田埂玩耍。母亲迎着烈日头顶湿毛巾割麦子时，我为她送“二顿子”（早饭与午饭之间的一顿饭）和大麦茶；母亲迎着晚霞在秧田里薅（hāo）草时，我陪她共同远望天上的云彩；母亲披星戴月在打稻场时，我当她下手共同忙活着。母亲手持镰刀或竹叉、肩挑水桶或稻把、手执大锹或小锹劳作的身影，时常浮现在我的眼前。母亲劳动的习惯一直延续到晚年，她刚住到镇上那会儿，家前屋后都是荒地，她不避炎热开垦了几块菜地。后来听说有邻居觊觎并蚕食她的菜地时，她很不服气，尽管有人劝她让给人家，但她非常坚定地说：“那是我一锹一锹挖出来的，那时候她怎么不动一锹呢？”农村妇女吵架司空见惯，母亲在干农活时，难免也与人说几句，但我很少见到她与人吵架。倒是她被人家欺侮过，那人把她的头发揪下来。但母亲不记仇，后来又与打她的那个妇女照常往来，直到晚年。

都说中华民族有吃苦耐劳的优秀传统，我想中华民族的这些优秀品质最重要的是体现在妇女身上吧？更准确地说，农村妇女是最能代表中华民族一些内在精神的。农村妇女特别是旧社会的女人们，社会地位最低下，生存条件又最艰苦，为了生存，为了家庭，她们饱经风霜，日夜操劳，苦活、累活都是女人干，有时候还得受男人的气、受公婆的气，但她们任劳任怨，甘当“小媳妇”。我的母亲何尝不是这样呢，她17岁嫁到冯家，除了干农活外，还要起早带晚磨豆腐，俗话说“世上活路三行苦，撑船打铁磨豆腐”。母亲磨了十几年豆腐，三更睡五更起，黄昏便将黄豆用水浸泡起来，半夜上到石磨上推磨，边加豆子边加清水磨成豆浆，再用面粉袋过滤，将豆渣过滤留下，将清豆浆倒进大锅里煮，煮沸后的豆浆舀进木桶里，然后点石膏水，并用一只木棍搅匀，让其冷却凝结成豆腐脑，再将豆腐脑舀进铺好纱布的方形木框里，将白纱布对角打结，压上木板，木板加石头压掉黄汤水，揭开上面的白布，再用薄刀依木条划成若干块小小方形豆腐。做豆腐的工序有十几道，做两板豆腐往往要忙一天。第二天趁着蒙蒙亮，母亲便肩挑两只水桶，将养在水里的豆腐走村串户卖掉。我小的时候跟着大人磨过豆腐，那是为过年准备的，只觉得好玩，并且还能在豆浆起锅时，吃上刮下来的焦黄的豆浆皮，有时也能吃到刚剥下来的百叶，大人将热烫烫的百叶卷成棍状蘸上酱油递给我，如今那个下咽时豆香的感觉仍记忆犹新。

至于撑船，对水乡人而言是手到擒来了。由于运输工具主要靠船，家家户户都得撑船干活儿，一般是由男劳力做的活儿，女的撑船的少，但由于父亲打年轻时候起就身体不好，抵不上半个劳力，因此家中很多活儿都是母亲做的。严寒的冬天，一早起来撑船，手一抹，竹篙上一层滑滑的薄冰，那感觉是钻心的疼啊！农村妇女都有早睡早起的习惯，夏天赶早凉下地干农活儿，冬天早起烧早饭。但母亲的习惯却是睡得晚起得早，起早摸黑干活的。尤其是她做裁缝那些年，睡得很晚，但一定起得很早，一年到头家里的早饭都是她烧的。我与父亲有睡懒觉的习惯，冬天往往她将早饭端到床头给我们吃，待我起床后，她已去田里干好活回来，并把全家的脏衣服洗好了。母亲带晚，主要是做针线活儿，除了帮人做衣服外，还得为家里每个人纳鞋底、打毛衣，坐在纺车前纺棉线。母亲常挂在嘴边上的话："农村人不赶早，一擦格子（高徐话拟音词，很快的意思）一天就过去了。"意思是起早下地干活能抵一天干的活。

那年月，母亲还带领全家搞起了"家庭循环经济"。家里除养了鸡鸭鹅，还有猪狗猫。鸡将饭桌上掉下的米粒与菜吃了，狗将肉骨头吃了，猫将鱼骨头吃了，鹅将田埂边的草啃了，鸭将秧田里的浮萍吃了。春天孵的一窝鸡到秋收时已成壮鸡，爷爷编织了鸡笼，母亲让我挑着两只鸡笼放到刚收割完的稻田中，让鸡啄食掉下来的稻谷与虫子。两头猪把剩汤剩菜吃了，母亲将扬下来的稻瘪子喂鸡，把山芋藤沤在恶水（泔水）缸里，沤烂了与糠和在一起舀进铁罐中放在锅膛里炖熟，然后和上淘米水等汤汁喂猪，两头小黑猪长得毛色发亮。猪粪与家禽粪撒到田里施肥。鹅毛与鸭毛，还有鸡肫皮与猪鬃，晒干了给走村入户的小商贩收走换钱。猫将家里的老鼠捕食了，那时的猫是捕鼠能手，我常常看到我家的那只老花猫衔着老鼠"呜呜"地走过。由于母亲的多种经营，那时的我家不会浪费一粒粮食！当然那时的农民家庭普遍勤俭节约，很少浪费食物，如今回老家，已很难看到哪家养这养那，“六畜兴旺”了。

在我的记忆里，母亲只要起床了，就没有一刻是闲着的，极少坐在那儿打个小牌，连与人谈心时手里也没闲着。但其实母亲的身体并不好，母亲在年轻时得过肺结核，还是用土方治好的。在我上大学期间，又瞒着我做过子宫肌瘤切除手术。母亲的腰腿在做裁缝时就不好，每到梅雨天双膝肿痛，我带她在南京看过，医生说是没法治，她回家后就土法上马，用艾草煮水敷。她常年盗汗，一觉醒来内衣是湿的，我也带她看过老中医，医生说她的舌苔是油糊苔，舌头上还龟裂了。母亲的听力也不是很好，中年时便因梅尼埃病住过院，再加上高血压，她常常头晕耳鸣，我与她通电话时，她老说听不清要换只耳朵听。母亲的这些毛病，打我上中学时就知道了，直到她去世前，几十年了也没有治好。母亲就是这样拖着，拖了几十年，即使不舒服犯病时，也不让家里人告诉我。我知道，母亲并不是不想把身子治好，而是不想给我添麻烦，不想花钱。我去医院时，经常碰到年纪不是很大的城里人，在医生面前尽“发虚”，结果开点常用药回家，有的一周要去两三次。农民的身体可没那么金贵，农村很多像我母亲这样的人，生了病就在床上躺几天，能拖则拖，有的拖拖也就过去了，也有的久积沉疴，家庭因病致贫。每当听到家乡这些令人心痛的事，我都唏嘘不已。

母亲省吃俭用，舍不得穿好的。我给她买了件羊绒衫，没见她穿几次。冬天穿脱衣服时，她都喘着气呼哧呼哧地忙半天。原来她穿了一件又一件，多为旧衣服，有的是从地摊上买的化纤产品。她到南京来，我帮她一下子买了好几套棉毛衫，并告诉她，化纤的贴身穿不透气，不利于健康，她说便宜哎。在帮她整理遗物时，有的衣服还未拆封。母亲平时粗茶淡饭，早上烧的粥吃上一天。让她不要吃隔宿的剩饭剩菜，她说“不干不净，吃下去没病”，她这是从小饿怕了，舍不得浪费。但她对我吃什么最在意，并说“隔壁的花经理哪一天不是有酒有菜啊，早上都是上饭店吃小笼包子，哪像你有一顿没一顿呢”。平时她喜欢吃咸菜萝卜干，说下饭。但她血压高，不宜吃得太咸，这些常识她缺乏。去年年初二她与亲戚龚爱晴说头昏，但她并未与我提起。一方面她是个文盲，不懂得如何保养身体，不像城里人有一定的保健常识，另一方面她总想拖一拖。但母亲这一拖，猝不及防，在身体状况还好时离去，成了我心中永远的痛！

二、母亲是个有见识的农民

母亲与她一起劳作的农村妇女们，都是面朝水面背朝天，没早没晚忙忙碌碌的家庭主妇。旧时老话说女人“头发长，见识短”，可用在我母亲的身上就不准确了。一方面我的母亲从小失去母亲，养成了她自强自主、独立行事的性格，另一方面她在家中扮演着主要的角色，因此她就比其他妇女多了一份责任，多了一份压力，多了一份操心。那时，我们村里好几家都有四个男孩，但有的人家的男主人是当乡村干部的，有的人家男人是主力，起码也是夫妻俩共同撑起一个家的。而我母亲呢，既要抚养四个孩子，又要照顾长年生病的父亲，好在爷爷奶奶是烈士家属，国家有定量供养的。母亲为了养家活口，外出打工去了，在上海有好多年，主要是做保姆。由于母亲吃苦耐劳，深受主家欢迎。这让她攒了许多粮票带回家，还把哥哥带到上海去。母亲不止一次说，要不是在上海帮工带粮票回家，我的几个哥哥也许活不了。母亲在外打工的故事有三件最令我难忘。一是迫于生计，在上海的亲戚也出于关心，帮我找了一个收养人家。母亲进行了激烈的思想斗争，在即将将我给人家的前一个晚上，她思前想后睡不着。第二天上午交接时，她把我紧紧抱在怀里，不愿松手，生怕人家把我抢走。这时亲戚在旁边劝道，不要傻了，你还有三个儿子呢，送的这家是大户人家，不会让孩儿吃亏的。母亲告诉我说她当时心怦怦地跳，直跳到嗓门口，内衣湿透了。就在人家要来抱我的那一刻，她鼓足勇气说："我舍不得！"又把我抽了回来！这下得罪了收养的人家和亲戚，直骂我母亲是不懂事的"江北佬"。母亲每次讲起这段都要叹一口气，然后脸上露出微微的笑容。她随即指着墙上镜框里的一张照片说："看，这就是当年在上海帮工家时拍的照片。"照片里站了三个妇女，母亲说左边的那位是她，当时正怀着我呢。二是把我带着去武汉帮主家贩金条出关，当年私带金条可是犯法的，在面临关口检查的危急时刻，母亲用手指甲一掐我的小屁股，我大哭起来，母亲趁机给我换尿布得以脱身。三是母亲把我带到浙江桐乡她堂姐家，在我被大一点的小男孩欺侮时，母亲非但没有斥责人家，反而打我的屁股，说我不听话，她说只好把眼泪往肚子里吞。

现在也有许多农村妇女在城里做保姆，但大多数没有当年我母亲养家活口那么大的压力。且现在做保姆的条件比当年好多了，不像我母亲当年受到城里人的歧视。母亲说她回家时，父亲发哮喘，三哥的脸瘦得像菠菜叶子，母亲把三哥带到上海，捡了一条命。母亲后来因患肺结核被外祖父与二舅接回家，病好后又学了裁缝，至于什么原因学手艺的她没对我说，可能是病后体力不支，也可能是她的膀子曾被我父亲打断过，用不着力，也可能是她心中的发财梦吧。我只知道母亲是在小纪街上跟裁缝师傅不正规地学了一段时间，用母亲自己的话说，她是个“烫饭裁缝”。母亲大字不识一个，我见她在案板上用红黄绿不同颜色的画粉在一块平整的布上画来画去，像画几何图形。用皮尺量尺寸时，她非常自信，头脑非常清楚，口头算得很准确。如果裁剪不成功，做起来的衣服必然走样不合身，顾客都说我母亲做的衣服“有样子”。母亲虽是个半路出家的裁缝，但还带徒弟，最多时有九台缝纫机在家做，就像一家小服装厂，这在农村也是不多见的。由于母亲做衣服门庭若市，因此家境有所好转，过年过节也见鱼见肉了，并且在村里我家是第一家将三间草房翻建为六间瓦房的。做裁缝这件事充分表明母亲的悟性高。在做裁缝的同时，母亲还想着法子发家致富。1975 年前后，当时尚未改革开放，仍然是人民公社以粮为纲单一种植为主。母亲带头走起了发家致富之路。她与父亲种植了蘑菇、甘蔗，后来又做皮蛋、腌咸蛋、收色蛋（采过雄的鸡蛋）、卖熏烧、贩茶叶等，更重要的是还开了小杂货店，可谓是多种经营。在我家门前原有一块田，以前是种水稻的，后来做起了砖坯，我与二哥用一只弓形细钢丝的工具，坐在长木凳子上做砖坯。架

裁出一方新天地（萧平）

萧平，著名画家、鉴定家、史论家，江苏省国画院一级美术师。江苏省艺术品鉴定评估委员会书画鉴定中心主任。

成一笼一笼晾干，运送到窑厂换钱。我还与母亲一起搓过草绳卖。在母亲的榜样作用与感召下，亲戚与村邻也有人搞起了副业。而我呢，也会摘楝树果、枸杞果去供销社卖。我想母亲作为一个农民，敢作敢为，想方设法发展致富项目，且能随形势变化而发展家庭经济，她的思想就像里下河平原上那些四通八达的河流，顺势而变。时任我们大队支部书记的唐克明在他的回忆录中写道："大生的父母经商，从事手工业，为当年的农村政策所不允许。为此我专门做了调查走访。大生的父亲和母亲确有特殊困难，均不适合下田劳动。此外满章（我父亲的名字）的哥哥海章在战争年代英勇牺牲，被追认为革命烈士，深受当地人尊敬。经大队研究，结合当时农村政策与军烈属政策，对大生的父母予以适当照顾。"我想若母亲有文化有机会担任农村干部，一定也会干得很出色。母亲是一个能干的农村妇女，也就比一般的农民多了几分智慧。说到母亲的智慧，大表弟媳妇颜春红回忆母亲的一件事很有代表性，有一天春红休假回家，母亲得知她婆婆和三婶闹不愉快之后对她说："你婆妈妈和你三婶娘不说话了，我告诉你有个方法兴许有用。"于是春红按母亲的交代，在王贞商店买了布料，到三婶家说是婆母买的请她做两条裈（kūn）头（短裤）。拿回家后对婆母说三婶做衣服时还顺便给你做了两条。后来春红的婆婆和三婶再也没吵过嘴，红过脸。母亲的这种见识与她到大上海打工、走南闯北的经历是分不开的。母亲的远见最重要的是体现在支持我复读考大学这件事情上。由于当时农村教育教学条件比较差，再加上我是"文革"时期上的中小学，基本上没学什么，不是排文娱宣传队的节目，就是学农帮生产队割青草、收麦子、摘棉花。1978年恢复高考时，我16岁正好高中毕业，参加高考时，连孟良崮战役都不知道，绝大多数同学参加完一次高考落榜后，也就回家务农了。唯有母亲坚持让我复读，她去公社中学找校长，校长见我考的分数还不错，就允许我插班复读。1979年、1980年我都以几分之差而名落孙山。这时家里人都为我的出路而焦虑，父亲想让我跟人家外出做白铁工，那时我有不少同学到西安做白铁工。三哥也担心我再读怕读呆了。只有母亲不肯放弃，一天晚上她找来本大队的老师商量，那位小学老师帮我分析情况，鼓励我母亲道："其实你家老巴子不是没有能力学习，每次高考也就差一点点，而是没有好的学校上，再坚持一年看看，必有希望。"母亲听了十分开心，一直将那位老师送到桥口。

如果不是母亲的决心，我是不可能上大学的。母亲说，要是"保送"（指"文革"期间不用高考，推荐上大学），她也去公社、去江都帮我通通关系，母亲心里一定认准了这个理，读书才有出路，考大学才能跳出"农门"。母亲感叹道："人闷闷的，当年你家公公（外祖父）重男轻女啊，我多少次哭着要上学，他不肯。让你舅舅他们上，他们哪个不是上到高中啊！"我想也许母亲把她没能读书的愿望寄托在我身上了吧？在母亲快70岁的时候，她与父亲又做出了一个重要的决定，从村里搬到镇上去住。我与三哥理解母亲的心思，她和父亲年龄大了，渐渐失去劳动力，在村里条件肯定不如镇上，镇上有卫生院、商店、自来水，对老年人是有利的。再说，当时两个哥哥都住镇上，还有其他亲戚也住镇上，便于照顾。从村里到镇上住，既是母亲的一个现实需求，也是她作为一个有觉悟农民的心理需求。母亲的这一举动从一个侧面反映了中国城镇化的进程，如今越来越多的农民搬出了乡村进城，这一史诗般的历史变迁在里下河地区，不经意被母亲一个行动所验证了。父母亲从原来的“舍”上，迁到“庄”上，正是中国世世代代农民的夙愿缩影。正是由于母亲把我送进了大学，又进了大城市，才给我们这个祖祖辈辈农家注入了新的生机。父母有机会来南京走走看看，领略到现代城里人的生活，久而久之对他们的生活方式也产生了影响。也由于我在家庭的示范效应，冯氏家族多了读书人。侄子侄女要么当老师，要么为国家工作人员，我的儿子还出国留学，并在人才济济的大都市跻身高级白领阶层。更为可喜的是，孙辈中有的上了师范本科，有的考入省重点中学。我想，追根溯源，这与母亲坚持让我读书不无关系。母亲的智慧与开明改变了冯氏农家的传统与发展方向。我为有这样一个传统朴实而又具有长远眼光的母亲而自豪。

三、母亲是个自律的佛教徒

如果说母亲从一个农村妇女变成一个有见识的农民，还只是从一个侧面反映了里下河水乡女人的命运的话，那么母亲的坚忍不拔、自强不息，更体现了对美好生活的不断追求。支撑她屡遭打击而不倒的内生力量，还包含她的信念与精神境界。她有一颗仁慈的心，她有一份宽容大量的情怀，她有一种达观的生活态度。虽然她的生活条件不断改善，家里不断有人走上社会岗位，可母亲始终把自己当作一个农民看待，母亲的心里如里下河的广大农民一样，认定自己是农民的命，从未显摆自己，也从未给人以养尊处优的优越感，用现在的话说就是“低调”。我在走上工作岗位与母亲的互动过程中，体会得非常深。

母亲是一个助人为乐的人。在我工作的三十多年里，每年暑假前后，母亲总要打电话给我，然后她身旁就有亲戚朋友接过电话向我说明情况，多数是问考大学如何填报志愿的，也有托找工作的，还有看病找医生的。但每次母亲都要强调一句：“不要为难，能帮就帮。人家蛮可怜的。”母亲所说的不要为难是指不要违反规定。母亲要我帮助的人多为农家子弟，有时候她还让父亲带人来南京找我，母亲虽然帮了许多人，但她从未借我的名办过什么事。

母亲也是关心国家大事与社会形势的人。她常常提醒我与人打交道要小心，毕竟害人之心不可有，防人之心不可无。其实我知道人家送点草鸡蛋、老鹅之类的土产，她都是要回礼的，从来不贪小便宜。党的十八大后掀起反腐风暴的那几年，她在家不时听到本地哪个书记给抓了，哪个局长下台了，她便坐在床上睡不着觉，时常打电话提醒我道：“你与小丁（我爱人丁秀萍）两人拿工资，我平时也花不了多少钱，钱够用了，我关照你，不能办的事不要办！”我们见面时，她会对我说：“没得几年你也退休了，做事要稳扎一点啊！”母亲去世前三天的周一中午，我与她最后一次通话中，她又教育我道：“钱是什么东西，就像人身上的碨。”母亲对钱的来路很看重，春节时我给她钱，她总推说不要，说他把一点你把一点够用了。即使收了，她也会强调一句要是我的工资。母亲还将自己卖菜的钱

虔诚（陈明）

陈明，江苏省国画院二级美术师，美术馆副馆长，人物画研究所专职画家，中国美术家协会会员。

用来买香烛，哪怕几块钱，她都会高兴地在电话里告诉我。在母亲去世时，我在烛台前发现用红纸压着的零钱。每次过年过节回老家，母亲总要从身上掏张存单给我看一下，说是我给她的钱慢慢余下来的，让我带走。她说年龄大了，脑筋不够用了，又说“你的小伙（儿子）还没结婚，还要买房子”。母亲就是这样，把我与侄子侄女亲戚朋友给她的钱攒起来，到最后作为遗产还给了我们。说到遗产，我不禁伤心垂泪，本来镇上的小二楼是我们为父母建的，但母亲总是强调这房子是儿子的。这使我感叹，难道一个农民在失去劳动力后，不能心安理得有自己的产权房吗？每当我上班路上经过一处高档小区，都会感慨万千……

母亲到南京看病查身体也好，来我家小住也好，她都很注意形象，说话做事都很小心，但融入城里生活也快。原来她很少洗头，用篦子（细密的梳子）梳头，说是洗多了对她的妈妈不好。后来我给她洗发露，她把头发洗干净了，边梳理边说：“明天去医院还得见人呢，头上油拉拉难看。”她还会对着镜子看着满脸皱纹感慨道：“我现在哪块变得这么难看啊？”看到楼下广场有人锻炼，她要我教会她怎么乘电梯，下楼去活动活动。其实农民哪里有什么锻炼呢，一天忙到晚，但母亲也渐渐学会了一点城里人的生活方式。她心里想的是自己身体好了，少给我添麻烦。有一段时间，我家用了一个中年的钟点工，一来二去母亲与她就熟悉了，两人谈得来，处得很好。母亲在给我准备带东西回南京时，总要关照一句：“多带点，给一份那个苏阿姨吧！”特别让我难忘的一个细节是，母亲每次在我家睡觉时，都会用她自己的一件衣服放在枕头上，说就睡几天时间，不要把枕头巾弄脏了。母亲说话声音洪亮，嗓门很大，但只要到南京在我家，说话声音便小了很多。到医院做检查，她都自觉地排队等候，并没有觉得我找了医院的朋友，她就优先一点，常常脸色显得很紧张，因为她觉得她是个农村人，又不是干部。我爱人在医院工作，有时回家抱怨有的退休干部不讲理，还有的八九十岁的老干部往往以自我为中心，批评这批评那，盛气凌人。我常常想，与我母亲同龄的人，由于他们是城市户口、国家干部，养老保险、医疗保险等保障都有。而如我母亲一样的千千万万农民，在失去劳动力后几乎什么都没有，要靠子女奉养。所以母亲常摆在嘴边的一句话就是“养儿防老”。她在村里与邻居闹矛盾时，常常自豪地说：“我有四个儿子呢！”直到现在我才明白母亲当年讲这话的含义。现在农村有低保，60岁后的农村居民养老保险140多元，80岁后民政又补贴50元，就这些，母亲已经很高兴了。多么自觉的农民啊，他们没有抱怨，更多的是满足与感恩戴德。

我平时带些营养品给她，她都要藏在箱子里，生怕别人看到了。有时我检查带给她的东西是否过期了，有许多东西过期了她舍不得吃，当然有的是洋文，但不管英文中文，母亲都看不懂。她常常对我说：“比比这个庄的老奶奶，我不知比人家快活多少了，就是老干部也没得这个日子过。”母亲所说的日子，就是过年过节才会给她一点补品，平常她是一年到头喝稀饭吃咸菜。自以为过上“老干部”日子的母亲，最后是在得不到及时救治的情况下结束了生命。这些年我回老家，不时听说张家的老奶奶因为得了癌症没钱看死了，李家的老爹爹（高徐话音如嗲，指爷爷）长期卧床因为天冷而冻死了，不禁叹息。村干部告诉我，也难怪农村合作医疗的保障水平，因为如今的里下河地区受环境特别是水污染影响，癌症病人多，被老百姓称为“癌症村”，得了这个病是无底洞啊。今天读了表弟媳颜春红的文章方才得知，我的外婆 1998 年国庆节期间身体不适，用三轮车送到镇卫生院，医生说问题不大，给挂了两瓶水，回家后不久就去世了。谁想，母亲与外婆的最后结局差不多，都是挂了两瓶水之后去世的。母亲发病的那天晚上，如果在城里救助及时，也许能挺过来；如果母亲像城里人一样，舍得开空调、用暖气，也许能挺过来；如果有点文化与医学常识，不是村医给她挂水而是对症施救，也许能挺过来！可惜这一切都是因为母亲是农民，在农村，等到救护车从近 50 公里的县城赶到镇里时，母亲已经瞳孔放大了。我那可怜的母亲啊……

直到这时，我才彻底明白了母亲为何每天都要虔诚地烧香拜佛了。在母亲的心里，从来就没有想过要靠现代医药与条件保障她的身体健康，而是希望观音菩萨保佑她。母亲一年到头要跌二十来个跟头，往往没事，用她的话说：“跌下来在地上一滚爬起来，没事噢，我有菩萨保佑！”因此，母亲在晚年越来越用心投入地烧香拜佛了。初一、十五这两天，她是绝对不吃荤只吃素的。去年大年初一中午她坐在我身边，就着咸花生吃白饭，一桌子的菜她未动一筷子。我们劝她吃点蔬菜，说是用素油炒的，但她坚持不吃，估计是锅也烧过荤菜的缘故，最多剥了几颗腰果吃。平时，牛肉也不吃，还有黑鱼她关照不要吃。有一次过年，村里人送来了黑鱼，说是野生的，让她留着自己吃，她不同意，让我送到河里放生了。虽然母亲虔诚地信佛，但她也比较开明，并未强求家里其他人像她一样，她挂在嘴边上的一句话就是“也不可不信，也不可全信”，我们不信没关系，她只要求我们“不要讲呆话（高徐话音如朗呆话）”。改革开放以来，里下河水乡的宗教逐渐兴盛，香火越烧越旺。20世纪80年代还有不少人信了基督教，但绝大多数农民还是信奉佛教，于是不少地方新建了寺庙。我们镇也恢复重建了祇树寺。侄子冯学东的文章里写道：“祇树寺不管有大小活动，都少不了奶奶的身影。寺里大到住持，小到沙弥，没有一个不认识冯奶奶的，都说冯奶奶是个大好人，菩萨心肠。”有一年夏天，侄子告诉我说奶奶生病了，问了原因，原来大热天母亲在庙里从早到晚做佛事，庙里面全是人，空气不流通，中暑了，水乡宗教的盛行可见一斑。往往有的寺庙建得比医院、学校还好，且都是善男信女筹资捐款，母亲没收入也捐了几百元，并代我也捐了点。我有时也在想，从母亲的身上及农村信佛者的身上，可以看到人的自我救赎性。人为了生存就有了住房、学校和医院，为了精神寄托就有了庙宇、佛像。尤其是缺医少药的偏远水乡，过去那里的人生存条件艰难，求神灵保佑的心理需求更加强烈。从宗教的起源看，原始社会人类出于内心对日月星辰运转力量的好奇，对自然界的一些现象，特别对生死疾病等许多未知的东西产生神秘感，恐惧，不安，于是导致人们以一种虔诚的态度仰望、崇拜这些自然现象，幻想有一个救世主（上帝、佛祖与观世音）能将人从苦难中拯救出来。于是千百年来，人世间便产生了一种人们内心需要崇拜的神与佛了。《宗教的起源与发展》作者麦克斯·缪勒认为，宗教产生和发展是沿着三条基本线索展开的，那就是从自然对象中形成物质宗教，从人类自身中形成人类宗教，然后在心理宗教中合流。母亲作为农村妇女，自然不懂这么高深的哲学，但她有着自己的心理安慰与朴素的理解，那就是烧香敬佛保全家平安、健康、幸福，就是保姻缘、保生子、保子孙，就是保顺利、保发达、保工作。在 2001 年三哥不幸遭车祸英年早逝后，母亲更加在烧香拜佛过程中求得心理的慰藉。母亲有时会问人家："大仁（三哥名字）怕是做什么坏事的？"有一件令人心碎的事情，母亲为了三哥留后，竟然当着三嫂的面下跪求她将孙女生的双胞胎领一个回家养。此时，谁又理解母亲的家庭责任心与延续香火的心愿呢？我常劝她，一代管一代，不要烦。可她哪天哪家不操心啊？母亲的大家庭意识与爱操心的高度责任感，有时不被媳妇或其他晚辈理解，给人感觉是多管闲事甚至强势。其实母亲是个有大局意识、有担当的菩萨心肠"老太君"。后来，二嫂、大哥又因癌症去世，她的心理就更加脆弱与无助。母亲后来请人来看风水，把村里老屋与镇上的小楼都看了，然后，听了风水先生的话，在小楼东边的菜地上安顿了一块山石。也正是由于母亲信佛，心中有了信仰与追求，她在晚年二十多年里，虽屡遭打击，转而都能坚强地挺过来，达观生活，过好每一天。其实，在她开朗阳光的外表背后，多少个夜晚她是坐在床头彻夜不眠的啊！尽管大家都劝我说，母亲走得没有一点痛苦，然而我从母亲作为农民的一生来看，她的结局还是令人唏嘘。尽管母亲的年龄也很大了，尽管我也亲身感受到母亲去世后，老天似乎也在感念。在母亲的葬礼全办好后，那天中午散客时，天突降大雨，似乎在诉说着母亲悲欢离合的一生，但我仍然舍不得我的母亲带着遗憾走了。

“南无阿弥陀佛，南无阿弥陀佛……”母亲念了几十年的经，变成了深更半夜从音响里飘出的空灵而悲泣的诵唱。那时，我静坐在母亲的遗体旁，望着她熟睡般的面庞，摸着她那柔软的手，一天、两天、三天，一遍、一遍又一遍，听着李娜诵唱的《南无阿弥陀佛》，整整三个夜晚，我都是这么陪着她的。我多么希望母亲醒过来呀！“妈妈呀，儿没有照顾好您，我好后悔,好心疼啊！儿舍不得您就这么走了啊！”当我泪如泉涌时，忽然听到母亲的说话声：“大生儿，你坐在这儿不冷呐，赶紧上楼睡觉去吧！”难道作为一个虔诚的佛教徒，母亲显灵了吗？在我守灵的一个深夜，家中一下子来了头二十个人，他们都是平时与母亲一起烧香敬佛的信徒。在征得我同意后，他们对着母亲的遗体诵唱祈祷了两个多小时，并说若我母亲有感知，身子是软的。我告诉他们，我母亲的身体一直是软的。母亲是迷信人死后会投胎转世的。母亲的修炼与为人得到了乡亲们的认可。在母亲去世后，认得不认得的人，都来为她鞠躬送别，花篮与花圈放满了小院、路边与母亲种的菜地。按水乡风俗来祭拜的人要带一刀草纸，出礼纸。母亲出殡的那天一捆捆草纸装了一卡车。

母亲走了整整一年了，在这过去 365 天的日日夜夜，我没有一天不想她，仿佛她还蹒跚在老家的小楼里忙这忙那，母亲的音容笑貌一直在我的脑海里回放。当忽然惊醒，回过神来时，方知我那活生生的母亲的确不在了，我的心啊便一阵一阵地疼痛起来。在这一年当中，每个月母亲去世的日子，我都要写一篇怀念文章，用手指头在手机屏幕上一笔一画地写，直到三更灯火、五更鸡叫。前几天打电话给在老家的二哥，他说正月二十四已为母亲烧过周年。哦，母亲都是用农历来算日子的，又是我粗心，这个得遵从她的习惯。由于还处于新冠肺炎疫情防控期，不得离开南京。在这个特殊的日子，2 月 28 日，我只能以我的方式祭奠母亲大人。虽不能回老家跪拜，但还能用笔墨、用文章、用心灵来遥祭。为纪念我母亲去世一周年，我用叙事诗的形式写了一首长诗：她是里下河的女儿。

在长江以北的里下河平原
在弯弯的小河边
在纵横的阡陌旁
凸立着一方方坟茔

有一块新立的石碑
怎就刻着我父母的名字
母亲啊您走得匆忙
与先到的父亲共同守望麦田

那绿油油麦苗上的露珠
是母亲集云气的精华

那野菜丛中的星星白花啊
是我娘她精灵的化身

哦，一方水土养一方人
里下河，我的母亲
在这片土地麦收的季节
呱呱坠落在农家的竹筛上

龚家头一个就叫筛喜吧
可她是一个苦命的人啊
三岁的孩儿没了妈
没妈的孩子像根草

野草上那不起眼的花儿呀
没人关注她
哭喊着她要上学堂
重男轻女的爹不让

人都说十七八岁一枝花
冯氏门上小媳妇她已当家
世上都说三样苦噢
起早摸黑她磨豆腐

水田一片白茫茫

脚踩薄冰把犁拉
一望无际翻起金色的麦浪
头顶骄阳她手持镰刀把汗擦

三间土屋风吹雨打
四个孩子缺衣少食难养大
走出里下河闯荡大上海
做保姆当佣人攒的粮票捎回家

小河悠悠通四方
拜师街头裁缝学
呼啦啦“洋机”踩到天快亮
生意兴隆四乡八邻夸

又栽甘蔗又种菇
杂货小店家中开了张
多种经营她敢闯
瓦房六间落成啦

在那个农业社会的年代
在那片水网密布的平原上
有一个忙碌的身影洪亮的声音
那就是我年轻的妈

她那胖墩墩的不高身材
留着一头时髦的“二道毛”
她那得体的蓝色春秋衫
行走在河堤上犹如春天的使者

她有一个长年哮喘的丈夫
是一个脾气不好的我爸
昨晚虽遭男人打
今早蛋茶依旧送到床头端给他

艰苦奋斗不停步
忍辱负重孝敬公婆
乡亲说一个女人撑起一个家
她就是里下河的女儿

都说那黄连苦胆味难分
我要说母亲的人生更苦难
屡遭打击她不倒
乐观生活每一天

当她能干的三子遭遇车祸后
当她接二连三失去亲人时
她心痛并坚强着
把眼泪留给黑夜将笑脸留给天明

她要到镇上去
她要从田舍搬到庄上
没有太多的物质享受
美好生活是她的不懈追求

开荒辟出地一块
自食其力种蔬菜
卖点零钱请香烛
勤俭节约农民本色她不改

顾大局操心不已
担责任感天动地
为三房续香火
媳妇面前她含泪跪下

水乡的韧性经得住摔打
心灵的慰藉何以求
在香烟缭绕的观音前
在阿弥陀佛的南无音调里

从初一到十五从月半到初一
敬香拜佛的功课周而复始
吃斋念经修心
在母亲的心头烙下“容”“忍”二字

当母亲修炼就要到家的时候
当我从南京还未赶到家的时候
她倒下的那一刻让保姆“通知他们”
手机的那头说“奶奶走了”

我对着黑暗寒冷的夜空喊
我对着寂静无语的小楼哭
大地空灵回荡着梵音
阿弥陀佛冯奶奶归天喽

没生个女儿妈妈总是遗憾
没人陪宿妈妈就很害怕
今夜有儿陪伴着妈别怕
让漂泊多年的游子陪您谈谈细心吧

过二年儿退休就会回来陪您
去香港看看也是您的愿望
您说等我儿结了婚您闭上双眼无憾
总想把热爱温暖全家

让我与你谈谈细心吧
儿心粗没照顾好你呀
高血压我知道心血管没给你查
何故对妈照顾不如儿

水乡吟（卢星堂）

卢星堂（1938—2012），江苏省国画院一级美术师，著名山水画家，中国美术家协会会员。

妈，让我与你谈谈细心吧
你说你没劳保靠我老巴子
你是里下河走出来的农民呀
没有退休没有工资没有保障命苦啊

妈妈，让我与你谈谈细心哎
你说过心口膛填不满喽
没有圆满的人生
只有遗憾的叹息

说不完是儿心头的话
悔不该总是急于把你电话挂
多少次又把那熟悉的号码打
“嘟嘟嘟”再也听不到那一声“大生儿”

此去西方不复返
路途遥远星河寒
寄片云笺捎个信
今春防疫全家安宁你毋烦

寒气雾霾笼罩着凝固的水乡
活生生的妈妈寻不着
哦，她又回到村头的田地上
长眠于冯氏墓群里

在那通向长江的小河旁
在那绿色的平原上
飘着一朵美丽的彩云[1]
看，那是母亲的精灵呀

母亲就在那一朵云里
把爱的泪珠洒在这一片土地上
哦，你是里下河的女儿
你的儿子，我敬你，爱你

（本文完稿于2020年2月28日，这一天是母亲去世的公历纪念日）

① 母亲的名字叫云英，云英有这两种解释：一是水珠或露珠，二是云气的精华。

清明时节的哀思

几次查看日历，今年的清明节是 4 月 5 日，在我的心中，今年的清明节是个特别的日子。清明前一天，我夜奔回老家。年年清明回老家扫墓祭祖，今年的心情不一样啊！一路上，我深情地回忆去年清明节与母亲祭祖的情景，回忆一个月前为母亲操办后事的情景，回忆母亲平凡而坚强的一生……

2019 年 3 月 3 日，我亲爱的母亲入土安息了。那夜，我的心中反复回荡着杰奎琳·杜普雷用燃尽生命的方式演绎的大提琴演奏曲《殇》，写下："正月里来是新年，凄风苦雨抽心头。人间至爱驾鹤去，此恨绵绵无绝期！"作为平时与母亲思想与感情交流最多的儿子，我将抱憾终生！抱憾的是，我对年过八旬的老妈妈关心与照顾不细致不周到。虽然每年为她做次体检，但好像是为了完成任务，正如网上所言：为何对待父母的态度不像对待领导那样尊重、小心与服务周到呢？深深地反思自我，说明在内心深处尚未把父母放在最重要的位置上。痛定思痛，我对晚辈总结了几条教训："教训之一，当你重视父母身体健康的时候，必须高度重视心脑血管疾病预防与检查。教训之二，当你有一点点预感与不安时，必须提醒父母注意。

教训之三，当老年人发病时，不能以往常的情况判断与治疗，不管三七二十一，打 120，打错了不要紧，打迟了就要命啊！教训之四，作为子女照顾老人，需要积累一些医学常识，平时上网看微信要有意识地学习相关医学知识，把最重要的急救常识收藏起来。教训之五，老年人必须要有人陪护，过了 80 岁，无论身体好坏都得有人在身边，不要舍不得钱与自己的时间，否则后悔莫及。教训之六，在冬天、在快到清明的这样的季节，阴雨连绵、寒湿凝滞，一定要关注老人的身体状况，减少外出与运动，这样阴冷的气候与乍暖还寒节气对心脑血管最不利。生活的常识与经验，是积累起来的，要做有心人，不要不以为然，更不能自以为是。”我强调：“平时，省点时间用于学习吧，省点时间用于健身吧，省点时间用于关心父母吧！你喝酒花那么多时间，难道没时间看点养生保健知识与人生修养的哲理吗？你玩手机花那么多时间，难道没时间陪父母聊聊天吗？你花那么多时间外出游玩，难道没时间陪家里的老人散散步吗？世事经历方有悟，不能事事等到经历了才去做。减少痛苦摆脱烦恼，让生活多一点阳光多一些快乐，就得用心生活，就得有科学的生活方式，就得把握好自己的命运。让我们记取如此沉痛的教训吧，让我们不后悔不留遗憾地过日子吧，让我们走出悲伤去迎接明天的阳光吧！过些日子，心情好点的时候，我将写文章纪念亲爱的母亲大人。同时也希望你们能写点东西吧，写你们的奶奶、太太，以及与她有关的人和事。”为母亲做“三七”这一天，按老家农村风俗，将母亲穿过的那些熟悉而亲切的衣服付之一炬，随她而去；将那些堆积如山的纸钱、“元宝”

与麦关金（高徐话拟音词，即麦秆茎，祭祀时烧给亡者用的“金条”）一同火化，随她而去；将那些漂亮的纸屋与花库迎风燃烧，随她而去。我想唯一不去的是母亲的精神财富，是母亲的音容笑貌，是母亲那颗慈悲的心！那天夜深人静的时候，我仿佛又听到妈妈的咳嗽声，我似乎又听到妈妈轻轻上楼的窸窸声，我分明又听到妈妈的呼唤声——大生啦……然而在那个寂静的夜晚，午夜时分，我只听到风吹大门的响声，只听到日光灯的嗞嗞声，只听到心灵深处妈妈的呼唤声。我依稀见到妈妈她在故乡的小河边，与我爸一起坐在田间地头，在清风明月下轻声细语，叹息着！多少次，爸在前妈在后，一前一后，一声不响，披星戴月，从太平村头走到高徐镇的家。然而那熟悉院门是关着的，爸妈进不了家，拍拍门，喊不着人。于是老两口可怜巴巴地坐在门口的台阶上，坐啊坐，等啊等，不愿离去。妈对爸说，天快亮了，走吧！他们又一前一后回太平村去了……这个情景在我的脑海里不断浮现。因为我知道，母亲仍在为我们操心呢！母亲在世时虔诚地烧香拜佛保佑大家，现在另一个世界她一定仍然用心保佑我们。母亲的伟大亦在于此，她用大爱对待我们每一人。母亲坚忍而开朗，虽是一个不识字的农村妇女，但她用勤劳的双手撑起一个家！

回家的路是那样漫长，正常两个小时的车程那天开了近三个小时。一路上车多，晚上十点多易堵路段的扬州西绕城高速仍车多缓行，匆匆回乡的车牌多是苏 A 打头，夜色中那蜿蜒不绝的尾灯恰如游子绵绵不断的赤心，此时此刻游子们只有一个心愿——早点回到家乡，明天早点去上坟。那里有我的童年记忆，那里有我的亲人团聚，那里有我的魂牵梦萦……下了高速出了郭村服务区往左转，离家尚有二十来分钟车程。过了野田河桥往右转，离家就近了！我对专心开车的妻子说，这么迟了，要是妈在就会打电话了，唉——一阵心酸，眼前仿佛出现母亲生前的情形，我的心便隐隐作痛。过了高徐加油站往左拐，小镇沉浸在夜色中，昏黄的灯光下偶见赶集留下的痕迹。如果妈还在，昨天的二月二十八集市交流会，她一定在厨房忙碌着，每年的会期她都要请舅舅他们来玩一下，唉，昨天热闹的集市，少了她的身影！右拐再右拐，就到了父母居住过的小白楼了，我仿佛看见母亲年初三下午站在屋后送我的情景。此时此刻，此时此刻我是多么地希望母亲重现在我的面前啊！二哥走来问候"到家啦"，我才回过神来。妈不在了，不在家了，永远不在这个家了！她心愿未了匆匆去了另一个地方。

今天一早妻子就起来准备中午祭祖的饭菜了，往年都是母亲与二哥忙的。八点的太阳已然灿烂，我与二哥、侄子、侄女他们去太平村扫墓，按惯例在快乐超市买了纸、"元宝"与"英国票子"。我又多买了一刀纸。但仍觉得少了什么，是少了一样东西，就是我妈没早没晚、一根根用手掐出来的麦关金，那一把把扎得整齐、金黄金黄的麦秸。常常我打电话时，母亲迟迟才接，她说在楼上掐麦关金。她做这件事是那么认真，早早让二哥用手工掼下麦子留下完好的麦秸，然后码在二楼的走廊上。今年的正月里，她才掐了一点点，只留下一张空荡荡的椅子还有椅背上搭着的一件棉袄。母亲做这件事情的时候是多么地用心啊，每根细长的麦秸都经她的手打理并折断成一般长的

“金条”，成千上万根，经过母亲的双手精心整理，难怪她老人家的大拇指与食指都留着长长的指甲。她一坐就很久，不停地掐呀掐，手指甲都变黑了。她要有更多的“金条”给她那些在另一个世界的亲人！少的不仅是这个，还有她的叮嘱，每样东西她都要对二哥交代清楚，包括父亲在世时与我们一起去扫墓，她都向我爸交代一番，尽管父亲与二哥都说“晓得的”。五六里的路，小车一会儿开到。高高的油菜已斜满小路，擦着金黄的菜花走过，来到茂盛柏树掩盖下的一排墓地，西头一块新墓碑上是父亲母亲的名字，父亲在这里长眠十年后等来了母亲与这块新碑。与父母为邻的是三哥、爷爷奶奶与太爷。弯腰摆放纸钱的时候，我忽然觉得两眼发黑要吐，原来是闪腰了。莫非是母亲责怪我？妈妈，你又在为我操心了，责怪我昨天为何那么迟才回来，您老是不放心我开车走夜路啊！是的，隔壁住着三哥，就是因为二十年前的一场车祸而让您伤心欲绝的呀！妈您怎能放得下心呢？每次我们来回开车您的心总是揪着的，如果过点没电话报平安您的电话就打给我了。您那受伤的心总是不放心我开车啊，记得十年前我刚把新车开到老家屋后，您不由得用双手往车头上面一拍，我想您是为我的新车开光保平安吧？今天春和景明，暖阳的照耀与纸钱燃烧的火焰热得我浑身湿透。妈妈，您与爸多拿点钱用吧，我把金黄的“元宝”抓了一把又一把，泪水止不住地流啊——从此，我在故乡这钓过鱼摸过虾的小河边，又多了一份牵挂。母亲生前一直安排我们去给姑奶奶、二奶奶、堂叔以及老祖宗烧纸的，这一圈走下来，已临近中午。我们又来到未曾见过的伯父冯海章的墓前，革命烈士的墓碑上写着："冯海章，1923 年 6 月生，1942 年参加革命，任太平乡指导员，1947 年 5 月在周家楼牺牲。"伯父无儿无女，母亲的麦关金有他的一份，不但有他的一份，母亲还为伯父旁边的堂伯父也带一份，每年如此，从未少过。最后一站来到大哥的墓前，我对侄女说："你的伯父是因饮酒过度而走的。"估计母亲只知道我大哥死于癌症，没有追究什么原因生病，因为大哥发现有病前身体一直很好。平时家里聚餐时，母亲总是希望我们喝点酒，其实并不是真的让我们多喝，她说喝酒能多吃菜，母亲是多么地疼子啊！

扫墓后回到家里祭祖是家乡的风俗。门前屋檐的燕窝又迎来了回归的燕子，呢喃着飞来飞去，似乎在问屋里的主人到哪里去了呢。哦，燕子啊燕子，让我来告诉你们，老人家她去了西天净土！她没等到你们回来就走了，你们回来前阎王爷先来了。在屋主人正月末去世时，我注意看了你们，你们还没回来。这次回老家时我惦记着你们有没有来。你们来了，屋里的主人却走了。你们若有灵性，能否飞到你们主人的身边问候她一下呢？这么感慨着，妻子在厨房已用心做好六样菜，都是按原来母亲的做法烧的：汪豆腐、配点咸菜炒沱粉、青菜烧百叶、斩肉（肉圆）、红烧肉与红烧鱼。母亲每次都会关照二哥："太太吃斋啊，炒蔬菜要单用一个锅放素油啊！"而且会提醒我，桌上碗筷放好了，就不能碰凳子了。我往桌上摆放碗筷，用心地摆放，放放整齐，放在右手边，放着放着，我的泪止不住地流……时过境迁，世事无常啊，今年的清明节祭祖少了一个人，却又多了一个人：忙祭祖的人少了一个我妈，供桌上多了一个我妈！同样一个人，阴阳相隔在瞬间。祭祖前我将爸妈的遗像擦干净，祭祖时我将“元宝”排列好，八只小酒杯斟满了“天之蓝”酒。其实妈妈与奶奶她们在世时是不喝酒的，但我要斟满。当纸钱、“元宝”还有“英国票子”在熊熊燃烧的时候，我泪眼婆娑，去年妈妈与我们共同祭拜的情景历历在目，我又听到妈妈去年清明祭祖时的祷告。每年，妈妈总要这样祈祷一番，在家里说儿孙们在外工作你们要保他们平安啦，走到门外走廊的一桌说姐姐苦啊拿点钱用用，又走到院门外朝一堆焚烧的纸钱说红贞子不要抢噢之类的。母亲其实没有亲姐，祭祀的这个堂姐没有子女，红贞子与大根是原来在太平村老家住的邻居，且有个儿子的。母亲就是这样一个善良与胸怀大爱的人，处处为人着想，哪怕是在对待逝去人的态度上。我喃喃自语道：“妈，今年不按您的安排祭祖了。我与小丁，还有孙辈代表果果，为爸爸妈妈、爷爷奶奶、太爷太太还有大大大妈敬供。”是的，妈在时，桌上还要有大哥、三哥、二嫂他们呢。还要在走廊上的茶几供四位，院门外还烧点纸钱呢。按习俗，祭祖也就是祭三代祖宗。而我妈慈悲为怀，心里装着的是她所同情与舍不得的人啊。

手指头在手机屏幕上写到这里，已然深更半夜，我的手酸膀疼。但我仍无睡意，把苏轼的《江城子·乙卯正月二十日夜记梦》默念：“十年生死两茫茫，不思量，自难忘。千里孤坟，无处话凄凉。纵使相逢应不识，尘满面，鬓如霜。夜来幽梦忽还乡，小轩窗，正梳妆。相顾无言，惟有泪千行。料得年年肠断处，明月夜，短松冈。”苏东坡在那年正月的夜晚怀念的是亡妻，我借以抒发对在今年正月的夜晚亡故母亲的不舍之情。在今天这样一个特殊的夜晚，我是多么地思念我的母亲啊，这不，刚刚我还听到楼下我妈的咳嗽声呢！也许有人不理解，生老病死人之常情，何必这么悲伤呢？我想啊，父母之于儿女，具有唯一性，任何人都只能有一个爸爸、一个妈妈，当爸妈与你永别的时候，你就失去了唯一的双亲。你若是个孝子，会比任何人都心疼；你若是个情感细腻的人，会比任何时候都痛苦；你若是个有文化的人，会用笔头抒发思念之情。除了作为儿子的我，我的母亲之于外人，只是一个概念而已，之于家庭中的其他人，感受与做儿子的也有不同。唯有儿女的心中时时刻刻都装着父母亲的模样，承载着父母亲的感情，追忆着父母亲辛勤操劳的一生。再远的路，再忙的工作，再大的官，清明时节都要赶回老家。从网络上得知，今年 3 月底，胡锦涛同志回到泰州，去年清明时江泽民同志回到扬州，都是为了祭祖。94 岁高龄的季羡林也曾回乡跪拜在父母的坟前。我在百度上查了一下，清明节又称踏青节、行清节、三月节、祭祖节，节期在仲春与暮春之交，是传统的重大春祭节日，扫墓祭祀、缅怀祖先，不仅有利于弘扬孝道亲情、唤醒家族共同记忆，还可促进家族成员的凝聚力和认同感。清明节融自然节气与人文风俗为一体，是天时地利人和的合一，充分体现了中华民族先祖们追求“天、地、人”的和谐合一，讲究顺应天时地宜、遵循自然规律的思想。母亲去世时，许多人发来“节哀顺变”，顺变就是遵循自然规律。随着年龄的增大，每个人都会走向死亡，但人们对死亡的认识是有限的，绝大多数人对死亡都会有恐惧感。宗教的产生是不是由于这样的需求呢？我想人们在借以寻求一种解脱的方式。母亲年轻的时候并不怎么烧香拜佛，大概是二十年前三哥的不幸遭遇，让她在痛苦中开始寻求佛的庇护吧。于是她把这件事作为生活中最重要的部分，每天都要作揖，她那肥胖的身体匍匐在圆垫上叩首，口中念念有词，要花费半个小时。这时，我终于读懂了我母亲这么投入的心理与思想。如果有人有了宗教信仰，我们应该理解并尊重他们的行为方式，难道在自然规律面前，都做无神论者而恐惧那一天的到来吗？去世的那几天，从我妈柔软的身躯与安详的神态中，我感到她已超然物外，从容地去了极乐世界。这就像《寻梦环游记》里对死亡的重新定义：“死亡不是永久的告别，忘却才是。”母亲虽然离开了我们，但她的精神永存。母亲在世时我与她的话不是很多，母亲去世后，我对她却有许多许多话要说！亲爱的人啊，请善待厚养你的父母吧，当你老了你的父母已不在人世了。亲爱的人啊，请珍惜吧，珍惜父母活着时的朝夕相处，珍惜与父母多说说话谈谈心，珍惜常回家看看的机会，帮他们做点家务活。如果不珍惜，一旦父母离去，你将后悔莫及啊。我的母亲是突然辞世的，留给我的是痛苦的回忆与不尽的思念。今夜，是那么的寂静，远处的狗吠声划破了凝固的空气。空气中弥漫着油菜花的芳香，传递着淡淡的忧伤……我在朋友圈里挑了一首宋代周邦彦的词来表达我不尽的哀思：“千红万翠。簇定清明天气。为怜她、种种清香，好难为不醉。我爱深如你。我心在、个人心里。便相看、老却春风，莫无些欢意。”我将词中的“他”改为“她”！

清明后不久的 4 月 17 日，是母亲离开我们的第七周，七七四十九天。按我们老家的风俗，是做“六七”的。据查，民间有“守七”的习俗，死者自去世之日起，其家属每隔七日要设祭一次，直到四十九天，第七个七日，俗称“断七”为止。其中以“头七”和“六七”（或“五七”）最为隆重。“头七”晚上祭祀死者，至亲好友厮守通宵，午夜吃“头七馄饨”，派人到他人地里“偷菜”，目的是要被偷之家咒骂，据说骂得越凶，财发得越快。而被偷之家常会察觉近旁人家“烧头七”的隐秘而噤若寒蝉。在死者第五个或第六个七日忌日，其家属请僧侣或道士做法事超度，叫做“六七”，遍请亲友前来参祭。死者已出嫁的女儿，于“六七”的前一天晚，置办三牲、果品前来祭祀，人称“烧六七羹饭”。这祭桌一直设到“六七”忌日的下午。“断七”以后，丧礼才告结束。做“六七”，应该是汉族丧葬风俗，祭祀一般从简。是日，家人备酒馔、供羹饭，焚纸楮祭奠。此祭也有由女婿操办的。母亲没有女儿，也就不照此规了吧？母亲在世的时候多次说过没有女儿的遗憾，也的确是这样，如果有个女儿，在母亲的每个忌日，肯定要为母亲“烧七”的！儿子毕竟大而化之，用母亲的话说“大头丫子”。“六七”就是所谓的还魂夜。民间传说人有三魂七魄，死后一年去一魂，七天去一魄，三年魂尽，七满魄尽，所以要过“七期”和三周年。民间还有另外一种说法，据说死者从去世之日起，在四十九天内，每隔七天阎王要审问亡魂一次，故“七期”又称“过七灾”。在“烧七”时，丧家要在大门口挂白纸灯笼，表示家有重孝。一般认为，死者魂魄会于“头七”返家，家人应于魂魄回来前，为死者魂魄预备一顿饭，之后便躲避，最好的方法是睡觉，睡不着便躲入被窝；如果死者魂魄看见家人，会令他记挂，便影响他投胎再世为人。旧俗人死后每七天祭奠一次，最后一次是第四十九天，叫“七七”，也叫“尽七”“满七”“断七”。事实上这主要是受佛教和道教的影响。民间说四十九天之内，是亡灵到处游荡的期限，孝家按时“做七”，源源不断地供应纸钱，不让亡灵在阴间受困。佛教《瑜伽论》谓人死后，为寻求生缘，以七日为一期，如七日终，不得生缘，则更续七日，至第七个七日终，必生一处（投胎之意），以故有“七七”之期及逢七追荐之俗。头七回魂夜的时间，是头七当天的子时至亥时。

“头七”的那天中午我在家午休了一下，母亲果然托梦给我了，我分明听到我妈叫我的名字：“大生啊，我那天去甩腿子的噢！”保姆说我妈去世的那天下午走了许多地方，北头去了与三哥一起合作办企业的钱传桂的砖厂，下午五点多钟到家东南角的体育场地甩了腿子的。梦中我问我妈了，她躺的木板上怎么湿了一大块？不仅如此，“头七”这天，我妈也托梦给龚爱晴了，让她照顾好我。为何要托给龚爱晴？因为年初三下午我是搭她的车一起与母亲分别的。“烧七”、还魂、托梦，这些风俗与民间说法，也可能是有一定的道道的。母亲在世时常说“也不可不信，也不可全信”。她这是希望我们随俗一点，但并不强求。不可不信，今天早上我开车上班到单位停好车，无意中见到仪表公里数的显示：100477，最后二位数字恰好是母亲的末七啊！ 4 月 28 日，母亲离开我们两个月的日子。随着时间的推移，母亲离我们越来越远，慢慢地，人们将逐渐淡忘她。今天我忙碌了一天，直到夜里躺在床上才深切地回忆。如果母亲还活着，在这个春暖花开的季节里，她一定对大家的生活充满美好的向往；如果母亲还活着，在农历二月二十九那天，她一定为我烧香祈福，并会打个电话对我说“今天是你的生日，烧点好吃的”；如果母亲还活着，在五一节来临之际，她一定会问我回不回家。是呀，今年的五一假期连放四天呢，我还回老家吗？我是多么地想回家看看老母亲啊！怎能相信，那么健康、那么坚强、那么充满生命力的一个人，怎么就走了、不在了、再也见不到了？我不相信这是真的，我总是感觉到我妈还在家里忙这忙那，我痴心妄想有一天我妈还会回家呢……难道真的会回来吗？我的直觉告诉我，我妈与我爸天天晚上回家，妈还是从北边的台阶跨上来，手把住院门墙柱站稳，从身上摸出一串钥匙，很熟练地开了院门，在院子里边走边说：“马叉（对不文静，好动兼有些粗野小孩的俗称）又没回家”，边说边熟练地开了大门，说“老头子开灯”，进屋后老两口坐在沙发上，一言不发地坐着，他们在等啊等啊，等儿子等孙子，一直等到天快亮时才依依不舍地离开。妈就是这样舍不得我们，舍不得离开她生活了二十年的这个家！在过去两个月的日子里，我想啊想啊，想妈想得流泪想得心疼。前几天请中医张主任开药方，他说曾两次去外地“关亡”但没成功。我妈在世时也多次去“关亡”，告诉我情形，我将信将疑。现在我宁愿相信是真的，因为我也想做一次，再听听母亲那熟悉而亲切的声音，问问那天晚上发病的情况。妈妈，我多么想在五一节这天回家，见到你时叫一声“嗯妈”！

5月28日是母亲离开我们整整三个月的日子。三个月前的那晚，据她身边的保姆说，烧晚饭时问我妈吃稀饭还是干饭。我妈说吃饭呗。晚8点多，妈才吃晚饭，菜是小鱼烧咸菜，吃着吃着忽然喊不行并说“通知他们”！“通知他们”是妈生前的最后一句话吧？“通知他们”可能有两个意思，一是自感不行了，抓紧告诉我们；二是抓紧告诉我们，喊医生！那天晚上，在她身边的亲人按常规喊医生给挂了水；那天晚上，在她身边的亲人后来叫了救护车；那天晚上在她身边的亲人目睹了她断气的那一幕。可是我不在她身边，我没见上妈说上话，等我从远方赶到时，妈已在堂屋的东边头朝南仰卧着，她是那么安详地睡着，可是没有一丝气息！在我悲痛欲绝、撕心裂肺慢慢平静后，我站起来走到大桌边，看到一盆小鱼烧咸菜拌杂着些红辣椒、半碗白米饭，还在饭桌上静静地放着……我的心就如那碎了的红辣椒啊——这就是我妈的最后一顿饭啊！妈，我的妈哎……

这三个月来，我渐渐觉得母亲走远了。往往在饭前午后、忙碌一天后，坐在出租车上时，走进小区回家的林荫道上时，夜深人静躺在床上时，才想念起妈来。有一位朋友说，当年其父去世后，走在路上看到老大爷，泪水便止不住地流。我何尝不是呢，见到老大妈蹒跚地走过，便想到我妈要是活着多好啊！母亲不在的这三个月，我的心中装满了她的影子。妈生前多次说过，生我时的那天下午，吃的是胡萝卜饭。在那个三年困难时期又是青黄不接的时节，这可能是她坐月子吃的最好的一顿饭了。妈想生个女儿，又生了男孩后，把我放在床那头，三天没理。是呀，如果我是个女儿，会在妈的身边服侍得多些，照顾得周到点，与她细细谈心，逗她开心。可是我从未逗她开心过，总是三言两语还常常显得不耐烦。妈不在的第三个月，正是一年中最美好的季节。记得小时候，为了赶会期（集市），妈总要为我做一件花格子的衬衫，我穿在身上嗅着淡淡的布香，走在开满菜花的田埂上，别提有多幸福了。妈呢，也总会为自己做上色彩鲜艳的衣服，真的，我妈可爱美了。有一次放学的路上，我看见我妈在河的对岸，穿了一件浅蓝色的新春秋衫，有模有样，边走边欢快地与人打招呼。1970 年代的那个春天我妈的形象，永远定格在我的脑海中。直到我妈去世后，在整理她的衣物时，我又发现了那件褪色的浅蓝色春秋衫。我本想把它收藏起来，但嫂子说都要在化库时一起烧掉。我妈是真的爱美啊，她老了以后也是一直穿印花或色彩好看的衣服的。当我在整理她的遗物时，发现并没什么值钱的东西，有的是一大堆花花绿绿的衣服，我不禁心酸流泪！妈不在的这三个月，是快过端午节的时候。十几天前已经有粽子吃了，吃到粽子便想到妈。妈在世的时候，每逢这个时节都会裹小脚粽子，若有人来南京便托人带给我，或电话中问：还有粽子啊？若我回老家，她总会在临走时装好让我带上，我往往不耐烦说谁吃啊。如今我是再也吃不上妈亲手包的粽子了！现在想想，那不是粽子那么简单，而是母亲的一颗爱子之心啊，那时我怎么就不明白这个理呢？让我带粽子，还有春节的米团，都是妈的心啊……

今天我没外出活动，想早点回家坐在书房里写这篇文章。时间已过夜里 11 点了，三个月前的此时此刻我快赶到老家了，可是那时那刻我妈已永远地闭上了眼睛。为何如此残酷地让我的母亲与我不辞而别？苍天啊，我呼天天不应，大地啊，我唤地地不灵！为了排遣心中的思念之苦，我在网上寻找怀念母亲的歌。终于我找到一首《天堂上的妈妈》，慕容天宝那真情的演唱，让我泪目："是你把我生下，你又含辛茹苦把我抚养大。如今你就这么走了，没有给儿留下一句话。心中虽有千苦万苦，如今我向谁倾诉？谁说孩子已能离开妈，家里有妈才是家。天堂上的妈妈你好吗？我再也看不到我的妈妈。是否天堂上也飘起雪花，哦妈妈你觉得孤单吗？天堂上的妈妈你好吗？我再也看不到你妈妈。是否天堂上真的美如画，哦我的妈妈你如何放得下？再穿不上妈妈织的毛衣了，再吃不上妈妈煮的饭菜了。我在他乡谁在为我牵挂，谁在盼儿回家？委屈的眼泪谁来为我擦，回家的时候再叫谁声妈妈。谁说孩儿已能离开妈，哦家里有妈才是家……"听着听着，我仿佛看到妈妈乘着夜色又回到她的家，依然是与我爸一前一后。这三个月来，我每个星期一中午都会打那个联系妈的烂熟于心的6716988的号码，可是电话那头就再也没人接过！我痴痴地等到《好一朵茉莉花》的铃声或"嘟——嘟——嘟"的铃声一分钟后响起嘟嘟的忙音才挂了电话。今天中午与晚上，我又打了两次，依然如此。我想象我妈从厨房拄着拐杖走过来，或慢慢地扶着楼梯下来，或从外面开门刚刚进来，接我电话。妈接我电话时往往这么说："大生啦，我晓得就是你的电话！"

（2019年5月28日夜）

梅雨季节的思念

雨水大了！想必小沟大河的水都涨了吧？今天是6月28日，我想不少亲戚朋友都忘了，是我母亲去世四个月的日子。时间真是个消磨剂，今天我在写这些文字的时候，依然是深夜，但心里渐趋平静了。下午侄儿小冬打电话给我说他女儿豆豆被扬中录取了，我心中自然十分高兴，这是晚辈有出息的好消息，如果豆豆的太太在，一定很开心，毕竟是家里出了人才到扬州上学，这个分量老人还是知道的，至于去年学军的姑娘考上淮阴师范学院师范定向，老人家不一定搞得清。是的，每每梅雨来的时候也是家中儿孙毕业升学的季节。

记得三十年前，我是在绵绵长雨中苦苦等待，才得知考取了大学的消息。我妈当时腰疼走路不便当，但似乎一下子好了许多，村前村后跑，张罗着办酒席。对于祖祖辈辈是农民的家庭而言，这是值得办的，我想当年父母一定光彩了许多年。在考上大学前的那些年的雨季，我与母亲在绿茵茵的秧田里薅草，下午一阵雨一阵太阳的跑风雨，我说雨来了，意思是赶紧躲雨，妈说不要紧一阵头。虽然衣服有点湿，但在雨中劳动的心情是愉快的，我想我与母亲站在秧田里眺望远处烟雨蒙蒙与天空云层变幻时，母亲与我一样，一定对未来美好生活充满期望，因为妈坚持让我复读考大学数年！家庭虽然贫穷，但在我考学这个问题上，母亲是有远见有定力有主见的。当年我在小纪镇上高考结束，踏着被雨水冲刷干净的青砖街道来到码头，坐船回家，走上泥泞的乡村小路，母亲站在大门口满怀希望迎接我回家，虽然一次又一次没考上，但母亲从未责怪过我。到了快开学的时候，我妈又去找校长让我复读。母亲这种坚持不懈的精神对我影响很深，形成了我不轻言放弃的性格。说到母亲的坚持，我便记起她常说的她年轻时赤脚在早春冰冻的水田中拉犁的情形，她不落后于人，常常争先进。农村孩子放暑假了总是回家的，不会像城里人出去旅游。我回家主要做家务，再就是捕鱼摸虾。雷暴雨哗啦啦响的时候，也是我心中最激动的时刻。因为第二天早上去收丫子（丫，高徐话音如 ā。用芦竹编的捕黄鳝的 T 型笼子），丫子拿在手上沉甸甸的，往木盆里一倒，有若干条黄鳝扭动。然后养在坛子里。母亲经常喊外祖父到我们家吃饭，外祖父一来，父亲就要从坛子里捞几条黄鳝，放锅里响一下（水烧开即可的意思），然后加点凉水倒到木盆里，用细钢锯条的光边把煮熟的黄鳝一条一条划成片。这样，一盘长鱼（黄鳝的俗称）炒韭菜就成了外公的下酒菜。此时，母亲往往开心地劝外公多吃一点。母亲的孝心恐怕在同村的妇女中无人能做到，这在今后的文章中再细说。往前追溯，在我儿时，母亲插好秧收工带我到河边码头洗脚，她总是向旁人要那把用过多次的稻草为我洗脚，因为新的草把会扎脚，小孩子皮肤嫩，受不了。我妈从别人手里抢到草把帮我洗脚时，那金黄柔软的草把直擦得我心头又酥又痒。我永远记得小时候的雨季，妈在河边为我洗脚的热闹情景！

此时已过午夜时分，窗外的雨声夹杂着轰隆隆的雷声，把我的思绪带到家乡、带到过去、带到母亲的身旁。儿时的夏天雨夜我常被雷声惊醒，如果听到炸雷，头便往被子里钻，吓得一身汗。这时鸡鸭就会发出不安的噪声，往往听到妈对爸说，起来看看喷（语末助词，高徐话音如 sai），鸡窝有没有用塑料薄膜盖好？又听到妈担心道，下这么大的雨，大友还在放水（二哥大友是生产队的管水员），大仁的船不晓得停在哪里（三哥在公社开小轮船）……后来父母住镇上后，一到雨季，母亲还是夜里睡不着觉，担心二哥雨天里镇上与村里之间来回跑。我这个季节打电话给她，她常常说起这事，或者说雨下得大呐，把种的菜全淹了。妈舍不得她种的菜，她忙前忙后，菜长大了送他送你，菜多了卖给厂里，卖菜的钱用来烧香。妈去世后我整理堂屋柜台时，发现有几十块钱压在香台下，其虔诚之心令人心酸！

这周星期一的中午，我依然给老家打电话，电话一直忙音不通，估计坏了。于是我打了二哥的手机，他只要我关心他孙女还有一个小孩的中考分数。我说老二刮风下雨你就不要两头跑，住高徐。其实有一句我没说，妈不在了电话都打不通了你都不管啦？母亲离开家的这四个月，我每周都要打一次老家的电话，可是就一直没人接过！人过事迁，不知今夜，雷雨交加的夜晚，母亲是否还睡不着又在为儿操心呢？妈唉，您头枕的家乡小河边，此时此刻也是雷声隆隆雨水哗啦啦响个不停吧？

蘇北水鄉
壬子六月

苏北水乡即景（萧平）

“我的家乡有一条小河，从我亲人门前静静流过，静静流过……啊，小河，家乡的河，碧水掀起爱的浪波，日夜陪伴着她和我，流吧，流吧，家乡的小河……”这是朱永飞演唱的《家乡的小河》，我把音量调大一点，妈，您听见了吗？儿的心早已飞到您的身边，似这般电闪雷鸣、骤雨翻腾，游荡在茫茫黑夜中……

（2019 年 6 月 28 日深夜）

记住——妈妈的生日

六月以来我查了几次日历，农历六月初六是我妈的生日，到这一天，我要有所纪念，哪怕吃一碗面条。我记得母亲的生日是她八十岁的那一年。按农村风俗，那一年在春节期间我们提前便为母亲做了生日，因为亲戚朋友好聚。而那一年的六月初六，母亲又把身边的儿孙召集起来吃饭，我在电话中得知，就记住了妈妈的生日。

我以为我这一天要有所表示。打电话给二哥、大侄子，他们已做好了准备，在南京的三嫂也提醒我这一天要供奉。说是这一天敬供一下，以后就丢了，只在母亲去世的日子供奉了。我与母亲生活的这五十多年，从来没有在她的生日这一天回去为她祝福过，连一个电话都没打过。今天母亲不在了，我却一早就赶回老家，无论多忙，我必须回老家！一路上，母亲去世那天晚上的记忆又刺得我心疼；一路上，我想象我妈还在水池边洗菜还在厨房里忙这忙那；一路上，我好想与我妈坐在一起再吃一顿饭啊！家乡的景色换了，公路两边是一片片新绿的秧田，白鹭在田间觅食，燕子从车前掠过，四个多月一晃从冬走到夏，母亲再也不在家里忙碌，不再让侄儿打电话问我到哪里了，不再开心地应一声“家（高徐话音如 gà）来（指来家，即回家）啦”……如果妈还在，我今天的回家一定会给她老人家一个惊喜呀！那么多年的六月初六我怎么就没回老家陪母亲吃一碗面呢？人生为谁而忙碌，唯有失去，方觉珍贵，在做儿女方面值得反思与改进。一般来说儿女记不住父母的生日，父母尤其是母亲一定会记住儿女的生日。当母亲生下孩子后，家庭新的希望产生了，欣喜之情刻骨铭心。当然，更重要的是母爱无边。

我的母亲生于六月初六，是个特殊的日子。民间有“六月六，请姑姑”的习俗。据说过去每逢农历六月初六，农村有的地方要请回已出嫁的老少姑娘，好好招待一番再送回去。又有“六月六，走罢麦”的俗语。这一天姑娘回娘家，要用新产的小麦面粉，蒸一个大月形的角子馍，寓意自家又获得了丰收。我估计我妈没这么好的福气，我妈三岁就没了娘，听说她的后妈对她不好，夜里睡觉用指甲掐她。我妈妈害怕，不知她怎么度过童年的，后来她就一直不敢一个人睡觉，我父亲去世后，直到她去世前，晚上睡觉她必须喊一个人陪。母亲害怕黑夜的来临，害怕长夜的孤独，害怕陪宿的人来晚了。她没女儿，儿子又不与她同住，每到傍晚时分她就会心生不安了。哦，我可怜的母亲，夜幕降临时您的心跳便加快了，常常还找不到人陪您呢。有几次母亲在南京我家小住，我回家晚了，一听到门响她便喊我的名字，并问怎么到这个时候，我明显感到她的紧张。可能有人不理解我妈，我分析她在儿童时期面对着的多是黑暗、孤独与恐惧吧，她的身边没有母亲的气息，没有安全感，没娘的孩子像根草啊！然而我清楚地记得，小时候与母亲回外婆家拜年，每次一到院门口，母亲就大声而热情地叫妈，并嘘寒问暖，做这做那。外婆往往坐在椅子上抽烟并不停地咳嗽，母亲的表现并未让我感觉到外婆是晚娘，直到我大了后才知道这一实情。后来就有了外婆口头说打几个蛋茶给我们吃而迟迟不见动静的故事，说起这事，我妈从未抱怨过。在我的记忆里我妈从没有说过她后妈的不好，母亲的孝心可见一斑。每次清明祭祖时我们都会从我亲外婆的坟墓旁经过，但每次都不知道是哪一座。我知道我的母亲一直都为她的亲娘默默祈祷，虽然她并不记得她母亲的模样，尽管按习俗她的母亲由娘家人负责祭供，但我猜想一定有很多次我妈去上她娘的坟！在为外祖父做逝世十周年纪念活动时，我发现花库的纸条上写着我亲外婆的名字“张小怀”。

母亲名叫龚云英，小名叫筛喜。我估计是我妈生下来时是用筛子接生的，又是外祖父的第一个孩子，所以是个喜事。我的母亲生于1933年农历六月初六，正是天气闷热的季节，因此我妈的心肺不好，年轻时得过肺结核，一碰到事情她的心就扑扑乱跳，晚年睡觉时常常有气喘声。从我妈的生日看，她的一生应该很顺，可是她的一生却经历了各种各样的不幸遭遇与无情打击。母亲闲时也会数数过去，但都是以平常的口气叙述。她做小媳妇一早起来磨豆腐十几年，还要挑出去卖，有一年冬天，路上结冰一滑，把豆腐跌坏了，她不敢回家，怕受到公婆的责骂。她外出上海打工，为了多挣点钱，怀抱着幼小的我，从武汉帮主家私带金条到上海，一次被查她紧张得浑身湿透，应急掐得我哭闹才侥幸过关。她在困难时期好不容易把儿子拉扯大，却在生活条件好时痛失两个儿子，白发人送黑发人，情何以堪，但事后她又镇定自若，开门过着日常的生活。没见过我妈的人也许觉得她会唉声叹气，见过我妈的人都会感到她的乐观阳光、热情好客、开明大方、心地善良。从她的身上，看到的更多是农村妇女的勤劳与坚强。在我年轻时我妈常常教导我见到长辈叫人声音要响一点，不要窝皮秀（高徐话拟音词，腼腆义）。是啊，我妈走到哪里，往往未见其人先闻其声，叫人一声亲，声音很洪亮，笑声特爽朗！我妈是个热情的人，也是个爱热闹的人，家里来客，她总是站在桌边劝吃劝喝，把气氛搞得很好。很难想象，一个从小没妈，饱经风霜，受苦受难的人，会这么豁达这么大度。写到这里，我亲切地叫一声："妈——请您在暗处，受儿一拜：一个了不起的母亲！"

今天中午为母亲烧纸钱时，我一抬头忽然看到好像是我妈在楼梯口一闪！难道是科学家所称的暗物质现象吗？我不由自主地说，以前我妈的生日我从没回来过。大侄子说，奶奶都会与他们在一起过生日，正好小羊（小侄子）的生日也是六月六。我的心里宽慰了一些。二哥、大嫂烧好了一桌菜，大侄子为他奶奶斟了一杯酒。可是面对的是一张空位一双筷子。我的泪又止不住流，唉，妈是永远也不会坐在她的老位子上吃饭了。我不由想起今年春节时，妈坐在我身边，初一吃斋只吃了白米饭、咸花生与腰果。我们劝她吃点素菜并说没有荤油，可她就是没动筷。她说："我晓得！"我晓得的是她敬佛的一颗虔诚之心。火盆里的火烤得我眼泪汪汪，纸灰飞扬，烟气弥漫。今天我总算为我母亲做了次正生日，我跪着叩头，叩头叩头再叩头："妈，孩儿不孝，今天是您的生日，您多拿点‘元宝’去用，用不掉分点给爸……”

回到书房，我又陷入了沉思。在母亲80岁生日的那年春节期间，我们提前为她做了生日。我心里想，在母亲80岁前的那十年，家中的日子过得很不安稳，好不容易过到80岁了，一定要好好地为母亲庆生。那天晚上宴席上，当我们全家人一齐向她拜寿时，母亲既紧张又激动。来年再想为母亲做90岁生日，如今已成为梦想。未承想总是在机会过去之后方才明白，我怎么就没学会把暂时片刻当作天长地久？是啊，母亲没有等到她90岁生日的那一天，而我给予的陪伴又太少太少。等到我就快要有时间陪陪老母亲了，母亲却成了“圣母”，季羡林在《赋得永久的悔》一文中写道：“我后悔，我真后悔，我千不该万不该离开了母亲。世界上无论什么名誉，什么地位，什么幸福，什么尊荣，都比不上待在母亲身边，即使她一个字也不识，即使整天吃‘红的’。”正所谓“子欲养而亲不待”。圣母，古今中外都有这样神圣的称呼，两晋葛洪《神仙传》有记载：“东陵圣母者，广陵海陵人也。”我的母亲一心向善，舍己为人，堪比圣母。她今天在天堂过生日，一定是温暖的烛光照耀着她神圣而慈祥的面庞……此时此刻，我将马友友的演奏舒伯特的《圣母颂》献给我亲爱的母亲。与母亲同一天生日的侄子冯学松夜里发了条微信《今又六月六》：“不惑之年，又是六月六。每年今天，都值得纪念。一直自以为豪，我和奶奶一天生日。今又六月六，奶奶故去百余日，时值扬州学习，未能赶回参加仪式，实为缺憾。六月六，民间习俗包饺子。六月六，意为六六大顺之意。而今，奶奶不在了，依旧六月六，多少感伤涌心头。往年，六月六，奶奶都会说，叫你爸做饭，增加几个菜，叫他们都回来吃个饭。而今，又由谁说。往年，六月六，奶奶都会说，敬香了没，菩萨会保佑你。而今，谁又会这样说。往年，六月六，奶奶都会说，菩萨保佑全家人健康、平安。而今，又有谁会提起。今又六月六，以此文寄奶奶，愿天堂的你，如愿！”

（2019 年 7 月 8 日，农历六月初六深夜）

哦，那逝去的暑假

今天中午洗菜的时候，抬头看到窗外的树顶上的叶子在耀眼的阳光下萎蔫着。下午陪爱人一出门即感到热浪滚滚，被烈日烤掉下来的干枯树叶踩上去沙沙作响。

这么热的天！是的，去年也是这么热的天，我每每打电话给我妈，让她开空调，她总是说开的。其实我从他人口中得知，她舍不得电费常常没开。她倒是关心我，问南京还热啊，让我不要省，买个西瓜，喝点啤酒。今年高温天来临后，我总觉得有点事儿要做，我得打电话给我妈，让她……可是老家的空调再也不用开了。我心中怅然，以后的大热天再也不用牵挂老母亲了。晚饭后我便早早坐到书房里，把大提琴诗人沙弗兰演奏的巴赫《G 弦上的咏叹调》打开，回忆三十年前既遥远又近在眼前的暑假，沉浸在无尽的思念中……

我学生时代的暑假，总是回家与父母一起过的。1980 年代初上大学的那会儿，每次放假一进家门，妈已把家里收拾干净，床上已铺上凉席，踏板上还有湿毛巾擦拭的水迹。第二天一早妈已出门把豆腐、百叶买回家。每天早上都为我烧一碗豆腐皮打鸡蛋，放点白糖，炖在锅里待我起来吃。时常我早晨醒在床上时，一股油香扑鼻而来，我知道妈又在涨(高徐话拟音字)“酥头丁”（烧饼）。往往我一人吃一只小一点的，家里其他人把大的切开分食。“酥头丁”是江都农村的土产面饼，我妈头天晚上把馊粥与小麦面和好，放在锅里加点水盖好，第二天早上做。锅烧热了，用汤匙箍一点香油，用铜勺舀一勺面糊摊到锅里，文火烧，一会儿就涨得孔嗖嗖的，两面黄灿灿的，轻轻翻几个个儿，一块“酥头丁”就涨好了。早餐吃好了还不算，我爸已在追一群雏鸡了，说时迟那时快，我爸一把抓住一只个头大的公鸡，一只手握住双腿一只手拿剪刀剪开喉管放血，公鸡扑腾几下后往开水桶里一丢，用小树棍搅几下趁水热去毛，然后再用剪刀开膛破肚，洗净剪成块，这样不到二十分钟一只待烧的鸡便准备好了。而后我照例烧火，我爸执厨，先把生姜片在油锅炸一下，倒进沥干水的鸡块炒一炒，舀汤罐里的温水几铜勺，再放葱与大蒜头，放少许盐，盖上木锅盖焖几分钟即盛起来，弹点胡椒粉，这样又不到二十分钟，一碗鲜嫩的大蒜头烧小公鸡汤就上桌了。如此这般一个暑假下来，一群鸡也就留下五六只小母鸡了。

母亲对于我的吃很重视。她来南京我家小住的日子，看到我们烧菜放的油少，便会责怪几句。她说，口泼身才壮，又说我外公常挂在嘴边的话，人生在世不吃不喝有什么意思。有时她会与我爱人说几句，隐约责怪她没照顾好我，说每次来见到我，我都是黄巴巴的，把黄水汤当鸡汤喝。看到我早饭几片面包一杯牛奶，便说老家邻居花经理哪天不是酒啊菜啊，早上都是到饭店蒸包子。是的，在我那些年的暑假，母亲总是像待客

船棚（沈行工）

沈行工，南京艺术学院教授，中国国家画院研究员，中国油画学会名誉理事。

一样的张罗着。家里养了一群鹅，我每天早晨把鹅赶出去放。为了与邻居家的鹅区别开来，母亲把我家鹅的羽毛染上红颜色。看着鹅埋头不停地吃着路边地头沾满露珠的嫩草，把个食袋撑得老大。看着鹅毛由黄变白，身子一天天长大，我的心里隐隐有点失落。因为过几天家里来客人了，我妈一定热情准备饭菜，我放的一群鹅又会少一只。尽管我不情愿牢牢抓住鹅的两只脚与翅膀，还是让父亲将鹅颈头的绒毛拔了、用在水缸边沿上刮几下的厨刀把鹅杀了。眼看着鲜血喷进事先准备好的淡盐水碗里，我的眼里盈满泪水。接下来自然分工，我坐在灶头烧火，我爸烧炒开来，我妈洗切并里外照应着，爷爷奶奶帮厨，外公外婆、公社与大队干部等客人陆续到来，红烧鹅、老咸菜烧肉、鲫鱼汤等摆放一桌。这时候也是母亲最开心的时候，她满面春风并不入座，在一旁招呼着大家多喝一杯多吃一些。如果盘子里吃空了，她便说我爸菜准备少了，吃剩她才开心。往往快散席时她才坐下来，用剩汤泡饭就着菜吃一点再收拾碗筷。在她把饭桌收拾干净后又让我爸把麻将拿出来，陪我外公他们来八圈。直到现在我也不知道八圈是什么意思，其实我想我妈也不知道什么意思，因为她不太会打麻将，许多农村妇女农闲时都会打麻将玩纸牌，我很少看到我妈闲坐下来玩牌，她忙的是家务。

母亲热情待客，从不小气。有一次家里来了客人，一时没法准备菜，母亲便让我与二哥去东河里用蹚网蹚鱼虾，果然蹚了不少鱼虾，客人直夸是上好的下酒菜。虽然母亲总把家里好东西拿出来招待，但她却只吃粗茶淡饭。一个暑假，我见她早晚吃得最多的是烫饭。晚饭，我与父亲往往炒一锅蚕豆，炒熟了一半盛出来用香油与拍好的大蒜头拌，另一半放水煮。妈的牙不好，只吃烂的。有时候父亲从坛子里掏出一只咸鸭蛋煮，切开两半，我与我爸一人一半，妈没吃过。中午的小公鸡也好，鹅鸭也好，我妈总是让把“软花”（高徐话拟音词。一般指鸡鸭鹅的肝）给我奶奶吃，我奶奶没牙齿。往往我爸把鸡头鸭爪啃了，我吃肉，我妈泡点汤就行了。奶奶过世后，我便将“软花”夹给我妈，她总是推让给我吃了。母亲对我的关爱是以吃为主的，有一个细节，如果家里来了客人，烧好菜后她总会盛一小碗放在旁边，要不让我就着灶台先吃几块，要不放到晚上端给我吃。再往前追忆，在中学时放暑假的1970年代那些年，家里的经济条件尚未好转，鸡蛋是用来去供销社换油盐酱醋的。中午有时候没菜吃，只能喝点酱油汤或我到河边摸一碗螺蛳放饭锅里蒸，吃得最多的是蚕豆瓣烧咸菜汤。早饭后，我便将厨刀刀口朝上往桌缝里卡着，然后用一只木棍将干蚕豆架在刀刃上劈开，再用水泡剥去皮，然后与咸菜一起放锅里用一点点油炒一下，扑哧一下放水烧开，这时候我妈往往拿两个鸡蛋来，打开泼到锅里，一碗豆瓣咸菜鸡蛋汤便黄灿灿端上桌。更让我难忘的是，在我发育时，父母会蒸一只未打鸣的小公鸡，一点盐不放淡而无味，晚上悄悄端到床头让我一人吃一只整鸡。少儿时爸妈没少给我补充营养，可是我还是长得又黑又瘦，上中学时形瘦头发长，上大学时只有一百零八斤，这一直是我母亲的心病。只要有人从南京回老家，她都要问人家我瘦吗，过年过节我回老家，她见到我总是叹气道，瞧人家某某干部回来又白又胖。我想这也是母亲重视我吃好的原因吧，当然她小时候估计也给饿怕了。我妈平时打电话，如果是饭前，一开口便会问“还吃过了”。年纪大了后，她一直喜欢喝粥搭咸菜，我想这也许是她童年的味蕾记忆吧？我的母亲一辈子就是简简单单过日子，我每周一中午打她电话，问她吃什么，她总是说还有点剩菜剩饭搭搭（高徐话音如塌塌）。

又到夜深人静的时候，妻已熟睡。白天烈日下阵阵蝉鸣，隐隐还在我耳边响着。与父母在一起的暑假，充满了快乐！那时，白天骄阳似火，蝉鸣声一浪高过一浪，试与烈日比高低。母亲身着花衬衫，头顶湿毛巾，我戴草帽与母亲一起在地面发烫的骄阳下翻麦子、晒稻草，把箱柜里的衣服拿出去暴晒，那樟脑丸的味道还在鼻头萦绕。那时，夜晚满天繁星，我与母亲在屋外乘凉，萤火虫一闪一亮。母亲说今晚天上星厚，明天又是个大热天。她摇着扇子帮我驱赶蚊子，又拿来一角西瓜给我，那甜甜的味道还在舌尖回味。那时，早晨天已大亮，我还在睡觉。邻居来串门的说话声音大了些，我妈便让他们声音小一点。早晨母亲涨“酥头丁”的香味还在满屋飘香——妈，我写这些往事，您还记得吗？您何时再为儿做顿早饭啊？今天的家乡一定也很热吧，您是否与我爸一起坐在老屋门口，摇着芭蕉扇，听着阵阵蛙声，东家长李家短，诉说着孩儿的故事呢？我仿佛又回到从前回到老屋，待在房间里弹凤凰琴，一遍又一遍，您又悄悄走到我身边，轻声细语地说，大生儿，不早了，把帐子里的蚊子打干净，睡觉吧。妈，我是多么地想回到从前回到您的身边啊！

转眼间，一个暑假就要过去了。快开学的那刻也是我与母亲最忙碌的时候。我要抓紧把家务活做好，把家里地砖上经过梅雨天带进来的干泥巴铲掉。我还要把水缸里的水挑满，省得我妈一早到河边用水桶拎……更有三件事不能忘记。一是开了爿小店。父母为了发展家庭经济，在家中堂屋开起了小店，用立柜作货架，我在东山墙上挂了块“利群小店”的牌子，卖些油盐酱醋之类的生活用品，午饭前来客多，我便帮忙打酱油。坛子空了，我就与父亲撑船到镇上去进货。那时的河水清澈，父亲撑篙我坐船头，望着碧波荡漾，心中对家庭发展充满希望。母亲在家做裁缝还要兼顾小店生意。二是种了一屋子蘑菇。爸妈把后面的小屋利用起来种蘑菇，蘑菇是夏天起种，在烈日炎炎下，我与父母、二哥用牛粪拌泥土，然后铺到屋里搭好的一层一层的芦竹架上。不久，当我看到一只只雪白的蘑菇冒出，心中不禁暗暗高兴。三是种了一亩地甘蔗。我妈不知从哪里找来一个种甘蔗的人，是个“老烂腿”，东边口音，人又高又黑，我挺不情愿与他一起干活的。一次我与小伙伴去生产队干活，被我爸拎回来钻到又高又密、密不透风的甘蔗地里打叶子，叶子有锯齿，划得我的膀子流血。可是我妈并没心疼我，说到了秋天能卖钱。我望着一片绿油油的甘蔗，心中充满了甜蜜的期待！

临开学前，母亲用香油面粉炒了一袋炒面，先放在脸盆里晾凉，然后装进布袋里，父亲用绳子将袋口扎好，让我背着去学校。炒面就是我学生时代的美味，当下晚自习回到宿舍时，我用搪瓷盆拌一碗香喷喷的炒面，肚子空空、口水便不自觉地流出来。这时，有数只汤匙伸进碗里，你一勺他一勺，一扫而光，同学们都说我妈炒的炒面好吃。炒面是母亲留给我的美好记忆，如今我多想我勤劳能干的妈妈，再在这个暑假，快开学的时候，为我炒一锅香喷喷的炒面啊……

我敢说我妈在另一个世界里也疼着我。昨天早上的睡梦中，我梦见我妈与我一起看戏了，她知道今天我会特别想她的，托梦给我让我好受点。沉静而悠远的咏叹调一遍遍在我心头响起，在晴热的夜空中缓缓飘荡……我推窗仰望星空，众多平凡的星星在夜空闪耀，那最亮的星星就是我妈的眼睛！

（2019 年 7 月 28 日深夜）

我的心寻找妈妈已半年

半年前，妈妈不辞而别，那感受犹如妈妈的孩子不小心走失了，妈妈满大街满世界找啊找啊，心急如焚的母亲不停地呼唤：儿啊——你在哪里，在哪里呀？

我在这 180 多个日与夜，无时无刻不在寻找我那失散了的老母亲。她步履蹒跚，拄着拐杖，头也不回，一路往西去了！我追寻着，追赶着，妈——妈妈，您在哪里？我跪着对大地喊，妈妈，您在哪里？大地沉寂！我蹚着对河流喊，妈妈，您在哪里？河流不语！我爬着对青山喊，妈妈，您在哪里？青山肃默！我的腿跑断了，嗓子喊哑了，泪流干了，形容枯槁，心力交瘁，就是找不到我妈、追不上她老人家突然离家出走的踪影……我恍然来到了西方极乐世界，我知道我妈会在这儿，她一辈子烧香拜佛。佛祖说，孩子，你回去吧，你妈不能与你在一起了，她在这儿做裁缝了。我说我要见我妈，她走时没留给我一句话！佛祖说，她与我们在一起不肯见你！我仰天哭喊，妈，孩儿多想再见您一面，多想与您说句话啊！我妈站在云端，泪流满面，刚要开口与我说话，我却惊醒了！我抹着泪水，暗暗抽泣，想妈的孩子再也睡不着了。我把母亲生前的点点滴滴，在心里细想了一遍又一遍……

我的母亲是17岁从邻村嫁到冯家的。可能我不是女儿的缘故，母亲很少与我谈她年轻时候的家常。我对母亲的了解多是在我记事后，多数情况是她讲的，从亲戚朋友口中听到的有关我母亲年轻时的事情不多。说到冯家，现在回想起来，是很穷的。那时，爷爷奶奶住在田里的丁头舍里。丁头舍相当于一间屋，大门开在山墙顶头，土坯草屋南北向，面积约20平方米，用向日葵的秆子与芦柴秆当椽子。我们与父母住在庄上，三间草屋，墙根脚有一点砖砌，中间土坯墙，山墙上半部是用草腰子拦住的。草腰子即在一根芦竹上缠上稻草，一根根排紧，用烂泥搪上。年久失修，草腰子坏了，冬天的西北风便飕飕地吹进屋里。有一天中午上小学的我放学回家，看到家里的草屋顶给掀了，有村民在盖新的刷草。刷草即农村专门用于盖屋顶的麦秸秆。打麦场的时候，人工掼下麦穗，然后用脚把麦秸秆外皮去了，一把一把扎好，堆成草堆，用塑料薄膜盖好备用。盖屋顶是把刷草一层一层披下来，每层之间用和好的烂泥搪住。半天工夫，金黄的屋顶便盖好了。墙呢，是用土基砌的。土基的做法是预先让稻田收干，待稻子收割后，两个大人拖着石磙子反复在上面碾压，然后用尼龙绳子拉线，用长刀切划成约20厘米 ×30厘米的土块，放在田埂上码起来，用草席盖住，晾干。这样过个把月，土基干了就可用了。墙砌好后里外用烂泥和的稻壳涂抹，讲究的人家屋里的墙用石灰涂抹成白色。我妈讲究，屋内是用石灰抹的。翻造新房的这几天，母亲起得特别早，在外支了灶，把早饭一碗一碗盛好放在大桌子上，摆上萝卜干、咸鸭蛋招呼帮工吃。待她收拾好碗筷，又在跑前跑后当小工，整个工地上都能见到我妈忙碌的身影，听到她的欢声笑语。这是我见到的父母第一次修房造屋。

20世纪六七十年代，在苏北里下河地区，江都、兴化、高邮、泰县四县交界的地方，有个小纪镇，水乡，可谓穷乡僻壤。我的家离小纪街上往东北尚有十几里，那时叫高徐人民公社太平大队。几百户人家绝大多数住的是草房，只有个把人家是祖上留下的瓦房。集中居住在一起的地方叫庄上，少数散住在田野边的叫田里。小时候看到一砖一瓦都很羡慕，对住瓦房的人家更是另眼相看。有一天夜里听到我妈与我爸谈心，妈说要砌瓦房，儿子大了，人家来访亲，草屋看不上。爸说，钱呢？不是大鱼翻不了花！妈说，想办法借呗……不久，我放学回家，看到屋后河边的码头上，放了一堆木材。一群人站在旁边直夸木料大，那个年代我们那儿盖房子都是用家前屋后的树。计划经济时代物资凭供应，哪来的木材呢？原来是我妈去找了公社书记弄了几方木材。这个书记叫黄顺元，20世纪50年代在我们大队蹲过点，与我妈一起干过农活。又过了几天放学回家，看到爸妈用船运回了砖瓦，码在家前屋后。但在砌屋的那天，听说我妈被我爸打了，是用手电筒砸的头，鲜血直流。我妈跑到赤脚医生那里缝了好几针，医生问怎么回事，我妈说是不小心跌下来碰到砖头上的。第二天一早，我妈还是跑到邻村去买豆腐百叶，笑哈哈地忙这忙那，好像什么事都没有发生过。什么原因打的我不知道，但我知道，我爸脾气不好，有点毛，经常对我妈大打出手，有一次甚至把膀子打断了，深更半夜邻居用船送到兴化的一个镇上找医生接上。邻居直讲我爸的不是，我跟着一路上，没听我妈说一句我爸的不是。更让我佩服的是，无论头天吵架如何，第二天早上我妈照例把早茶端到床头给我爸吃。我爸在我出生前的二十大几岁就患上了哮喘，身体很虚弱。那时虽然家庭条件不好，但我妈还是常常用豆油、白糖炖一个鸡蛋给我爸。我爸也很珍惜，每回都会用舌头把碗里的油舔干净。在风风雨雨中六间瓦房落成了，屋内地上与屋外走道还铺了小青砖，在我们大队可是第一家新砌瓦房的。那一阵，客人来了都咂咂嘴称道："华堂华堂，排成一行，了不起了不起！"新砌的房子，屋内有一种空荡荡的回音，嗅着新砖新瓦的味道，我妈跑前跑后乐开了花！那之后一年的暑假，我回家见到几个陌生的女人在东转转西看看，我妈满脸堆笑，热情接待，午饭又是鱼又是肉，晚茶又是摊面饼又是打水泼蛋。我从言语得知她们是来访亲的，其中一个扎着长长辫子的姑娘，不久成了我的大嫂。那天我与我妈一样激动，我蹓到屋后的河边，一个猛子扎到水中，扑腾扑腾来回游了好几圈！

那些年，父母把家庭开支主要用在砌房造屋上了。这符合中国农民的心理所求，忙了一辈子，往往就是为了造新房，草房变瓦房，瓦房变楼房。在二哥结婚时，父母又在田里爷爷奶奶住的地方盖了三间屋，又在南边为爷爷奶奶盖了小屋。还有一次重要的建房是在2000年前后。在父母快70岁的时候，有了到镇上住的想法。父母心里可能这么想，一是有两个儿子都住镇上，二是镇上生活与看病都方便些。就在筹划在镇上建房的当口，2001年的3月4日，冯家发生了一件大事，一件不幸的事：我的三哥在泰州市九龙口大桥的东边遭遇车祸遇难！悲伤之余，这个房子还建不建？建房的压力主要落在我的肩上。我必须担当起来，不能因为三哥倒下了，房子就不砌了，而且要砌楼房。本来父母只想在镇上盖个平房的，我为了实现三哥的遗愿，为了对得起悲惨死去的他，为了抚慰父母受伤的心，在不被人理解、有阻力的情况下，坚决为父母建楼房！此时，父母已年老力衰，无力独自建房了，难道做儿子的就不能尽孝心满足二老的心愿吗？我找江苏省建筑设计院的朋友设计图纸，请我们镇建安公司的农村建房专家龚长青施工。大半年工夫，一幢漂亮的白墙红瓦的小二楼建成了！在建房的过程中，由于工作忙与其他原因，我只回去了一两次。建房主要靠父母，特别是我母亲发挥了主力作用。后来我得知，我妈为建这幢房子，吃了许多苦、受了许多气。每次我母亲小心翼翼打电话问我，我爱人还晓得，还同意？我都回答不要烦，同意的！因为是我为主出资，所以我妈心中总是担心。在我的心里，老家即是爸妈的家，何况爸妈为建这座房子费了多少心思吃了多少苦呢。参与建房的人告诉我，建房期间，都是我妈烧饭甚至做小工，他们都不太帮忙，来转一下就走了。大热天，烈日下，两个老人在工地上干活，现在想想，我的心疼啊。我妈与我谈过，上梁的那天，在镇上住的两个儿子家都不肯让烧饭摆酒席，还是我妈捶了我大哥几下，大哥才去买菜办酒席的。何故？可能哥哥嫂嫂他们认为这个房子是我建的？家庭复杂的关系在此可见一斑。为父母营造一个安乐窝，理当有钱的出钱，没钱的出力才是啊，冯氏家族的人，请记住这个大道理！

我这样想着想着，不知不觉又到了深更半夜。妻在客厅看电视，《闯关东》的片尾曲《摇篮曲》响起："月儿明，风儿静，树叶儿遮窗棂……"那深情动听的吟唱直击我的心灵。我的心飞到了窗外，仿佛我的母亲在月下等我，我被我妈紧紧地搂在怀里，与我妈腾空飞起，踏着云朵飘然而去，一路上数不清的星星闪烁而过，月亮越来越近……猛然我睁开蒙眬的眼睛，再也睡不着了。我在灵魂深处回忆我母亲砌房造屋的情景，我在灵魂深处追寻我那有主见的母亲远去的足迹，我在灵魂深处思考母亲为人处事的气量与艰苦奋斗的精神……她无钱建房的劲头好比闯关东啊！上周老家村支书与镇长来南京找我，说是扬州市搞优美乡村宜居点建设，家乡太平村是一个点。村庄环境需要整治，我家的老屋为危房，最好要整治翻新一下。我听明白了，希望我支持他们的工作，个人出钱把村里的房子整新。我当即表示积极配合支持。其实我在母亲去世后就与二哥商量过，要把村里的老屋整修一下。虽然没什么用，但是父母亲手建的房子啊，我要保留，保留记忆，保留家庭建设的物证，保留我母亲在艰苦年代自力更生的担当精神。我仿佛又看到当年我与父母生活在村里老家的情景：妈妈通宵达旦地踩缝纫机，爸爸坐在旁边锁衣服扣子，好几个徒弟齐开工。我负责后勤，饭菜凉了热、热了凉，往往母亲刚捧起饭碗，做衣服的人来了，她赶紧丢下饭碗，给顾客量尺寸，画样裁剪，然后顾不上送客人便埋头坐在缝纫机上“笃笃笃”地做起来了。记得每年我放寒假回家的春节前，那长条桌上堆满了各色布料，来做衣裳的人有时晚上八九点还来敲门，煤球炉上钢精锅不停地烧着东西冒着热气……那时做一件衣服最多就几角钱，我想，家里建房的钱就是这么积攒下来的吧？为了房子，父母省吃俭用操碎了心，起早带晚干活从未向我们诉过苦。

想着想着，泪眼朦胧，依稀听到佛祖说，你妈还在西方极乐世界做裁缝。我问，我爸还在给我妈当下手吧？她还有徒弟帮忙吗？还有人给她端茶倒水否？夜深人儿静，我多想再把我妈做的漂亮的新衣服给顾客送去呀……《摇篮曲》再次在我心中响起，此时此刻我与母亲在村里的老家，妈妈将我抱在怀里，哄我睡觉。“月儿明，风儿静，树叶儿遮窗棂啊。蛐蛐儿，叫铮铮，好比那琴弦声呀。琴声那个轻啊，调儿动听，摇篮轻摆动啊。娘的宝宝，闭上眼睛，睡了那个睡在梦中。嗯——”“呜——呜——呜——”，我感觉到点点热泪滴在我的脸上，我猛然睁开眼睛，我的妈却不见了！我满屋里找啊找啊，不见我妈，我的心紧张得咚咚直跳。我赤着脚冲出门外，追着月亮一路狂奔向西而去，边跑边呼喊着：妈——妈妈，您在哪里？夜空中回荡着我撕心裂肺的声音……

（2019 年 8 月 28 日深夜于南京家中书房）

月光里的妈妈

"……桌上寒灯光不明，伴我独坐苦孤零。人隔千里无音讯，却待遥问终无凭。请明月代传信，寄我片纸儿慰离情！"

夜未央，月偏西，我无眠。我把徐小凤低沉吟唱的《明月千里寄相思》听了一遍又一遍。今年的中秋节是我有生以来第一个没有母亲的中秋节，没有母亲的中秋节是不圆满的中秋节！中秋节乃团圆节，近年来我都是回老家与母亲过的。以前的中秋节我很少回老家，可能是做儿子的粗心吧。母亲老了，妻子倒是想得周到，到这个时节往往催我回老家过中秋。前几天我便心生不安，机关工会开始发月饼券了，往年还要到超市再多买点月饼带回去，尽管我妈在电话那头说："月饼有的，少带点噢。"妈在几天前就会惴惴不安打电话问我中秋节回不回家，生怕我不回去。今年中秋节前我痴心妄想还在等妈的电话，可那熟悉的电话号码终究没有显示在我的手机上。倒是在老家的两个侄子发微信问我还回去？其实我还是很想回去的，心里隐隐的难受——我多想回老家与母亲再过一次"八月半"啊！

"八月半"的一大早，我妈就把豆腐百叶买回家，从地里挖了几颗芋头，摘了些盘阳豇（一种圈着长的豇豆）与红扁豆放在屋前的水井旁。一只双腿用稻草扎着的大白鹅在院子里引吭高叫，一只老鸭沙哑着嗓子呱呱地叫。吃过早饭后，父亲与家人齐动手，杀鸡宰鹅，择菜剥葱，洗切烹饪，中午时分一样样烧好的菜陆续上桌，豇豆角老菱红烧新鹅、老鸭汤、肉圆、芋头烧扁豆、清蒸螃蟹等等，都是时令菜！一家老小，大桌坐一桌，小桌坐一桌，男人喝酒，小孩与女眷喝饮料，热闹一番。此时，母亲跑前跑后并不入席，但也是她最开心的时候。这样母亲忙碌一天，直到晚上月上东山，她才安静下来……

今天晚饭后我与爱人提议去江边散步，看江边月色。可去了后就失望了，虽然月亮挂在天上，但江边的路灯很亮、人很多，全然没有“江天一色无纤尘，皎皎空中孤月轮”的意境。不由让我又思念起家乡的那一轮明月，清澈的月光照亮庭院，那静、那明、那美！吃过晚饭收拾停当后，母亲搬出一张小方桌放到院子里，摆上月饼、鸡头米、菱角、石榴等，点上香，虔诚地祭拜月亮公公。但见母亲口中念念有词，多数我并未听清楚，大概是祷告月亮公公保佑全家团圆美满吧？有一句我听得分明，妈说：“今儿个亮月子（指月亮）亮的”，但她并未望月亮一眼，可见母亲心中高兴的。倒是我不时抬头望月，在月光照耀下，母亲满面生辉，额头发亮，满脸的皱纹也看不出来了，似乎比平时年轻了许多。现在回忆我配合母亲拜月的情景，那是多么地令人神往啊……

我不知道我不在老家时的中秋，谁陪我妈？父亲已先于母亲走了十多年了，也许她一个人孤零零地在月色下走一遍程序吧？但我想我妈那时一定怅然若失，一定惦记着远在江南的我，一定想念她失去的亲人吧。也许她会长叹一声，并抬头深情地遥望东天的月亮，眼里盈着泪。那时，唯有月儿知她心呀。那时，月光里的妈妈形影孤单。那时，妈的脸上带着一丝忧愁吧？我从家乡朋友的口中得知，他们问我妈我中秋节还回老家吗，我妈说我忙得扎实，又不回来噢！是呀，远方的游子回不回老家，只有妈牵挂。我躺在床上思来想去离开故乡三十多年，回去陪母亲过中秋节，不过七八次。母亲这辈子给人的印象是豁达与坚强，我为我有一个阳光的母亲而自豪。其实作为一个农村妇女，她的儿女心特别重，一有心思便整夜整夜坐在床上，任由月儿从东方升起到西山落下。我为我有一个月光如水般温柔的母亲而心疼！有一次我出国，为了不让我妈烦心，故意没告诉她。谁知她打我电话一直联系不上，便整夜坐在床上不能入眠十来天，直到我回国后打她电话才知情。

每当回想此事，我心中便后悔不已。俗话说，儿行千里母担忧。小时候在家时，我起来到屋外小便，常常听到母亲深更半夜还坐在床头与我爸说话，谈到砌房造屋的事，谈到小店年前进货的事。那时恰是床前明月光，母亲在月色中隐隐叹气，说天这么冷我三哥的船还不知道停在什么地方……我在朗朗的月光下，听到远方传来轮船的长笛声与近处的狗吠声，不禁打了个寒战。母亲喊我一声："大生儿，还不睡啊？把门关关好，把脚头的被子招招好，快睡吧！"那时，我常常跟着父母去邻村的外公家，母亲总是帮外公外婆把活计做好很晚才回家。从外公家到我家向北走有很长一段路，一路上，月白风清，寒风凛冽，小河里腾起轻雾仿佛水开时的热气，远处村庄朦朦胧胧闪着几盏昏黄的灯火，我不禁想到鬼火来。父亲走得快在最前面，母亲走得慢落在后面，我陪母亲走，母亲让我往前走。母亲是不想让我走在后面害怕吧，我透着月光见我妈的表情十分沉着，心里便安定下来，走进村庄顿觉一股暖气。那时，母亲做裁缝带晚常常做到鸡鸣。三哥起来喊妈睡觉，生气说不然就把电闸拉了！我妈说快了，还有几针，明天人家要去吃喜酒呢。我陪母亲到十一二点就撑不住了，何况双脚冰冷就像站在冰水里。家里堂屋是开了后门的，大门不关缝，寒气逼进来，我妈似乎不怕冷，呼啦啦不停地踩缝纫机。母亲伏在缝纫机上，月光从窗户透进来和着昏黄的灯光映照在她紧张而愉快的脸上。母亲就是这样整夜忙碌着，我乘着月色把母亲做好的衣服送给人家。后来母亲患了严重的腰腿痛，与她多年来所受的寒气不无关系，积劳成疾。我想母亲辛勤劳作的时候，多半是在那月出月落时分啊！那时，农村常常停电，尤其在收割季节，农忙用电量大，停电更勤。往往来电的时候，已是月上树梢头。忽然听到有人喊“来电喽”，母亲便拿着农具往打谷场上赶。“老虎机”（脱粒机的俗称）呼呼地吞着稻秆，二哥在喂机，我站在旁边铲稻谷，我妈在前面叉稻草。就这样紧张地交相忙碌着，几堆稻草，一堆稻谷形成了。我坐在一旁见月光下的母亲头发上沾了不少稻草叶，与人谈论着今年的收成，她的脸上漾着丰收后的喜悦……

母亲披星戴月劳动的情景过去四十多年了，如今回想起来仍历历在目。音响里传来《但愿人长久》的歌声，我情不自禁地默念起来——我欲乘风归去，寻找我的母亲，无论山高路远，哪怕天涯海角，我都在所不辞……“不应有恨，何事长向别时圆？

月是故乡明（薛亮）

薛亮，著名山水画家，一级美术师，中国艺术研究院研究员、博士生导师。江苏省美术家协会副主席。

人有悲欢离合，月有阴晴圆缺，此事古难全，但愿人长久，千里共婵娟”，邓丽君唱到此处时，我不禁潸然泪下。明月年年有，今宵却不同。我的思绪又回到从前，回到1968年的那个中秋节的场景。记得那天下午，村里人就开始议论开来了，我听大人说是今晚将看不到月亮，而且黑月亮要吃掉白月亮，整个村子笼罩在惊恐不安的氛围中！傍晚时分我见黄黄的月亮升起来了，高兴地告诉我妈。母亲欢快地准备着祭月的东西，我早早地把小方桌搬到了大门口。可是不一会儿，天色暗了下来。只见一只黑月亮慢慢地在吃白月亮，从月牙儿吃到半个饼……此时母亲一脸惊恐，从屋里拿出铜盆用筷子敲，并拿了只搪瓷盆让我敲，叮叮当当，整个村子都传出锅碗瓢盆的敲击声……不一会儿，黑月亮给吓走了，白月亮又出来了，照得村庄亮堂堂，母亲的脸上又露出笑容。那年我7岁，后来知道了，那是个日全食的自然现象。可是在那个望天收的纯农业年代，农民期盼的是风调雨顺、五谷丰收啊！

今夜，我在月光下思念我亲爱的妈妈，满脑子都是她在月光里的样子，从她年轻时到她老年，直到去年的中秋节，那是我与母亲过的最后一个中秋节啊！此时此刻，我的心中响起毛阿敏深情演唱的《烛光里的妈妈》，“妈妈我想对您说”，我要借着月光用心血为我那饱受人生磨难、吃尽千辛万苦的母亲写一首赞美诗——《月光里的妈妈》。

妈妈敬爱的妈妈，您常说八月十五团圆节，我总说每逢佳节倍思亲，如今却不见您。

妈妈我想对您哭，可是泪水早干涸，妈妈我想对您笑，眼里却点点泪花。

噢妈妈，月光里的妈妈，您的黑发泛起了银光，您布满皱纹的脸上印着许多牵挂。噢妈妈，月光里的妈妈，您的腰腿劳累走路依靠拐杖。您的眼睛为何永远睡着？噢妈妈，月光里的妈妈，您尚有许多心愿没有了却，您怎舍得离别儿孙走啦？

妈妈呀，您一生操劳为人着想，您饱经风霜乐观坚强。妈妈呀，您谈笑风生待人热情，您念经拜佛心地善良。妈妈呀，您勤俭持家艰苦奋斗，一个女人撑起一个家！

哦妈妈，月光里的妈妈，您慈祥、孝顺、菩萨心肠，哦妈妈，您大气、智慧、有远见有眼光。哦妈妈，月光里的妈妈，您吃苦耐劳、闯荡上海、自强不息的精神永远值得弘扬。

噢妈妈，思念似那无尽的银辉，请别再牵挂。噢妈妈，何年中秋再团圆，请借那吉祥的月光呵护全家吧！

后记：

此文写于9月13日中秋节深夜，未转发。今天又到母亲的忌日，我把此文作了修改。上周出国去了芬兰与瑞典，回国前照例要买些东西，包括给母亲的礼物，可转念一想再也不需给她老人家带补品了。母亲也再不会为我远在异国他乡而挂念、整夜坐在床上了！娘解脱了，我未解脱。我站在芬兰古城堡的岛上远眺月色中的波罗的海，赫尔辛基的灯火阑珊，海天相接处彤云似火，寒冷的晚风吹得我直打战。此时此刻我想到了远在故乡的家人，想到孤星冷月照耀着的妈妈……妈妈，这次出国我又未告诉您呀！过几天又是国庆节了，往年这个时候，我妈的电话又来了：“放七天假呢，还回家玩几天？随你们哟，我把你们床上的被子晒过了。让老二逮只老鸭，今年的扁豆结得多了，蔬菜带点回南京……”母亲总是这么说，总是惴惴不安，总是担心我们不回去。昨天夜里，我梦见了我爸住在我爷爷奶奶家的旁边烧饭，可没梦见我妈。我想肯定是我妈在另一个世界也不愿再让我烦神操心吧？从二月到九月，进入秋收季节。国庆节前后就是收割稻子的时候，我曾与母亲在月下打稻谷。不知现在的打谷场上，还有当年母亲的身影吗？我想回去……

（2019 年 9 月 28 日深夜）

金秋十月忆老母

黄叶飘落的季节，也是母亲来南京体检的时候。前几天我到省人民医院看医生，走到门诊三楼的内镜中心，不禁驻足张望，在众多的候诊者中寻找母亲的身影。去年十月，正是这个时候，我陪母亲在这里等着做肠胃镜。回想去年的场景，不过一年，母亲的肉体就不存在了，从今以后也就再不需要为母亲做检查了。唉——我听到护士那熟悉的喊号声音，仿佛听到妈妈的名字，还是在那张 8 号台，还是那个老护士给我妈打麻药，还是多年来一直为我妈做肠胃镜的于莲珍主任操作，去年的情景历历在目，我的泪水夺眶而出……

近十年来，每当秋收过后、树叶黄时，到了十月份，我便将母亲接到南京小住个把星期，主要是为她检查身体。令我欣慰的是，母亲体检的各项指标基本正常，主要是血压高。今天我把母亲去年体检的一套资料翻看了一下，肠、胃有多发性息肉、肠道毛细血管扩张、慢性胃炎，双侧甲状腺结节 3 级、双侧颈动脉粥样硬化伴局部斑块形成，左心室舒张功能减退，二尖瓣、三尖瓣返流（轻度），肺动脉高压、胆囊结石、右肾囊肿，室上性期前收缩、左心室肥大 V_1V_5、轻微 ST-T 段异常 V_4V_5，癌胚抗原 5.67（参考值 0~5）、总胆红素、直接胆红素、谷氨酰转肽酶、谷草转氨酶、尿酸、谷氨酸脱氢酶都有个向上的箭头，红细胞 5.59（参考值 3.8~5.1），红细胞平均体积、平均血红蛋白含量、平均血蛋白浓度都有个向下的箭头。记得每次体检后，将体检报告给医生看，医生都说没啥问题，最多对症开点药，并说以后隔个两三年查一下，不要年年查。母亲走过近 87 个年头，到了晚年犹如一棵饱经风霜的老树，难免有些老化现象，但依然有着旺盛的生命力。而且，母亲的遗传基因也特别强大，对照我的体检报告甚至我儿子的生化检查报告，有关红细胞的几个指标值打箭头的都差不多，红细胞都高且平均体积都低。

母亲是个普通的农村妇女，又是个文盲，但她在晚年还是注意保养身体的。门前有块体育场地，她常去锻炼一下腿脚，我住月光广场时，她也会与父亲下楼去锻炼。以至在她去世后的“头七”，我在睡梦中还听到她对我说她是去甩腿子的。她常常中气十足地对我说，我身体好好的，你们安心工作，不要烦。并且向她身边的孙子交代，她生病了不许告诉我。大前年的夏天我照例中午打电话给她，过了好久她才接我电话，一开口依然声音洪亮，但隐约感觉到她讲话的声音与往常不一样。过后查问，才知道她前几天摔了一跤导致腰椎骨折躺在床上。我爱人是学医的，说老年人久卧会带来并发感染。于是把她接到南京到中大医院做“骨水泥”（腰椎成形术）。打“骨水泥”要用锤子把粗的针管扎到位，还是很疼的，但在手术室外只听到母亲哼哼的声音，帮她做手术的何主任说，老人家真不简单。后来母亲又跌过一次胸四椎骨折，又做了一次“骨水泥”，还是何主任主持手术，大概这一次更疼，隐约听到母亲在手术室里呼唤我的名字。在中大医院住院期间，母亲还与同病房的东南大学建筑学于教授谈得来，如今那位教授还常联系我问我妈好呢。

母亲在体检与看病时的表现，令我骄傲。她很善于与医生配合与交流，虽然过了一年才见一次，但她每次一见到为她做肠胃镜的于主任，便热情地上去打招呼并拉着她的手，问长问短。早几年，还没有普及无痛肠胃镜，于主任为我妈做了第一次肠镜，并做了息肉套切手术，在手术过程中我听到母亲难以控制的哼哼声。做好出来时，母亲对我说以后再也不做了，可想而知做普通肠镜的痛苦与母亲的耐受度。母亲疼痛能忍，不想让我烦心。有一次在我家本来睡的是席梦思高低床，她第二天提出要睡客厅的木质沙发床，原来是夜里疼痛时没抓手，这样她好抓住沙发床的边框。那些年母亲尚未用拐杖，虽然一只腿不灵便，但她在医院上上下下走台阶时，坚持不要我搀扶，“你让我自己跑噢”，母亲扶着栏杆吃力地走着，只是到了电动扶梯时她才抓住我的胳膊，瞅准了一步跨上来，并紧张地说一声“哎依喂，妈妈”。我见母亲脸色苍白，紧张地捂着胸口。省人民医院人流量大，我让她坐在一个位置不要走动。母亲见我跑上跑下的，说是下回不来了。有时候我去找医生走了一圈回到母亲等待的地方，她会从口袋里掏出一颗糖给我，说是起得早怕我饿，垫垫饥，并让我去买点吃的。记忆中母亲很少生病的。大概在 1970 年代后期的一个冬天，我在镇上读高中，去镇卫生院看了住院的母亲。母亲头上扎了头巾，挂着水。父亲买来了胸条肉，为母亲做饭。没几天母亲就出院了，听说是梅尼埃病。后来也常听母亲说头晕，但吃吃天麻之类的药也就过去了。在我读大学期间，母亲因子宫肌瘤做过一次大手术，是在小纪镇中心卫生院做的，但当时我并不知道。后来母亲告诉我，手术前她与我二舅说，她这次的病不知能不能挺过来，让我二舅要照顾好还在读书的我。再后来我带她到南京体检做 B 超，方知母亲的子宫完全切除了。哦，那孕育了四个儿子的子宫，早已离开了妈妈的身体！

小时候常常听母亲说，她是吃我同学大阳的衣（衣胞）吃好的。母亲年轻时患了痨病，外祖父夜里把村里一户唐姓人家刚掩埋的胎盘挖出来，煮给母亲吃。母亲说外祖父端着逼她吃，像吃的猪肚肺但吃不动，费劲吞下去的。母亲说的大阳就是我现在的好友江都实验学校的唐大阳，母亲视他如义子，并且与他们一家处得很好。

母亲的腰腿痛，早年就患上了。在我 1981 年考上大学的那年夏天，母亲腰直不起来。当得到我的好消息后，母亲一下子就好了许多，忙前忙后操办酒席，原本痛苦的脸上笑成一朵花。后来我在南京工作，回老家经常见到母亲腰腿疼痛。大概在母亲 60 岁左右，我带她到鼓楼医院看过一次骨科，医生看了片子后说母亲骨质疏松，骨头像根向日葵秆子那样空疏，如果负重一不小心会跌趴下来。打那以后我一直担心医生的话，劝母亲少干重活。可母亲挑担拎水一着不让，直到晚年仍然负重劳作。前几年，母亲的腿脚越来越不灵便了。她对我说："脸朝南站，东边一个腿子不着劲。"在省人民医院体检时医生看了母亲的腰椎片，说是腰椎间盘压迫狭窄，已不能做手术了。我真后悔当年母亲腰疼时未给她拍 CT 做检查。近年来母亲常常跌跟头，她告诉我一年要跌二三十个跟头，但她却乐观地说：“我有菩萨保佑我，跌下来一滚就爬起来，没事！”我让她用拐杖，她开始不肯，说是嫌难看。其实是母亲不服老的心理。后来她拄拐杖了，但有时候去她的好友闵爱军小店玩，是有一定距离的，她居然没带拐杖，回家后吓了一身冷汗。我知道母亲后来用拐杖或推轮椅，是为了保证不跌跟头，不给我们添麻烦。去年底她在家跌过一次，头破血流，后来醒来喊邻居，送到医院缝了几针。我得知后带着江都人民医院的医生去看她，医生说是心脏方面的问题导致并让半个月后去医院检查一下。后来她好了没什么大碍，我也就没重视，以为还是腿的问题。这一忽视不是小事，过了两个月，母亲又在同样的位置，吃饭的桌边倒下，这一次她就再也没有起来！其实母亲的突然去世，是被我耽误的，我的心能不碎吗？每每想象那晚母亲暴病的情景，我的心就疼痛不已啊！今年的体检，我血压升高了，过去从来不高的。医生看了我动态血压报告后，诊断为调节功能受损。写到这里，我不禁自责，做儿女的对父母的身体健康状况能不能再细心周到一点呢？我反思我一个最大的失误，就是每年为母亲体检但每次都忽视了高血压检查。如果早点为母亲做腰关节骨刺微创手术，如果重视母亲心脑血管的检查，如果去年冬天听了医生复查的话，也许，今年的十月，母亲还会来南京！可不是，母亲没有器质性病变，稍加注意活过90岁应该没问题，我都在考虑母亲90岁生日时到扬州迎宾馆庆贺。如今，我为母亲买的新拐杖——就在她去世的那天下午在南京买的，放在了她的墓碑旁——“妈，你试试这个是日本产的，轻便，还合手吗？”

前年母亲又得了皮肤病，脚踝处的皮肤发黑，诊断为湿疹。

皮研所的医生开了几种药混用，母亲虽然年龄大了，教给她使用的方法，她弄得清。我春节在老家，天天晚上帮她涂药。母亲的皮肤其实还是很好的，弹性而有光泽。帮母亲涂抹的那刻，母亲像个孩子，我倒像个大人。有一件深藏于心的事，我一直瞒着母亲。自我三哥二十年前不幸遇难后，我母亲哭得眼睛内角框上长了一团黑东西，有人说是晦气。可能是经常抹眼泪揉眼睛造成的吧。七八年前，母亲与村里人一起到一个有名的乡镇诊所看眼睛，医生建议她去上海看眼眶专科。我找了长征医院最著名的眼眶专科专家魏主任为我母亲看，他把我叫到旁边说，不是好东西，建议开刀切除。我当时一听腿就软了，但想到把母亲的眼眶拿掉，母亲又是那么爱漂亮的人，决定不做手术。后来直到母亲去世前，也没什么事，而且不注意看也看不到什么黑东西了。究竟是什么东西呢，也许是个谜，但足以说明母亲有着强大的生命力！

母亲屡摧不倒的生命力来自她内心的强大与乐观的心态，还有她坚强的忍耐精神与顽强的毅力。回忆她的一生，尤其在童年与晚年，她的母亲与两个儿子早逝，可她总是雨过天晴，把痛苦深埋心底、把欢笑带给大家。她虽没得到爱，却把爱洒向她所爱的每一个人。九九重阳后，十月金秋来。从今以后我的母亲再也不能来南京了，可为母亲做体检的惯例仍在我心中的日程上，我多想明天早上可以像往年一样带她去体检啊……

天尚未亮，母亲就喘着气窸窸窣窣地穿衣服了。早晨 5 点左右，我熟练把洗肠冲剂用有刻度的容器（做酸奶的圆形杯）调好，让我妈分数次在一个小时内喝了，大约 2 000~3 000 毫升。母亲听我指挥，喝一次在屋里来回走动，一刻钟左右再喝，连续几次。母亲说："我能喝哟，好在我天天早晨喝一大碗温开水，喝习惯了。"然后不停上厕所，直到拉出清水样便。6点30左右，从家出发去省人民医院，妻子把车开到医院的6号门旁的路边停下来，我搀扶母亲去三楼内镜中心登记拿号。7点40左右进去排队，先把针头插好，喝一支润滑液，然后等于主任来喊。8点左右进入手术台，帮母亲摘下假牙时她显然很紧张，护士推一支麻药，不一会儿，闪亮的探头便插进母亲的口中。先做胃镜，再做肠镜，我在外焦急等待，心脏科的朋友孙医生也来帮忙照应。8点40左右我从手术室外看到母亲沉睡着，心电监护仪发出嘟嘟的响声。过了不久，母亲有动静了，然后睁开眼睛就想爬起来。我抱着母亲对她说，做好了。母亲说，都做好啦，一点也没觉得疼。护士让她坐在旁边的椅子上歇一会儿才能走。母亲问还查出问题了？我说没什么问题，息肉。母亲说夏天屙了一痰盂血，我告诉她查了没事。9点30左右，扶母亲出去坐，我去拿报告、开药。这时候，于主任出来与我妈叮嘱几句，说阿姨没事的，便血是肠毛细血管壁因大便干燥摩擦引起的出血，要多吃点水果、喝点蜂蜜水，不要便秘。母亲拉着于主任的手，连声说谢谢，还让她有空到我老家去玩。我让母亲坐着不动，去取药。药取好了来接母亲，母亲问我有没买点东西吃，我说不饿回家再吃，母亲叹道："你这个孩子，不吃饭怎么吃得消？"我搀扶着母亲下楼，出了医院大门打的回家（妻子去上班了）。

母亲的身体没有啥毛病，我的心情也轻松起来。出租车的音响飘出了歌曲《懂你》，"你静静地离去，一步一步孤独的背影……"。到了小区门口，我架着母亲下车，这时麻药药性完全过了，母亲不让我搀扶，她一步一拐地走在小区的林荫小路上，金色的阳光照着青黄的树叶，斑驳陆离。我愉快地跟着慢步回家，望着母亲佝偻的背影，不禁心生怜爱，哦，母亲老了，一年不如一年，但犹如那倔强生长的老树，虽然沧桑，但是仍生生不息！一片黄叶轻轻从母亲身边飘落，哦，秋深了，我的老母亲明年还会再来吗……

（2019 年 10 月 28 日深夜于书房）

我眼中的妈妈与爸爸

2009 年农历十月十四，天寒地冻。那天凌晨，母亲醒来一摸，在枕头边没摸着父亲，再一摸，父亲瘦小的身子蜷缩在床角，凉了！母亲当时的心情可想而知，她失声痛哭："老头子，你怎么走了都不说一声？"母亲与父亲生活了 60 年，即使原本没有感情也处出了感情，他们可谓是少年夫妻老来伴啊！

今年春节前后，持续阴冷潮湿，妈妈在正月二十四那个晚上也走了！妈走后，愈发激起我对爸爸的怀念。我要为父亲逝世十周年按家乡风俗做个纪念活动。估摸着快到父亲的祭日了，我打电话问二哥与大侄子时间，他们说是农历十月十四这天，我说现在天这么暖和，我爸走的那天特别冷，会不会记错时间？后来他们去派出所查了死亡证明，的确是这一天，因为那年是闰五月。我想如果母亲还在，无须问别人更无须查，她一定会告诉我她的老伴我爸走的日子与时辰的。父亲去世后，每到他的祭日母亲总会祷告一番的。如果母亲还在世，我想她一定提醒我们为父亲做十年祭的。从十月十四的前一天下午开始，一班和尚就在老家的堂屋摆上经书与念经祈祷的用具，沏上茶，披上红袍，敲打诵唱开来。家人与领班和尚商量好了，放三场

运河哪边是我家（亚明）

亚明（1924—2002），著名画家，曾任中国美协江苏分会主席，江苏省国画院副院长，南京大学艺术研究中心教授。“新金陵画派”的代表画家之一。

“焰口”。我在汪曾祺小说中读到过有关做法事，“放焰口”大概表达的都是超度亡灵的意思。下午两场，先为爷爷奶奶等先人念经做祷告，再为母亲做。晚上一场正式的为父亲做。其间每隔一段时间，家人要叩头烧纸。每当七位和尚齐声诵唱时，我被感动，泪水止不住流，思绪飞越到过去与父母共同生活的美好时光……

小时候我是惧怕父亲的，他虽体弱多病，但发起火来气壮山河！但凡我犯了错，父亲一巴掌打来我的双眼直冒金星。那时我小怕理发，父亲拎着我就送到村里剃头师傅家。有一年夏天我的下巴上长了很大的疖子，他要带我去村赤脚医生那儿开刀，我一听拔腿就跑，躲到瓜棚里。谁知道父亲忽然出现在我面前，把我拽到医生那儿。那时，我们一帮小伙伴都要走村串户拾鸡粪。其他人用的工具是铁皮做的勺子，我用的是河蚌壳做的，嫌不好，不肯出去。母亲哄我我也不听，这时只见父亲气势汹汹地手挥麻绳朝我抽来，我机灵地躲到糊骨子（做鞋子做衣服衬里用的，把碎布用糨糊一层一层地糊起来）的门板后面才免受皮肉之苦。父亲朝母亲发火出气甚至大打出手就更多了。父亲长年气管炎并哮喘，脾气自然不会好。发病的那会儿，多是母亲照顾。母亲常常夜里把我叫醒，让我去喊医生。我一骨碌爬起来，揉一揉眼睛，顾不上穿鞋赤脚奔到邻村的王贞医务室，喊医生到家里为父亲打针，什么麻黄素、氨茶碱、葡萄糖，一推一大针管。为了父亲养病，母亲每天早上都会把早茶与早饭端到床头给父亲吃。我见得最多的是用豆油白糖炖鸡蛋，父亲往往把碗里舔得干干净净。后来母亲听人说用开水冲鸡蛋加点白糖大补，就常常这样做。其实那时我家是缺粮户，由于缺少了父亲为主的男劳力，日子过得紧巴巴的。我常常拿几个鸡蛋去供销店换盐、糖与煤油。但我母亲每天为我父亲送早茶，哪怕前一天晚上吵过架。记得为了治父亲的哮喘，母亲听信土方，把鸡蛋埋在韭菜地里多少天，然后煮给我爸吃。我在扬州上大学时，母亲让我打听治疗的偏方。我骑车到离扬州城十多公里的新集镇找到老军医做埋线疗法。然而这些都没能治好父亲的病，后来不知不觉父亲的身体倒好了，不再发哮喘了。我想这主要是我妈长年服侍、照顾的原因吧。

父亲冲母亲发火，往往因为小事。有一回我妈把饭煮烂了，父亲不喜欢吃烂饭，把一钢精锅的饭掀翻在地。母亲一声不吭将地上的饭扫起来。有时不知什么原因，父亲就把碗摔了，我妈还是默不作声把碎瓷片捡起来。还有一次早上父母吵架，挺吓人的，我爸把门口的一把锹砸向我妈，幸亏我妈跑得远。经常，夜里我被父母的吵架声惊醒。有一天夜里，邻居用船把被父亲打断膀子的母亲送到邻镇的医院去接骨，到达时已经天明，我陪我妈坐在船上，我妈始终未吭一声。还有一次为盖房子，我爸不由分说用手电筒把我妈砸得头破血流，我妈到村医那儿去包扎，说是不小心跌到砖头上的。那时，我放学回家，看到父母吵架是家常便饭，心里很羡慕别人家的爸妈不吵架。有一次下雨我从桥上滑落到河里，衣服湿了回家换，又发现爸妈的脸色很不好，便没吃午饭就回到学校去了。下午同村的同学带了午饭给我，说是我妈让带的，我饿着肚子边吃边哭，我不知父母成天吵什么，人家回家多高兴啊，我回家就是压抑。我想我后来双眉锁着、沉默寡言，多半与童年的家庭气氛有关吧！

和尚为我母亲做祷告了，我对着母亲的遗像叩了两组六个头（一组代表儿子的），再向父亲的遗像叩头。我端详着母亲，母亲笑眯眯地看着我，无论我站在哪个方向。回想那些年月母亲对父亲的关心，真是无微不至。父亲体弱单薄，不能做大的农活，只能干点轻体力活。我放寒假回家，总是见到我爸脸色苍白坐在大门口边晒太阳边锁纽扣。我妈那时做裁缝，让我爸当下手。我爸做的针线很细，比女的做得都好。我的外祖父在镇上炕坊工作，于是我妈让篾（miè）匠做了两只小号的箩筐，让我爸收色蛋。春天早上我爸外出收色蛋，中午时分尚未回来，我妈便让我去找。我在半路上遇到我爸吃力地挑着担子，便接过来挑回家。冬天睡觉时，我妈总是让我用热水灌两只盐水瓶放到我爸的脚头。有一年我妈不知从哪里弄回来一只狗皮背心，让我爸穿上保暖。一年三百六十五天，尤其是大冬天，我妈总是起早，我爸总是睡懒觉的。我妈在南京我家时，见我起来烧早饭，嘴上不说心里却是不悦。我想作为农村妇女，她潜意识里觉得就该是女人服侍男人，女人烧饭给男人吃。

令我奇怪的是，父母在年龄大了以后，基本没见过他们吵架了！见得多的是他们一前一后一起外出办事，大事小事都能想到一起去，最多顶几句。如果从做儿子的角度帮父母亲做点分析，我感到父亲是个忠厚老实而固执的人，母亲是个勤劳善良而有大局的人。在家庭关系中，母亲强势，处于主导地位；父亲弱势，处于被动地位。但父亲生性固执、脾气不好，对于母亲的主张多、主意大，一旦遇到事情，冲突就在所难免了。因此我们的家庭结构类型是女性主导型了。母亲与我说过一件事，三年困难时期我尚未出生，在青黄不接的春季，村里多数人家都去偷摘公家的青麦穗，我爸不但不去，还拿着刀去找也到生产队麦田的我妈，让我妈回来。父亲的忠诚老实可见一斑，其实他并非党员，最多可能是个小队长。

晚饭后，和尚为父亲念经祈祷了。家里的人也少了些，我们做子女的必须在场。《五更调》吟唱起，我心悲怆。我虔诚地面对父亲的遗像叩头鞠躬，再面对母亲的遗像叩头。父亲，还是生前的表情，平静而严肃。自 2001 年从村里迁到镇上住，父亲在这幢二层小楼住了十年，母亲住了二十年。晚年，爸妈相互照顾，相安无事。我妈虽强势但胆小，如一人在家一到晚上就会害怕，一定要喊个人陪她睡觉。父亲便是她的依靠，我记忆中父亲很少晚上出去，总是与母亲一起坐在房间里看电视，而且多是同一个扬剧频道。夜里听到什么响声与动静，都是我爸起来察看。在生活上，父亲一辈子穿的衣服基本都是母亲给准备的。除了早饭，午饭与晚饭基本都是父亲烧的。家中来客人也是父亲掌厨，父亲烧得一手好菜，此时母亲是当下手的。这样的分工无须多说，是自然而然形成的。父亲生病的那会儿，母亲风里来雨里去，用三轮车把父亲送到医院挂水。那时我不在父亲的身边，等我有一次赶回镇医院看他时，他躺在简陋的病床上流泪了，我的记忆深处父亲是凶巴巴的，还未见过他哭呢！再一次见他流泪是他去世那年的清明节，为祖父母、曾祖父迁坟。他很生气地向我诉说他的堂弟不肯出钱的不是。那时他脸色发青、讲话时憋屈，肺已相当地不好。一生在家庭与社会上没什么地位的父亲走了整整十年，除了母亲时常向我念叨父亲几乎没人提起他。父亲非但体弱多病，而且有好赌的恶习。有一年冬天母亲让他卖猪以度过年关，父亲呢一夜未归，把一头肥猪的钱都输光了，母亲难免会责怪几句，父亲还冲她发火，母亲只好忍气吞声。年纪大了后，母亲倒是让父亲出去打半天麻将的，常常给父亲一点费用。如今，老两口会不会在天国打几圈麻将呢……我抹一抹眼泪，望着念经用的宫灯，顶上的水晶球散发的碎花在屋顶上盘旋，和尚似睁似闭的眼睛盯着经书，口中念念有词。其中一位皮肤白皙的清瘦老者，年龄应该与我父亲在世时差不多大吧？现在他为死者超度，将来谁为他超度呢？我想起父亲在世时每年清明节与我们一起去村里扫墓，他弓着腰走在乡间长满青草的小路上、丰盛的麦田里，叩头作揖时的情形历历在目。有一年清明节，我忽然这样想，父亲还会与我们一起祭祖几年？从村里回到家，母亲把祭祖的饭菜基本准备好了。然后父母亲会为家中大桌上请的先人争执几句，因为母亲要供的人会多几个，包括她的堂姐与姨姐。父亲往往是按规矩办事的，母亲则是大爱无疆，说堂姐无后人，姨姐是与她一个奶头吊下来的，给她们带一份。母亲在世与我们一起清明祭祖时，早早就准备了麦关金、“元宝”，一把把扎好，一包包包好。她准备这些东西要好几个月（母亲去世后我见二楼阳台上还摆放着一张椅子，一件旧棉袄，几捆麦秸，不过才掐了一点，估计是今年春节后才掐理的）。当纸钱被焚烧时，母亲边叩头边祷告，说我们在外工作，老祖宗要保佑我们。母亲在世时祭祖的格局是：家中堂屋一大桌，门口走廊上一小桌，院门外烧一份纸。从母亲的祷告声中得知，院门外这一份是烧给原来在村里住时的邻居两口子的。这两口子辈分比父母低，至今我并不知为什么这样做，只知道母亲有着一颗慈悲的心。和尚又提醒烧纸叩头了，我尽量多烧一点纸钱，给我的爸妈。人生变幻，似乎在这一纸之间。去年，我妈还带着我们为她的亲人我的爸爸与祖先烧纸钱，今年我妈已被放在供位上了！思前想后，我在今晚这一隆重的仪式里体悟人生，感叹人生，追寻人生，思考夫妻一辈子共同的归宿在哪里？我从未见过父母牵手，我从未听过父母讲暧昧之言，我从未看过父母温柔的举止，但我知道他们俩的心永远在一起。在母亲的心中父亲是她的男人，在父亲的心中母亲是他的女人。无须表白，他们有着共同的家，相互守着并庇护全家，他们要为这个大家庭的每个子女操心，为家的建设、发展与幸福而尽责。我坚信父母尤其是母亲找到了人生归宿，似乎在她那每天匍匐在观音前的肥胖身影里，在她那专注着佛龛的慈祥眼神里，在她那虔诚的祈祷声中。佛龛里的一对瓷观音还是1980年代初我上大学时陪母亲在扬州大明寺请的，一直陪伴着母亲这么多年。此时我理解了母亲晚年虔诚信佛拜观音的心理。我想起她在世时常说的一句话“也不可不信，也不可全信”，并提醒我们不要在信仰这个问题上说呆话。我爸呢，在信佛上从来不说什么，我妈烧香拜佛他没啰嗦过，让他做什么他就做什么，他似乎是个唯物主义者。

和尚的敲击声急切起来，一堂祈祷仪式快结束了。当和尚唱到父母四个儿子的姓名时，让我们分别用笔在纸签的名字下画了“十”字。而后将这些字符纸签与一箱“元宝”送到屋外墙边化掉。就这样，我们随着和尚念唱的节奏把对父母与祖先的纪念程序一一进行完毕。全部仪式结束后，我在心中已把尊敬的爸妈追忆了一遍，也许我的思念随着唱经的声音传递到远方，送到父母身边——亲爱的爸妈，今天是2019年农历十月十三，天尚不冷，不知你们那儿冷不冷？明天上午，花匠扎了漂亮的“别墅”给你们，有“电视”有“空调”，有“厨师”有“保姆”，还有“汽车”与“私人飞机”呢！你们二老在那儿还好吗？希望你们好好过日子，不要吵架啊……

（2019年11月28日深夜忆写，11月30日深夜修改）

娶媳妇

去年冬天，母亲做了一件重要的事，把住了近二十年的房子粉刷出新。其实她盘算这事已几年，她对我说："家里墙上都发黑了，哪天果果（我儿子的小名）带女朋友回来多不好看啊。"

母亲很看重这一点，总是把家里收拾干净整洁迎客。任何时候进她的房间，她床上的被子都叠得整整齐齐。厨房的门风吹雨打变陈旧了，她就自己动手刷油漆。个子不高的她，颤巍巍地爬上板凳，一上一下地把门外门里刷得焕然一新。还把一张破旧的大方桌上覆了一层板，用大红油漆漆得光亮如新。我责怪她为何不喊小的做，她说他们忙噢。我想老母亲以八十多岁高龄做油漆工的活儿，虽然不适合她，但她上下左右移动刷把的时候一定很愉快很期盼吧？她去世前的那几年挂在嘴边上的一句话就是"等我的细（最小的意思）孙子结了婚，我随便哪一天走都不要紧"。可是天不尽如人意，母亲没有等到她最小的孙子带个媳妇回家，就突然走了，我想她一定死不瞑目吧？为我儿子的婚事，母亲这些年牵挂于心，但也不敢多问，她隐约知道点情况与我们的态度。有机会她会劝我，十全十美的难找，大差不差也就行了，不要为难孩子，并说她这个孙子看上去也忠厚老实、不反犟（高徐话音如翻锵）。未能了却母亲晚年这一最大的心愿，也是我悲痛的原因之一。我常对母亲说，儿孙自有儿孙福，一代管一代，让她别操心了。可她说，四个孙子，就落下一个未结婚了，心里想啊。母亲也许想添一个重孙吧？母亲她的大家庭主人翁意识很强，对于建房娶媳妇这等大事，她是操碎了心。今晚写这篇回忆文章的时候，元旦新年快到了，我对母亲在这个时节所忙的大事记忆犹新。

1970年代初，大哥已二十多岁，当兵退伍回来后，进了公社（现在称乡镇）兽医站工作。儿子大了，就得找媳妇，找媳妇就得有房子，有房子人家才能看得上。母亲明白这些朴素的道理，她夜里坐在床上与我父亲商量着，计划着。她做裁缝余了点钱，再借了点钱，将三间草房翻建为六间瓦房。房子有了，媒婆也就上门了。那几年我经常见到说媒的妇女，母亲总是一脸堆笑，又是打蛋茶又是摊糍粑，弄得满屋香喷喷的。一个秋天的早上，家里来了木匠，这个木匠是外乡人，远近闻名的手艺人。其实本村就有木匠，但母亲要做一套架子床，一般木匠做不好。木匠带着徒弟在我家做了个把月，又是刨又是锯，叮叮当当。母亲每天早上出去买鱼买肉，心里高兴着呢。父亲照例当厨师，配合默契。架子床上的边框内，木匠让我在木板上画了几幅画，什么万年青、白头翁、喜鹊登梅，花花绿绿的，待水彩干透了，用清漆一刷，鲜亮迎人。架子床在当时的农村很少，说明母亲对娶第一个媳妇的用心程度。客人到我家一看，啧啧称道，要带媳妇啦！母亲放下手头的活儿应道，哎依喂，四个公鸡头（儿子的意思）呢，老大过了年二十三四了，还不知道“马马”（对象）在哪块呢？她抑制不住内心的喜悦，告诉客人，木匠整整打了两个月呢，看看还不丑吧？父母为我们兄弟四人结婚，每人都做了一套家具。我在城里工作，但家具也是在老家打的。母亲要按她的想法为儿子办婚姻大事，虽然忙前忙后地吃了不少苦，但她要的就是这个过程、这样子的乐趣！

大概是1973年的元旦，冯家大喜的日子。家具做好了的那年冬天，父母决定阳历年（元旦）把大哥的婚事办了。为大哥找对象，有名有姓的姑娘好几个，队里人说东拣西挑的，最后找了个长辫子的姑娘，定了田家这门亲。我估计一个重要原因是姑娘的父亲在公社粮站当站长，下来蹲点时在我家住过。后来三哥娶了公社书记的女儿，这位朱书记下基层工作时也在我家住过。当时大队干部安排上头的干部住我家，主要是因为我母亲待人热情且家里收拾得干净。母亲的为人处事，为跳出门当户对的常规结亲，打下了良好的基础。

筹办婚宴了，父母先是在屋外搭上篷子，支了大灶。买了大葱、大蒜、芋头、慈姑等，又杀了一头猪。一天早上我在床上听到猪的嚎叫声，起来一看，猪圈里那头黑猪已经被宰了，屠夫正用嘴对着被铁杆捅过了的爪子呼哧呼哧地吹气，然后用细麻绳把爪子扎紧，把圆滚滚的猪抬进热气蒸腾的大木桶里来回烫，再用铁刨子刮去皮毛，露出白花花的肥猪。我不禁心疼这头猪，母亲开春时让父亲上街捉了两头苗猪，又让我每天放学后去拾猪草，并将山芋藤切碎沤在缸里和糠喂猪。母亲将和好的糠用瓦罐放在灶膛里炖熟，喂猪时掏几勺山芋藤渣加上泔

农家乐（汪声远）

汪声远（1886—1969），上海美专教授、国画系主任，工山水、人物。

水在木桶里搅拌，拎到圈栏边时两只猪便哼哼地走近，母亲往石槽里边倒边吆喝道：不要抢，有得噇（chuáng），长点膘！猪好像知主人心，埋头吞食发出“笃笃”的声音……看着小黑猪一天比一天长大，毛色发亮时，母亲的心中充满期盼。当看着小刀手切割猪肉作礼肉时，我方才明白母亲为何今年要精心养两头猪。下午放学回家时，大门上贴了大红对联，屋前的芦苇帘子上铺满了刚出笼的白花花的糕、团与馒头，飘着米面的香味。那年头吃饭粮食紧，都种籼稻，不知母亲从哪里弄来了粳米做米团的。大哥结婚按当地风俗办三天。头天中午开始上客，爷爷奶奶、外公外婆、账房先生等重要的长辈，掌厨的、跑忙的陆续来到。当天即元旦这天，正期，主酒席也称新娘酒放在晚上。这天一大早需派人把新娘接到家里，但中午新娘又需回娘家，叫回门，所以新娘子晚上才会出现在酒席上。第三天散客，这天中午，还有一些远道而来的亲戚及有空的客人还要坐几桌，吃完这顿酒席客人就打散了。至今我们老家办事还保持三天的传统。

新婚酒当然是最丰盛的晚餐了，俗称“六碗头”。第一碗是鸭羹汤，大芋头切成丁，用老鸭汤加鸭肉丁、猪肉丁烧，上桌时撒上大蒜花与白胡椒粉。一桌坐 8 位，坐在上岗子（主席位）的位尊者首先动调羹招呼大家开席。第二第三碗往往是炒三鲜（大蒜、慈姑、肉片与河虾一起炒）与大葱炒猪肝。第四碗最为抢眼，引人流涎：红烧肉！先把洗净的前腿肉与五花肉煮得半熟，切块后用生姜与油炒，然后放温水、葱、酱油、料酒与少许糖，大火烧开小火焖，待还有三成汤汁时加糖与醋，大火收干，直至肉油出来时便飞快地翻铲起锅。随着跑忙的捧着托盘上菜并喊着“得罪，得罪——”的吆喝声，一碗亮晶晶香喷喷的红烧肉便上桌了。此时，母亲往往随后走到席间，兴奋地招呼长辈们多吃一点。第五碗是青菜头肚肺汤，小孩最怕吃的是肺，像棉花球，最喜欢挑碗底的猪心吃。第六碗一上桌，有人便连声说道：“鱼到酒止。”酒呢，一桌一瓶，双沟大曲（条件好的人家用洋河大曲，条件一般的用引江白酒，还有用自酿的大麦烧的）。酒杯当然是青花小瓷杯，现在很少见了。香烟大概是上海大前门（条件好的人家用牡丹）。这烟酒也是母亲找供销社主任批了条子买的。酒桌安排是堂屋放四桌，房间各放两桌，隔壁邻居家再放两三桌。这样还得翻台分两三批坐，吃流水席。父母往往安排头一发客人长辈，最后一发客人公社（镇）、大队（村）与小队（组）干部。农民办酒席很少人家请干部，但母亲坚持要请，这一点足见母亲的“外交”能力与注重人际关系。席间，母亲一面劝酒，一面巡察菜吃得怎样，用她的话说“不能见盘底”，总要剩一点她才满意，在待客方面母亲从来不小气。在大哥婚宴后好长一段时间，亲戚朋友还要津津乐道称桌数多、菜崭（高徐话音如 zǎn，指好、美义）的！是的，到现在我还记得大哥婚宴是 26 桌。母亲是这样说的：“家里头一桩大事，要办得漂亮！”

母亲不但在操办婚礼上讲排场，而且在我三个哥哥找对象问题上，是颇费心思的。访亲是必不可少的环节，母亲神秘地交代我舅妈等亲戚，要趁大热天去女方家，鼻子要尖一点。当时我听在心里并不懂怎么回事，后来才知道，原来是闻闻有无狐臭。二哥谈亲时，起先听说女方家不太肯，后来没多久也在元旦办婚礼了。原来女方与我家有亲戚关系，母亲通过她的姑妈即女孩的奶奶做了女孩父亲即她表弟的工作，这桩婚事才成了。可是当接新娘的船到了女方家的码头时，女方家却迟迟不让上岸，原来是彩礼不够。前方消息很快通报到我家，老长辈们不服气，说不少了，又是亲上加亲。母亲是讲大局的人，她与父亲一合计，决定追加彩礼，这样快到中午才把新娘子接回来。轮到三哥谈亲时，外公来我家说要勾本亲，把大孙女介绍过来，可是母亲不知何故似乎不太愿意。母亲选人的视野更宽一点，晚上她在踩缝纫机的时候，听她说到信用社某会计家的妹妹不错，又说起公社某书记家有三个姑娘，等等。有一次她还与大队长的老婆一起去公社书记家走动。母亲有意识地经营关系，为三哥找个好姑娘打下了良好的基础。由于我在南京工作，母亲对我找对象只是关心并未干预。她让人带信给我，说我再不找她就在老家帮找了，而且还真的说了一个干部家的姑娘。在我答应找时，她才不提那门子的事。

写到这里，不能不说一下婆媳关系。这是个中国式家庭古老而新鲜的话题，似乎没解。到了母亲这里，我的观察是总体上处理得还好，大概因为母亲有分寸、能容忍吧。母亲四个儿子没有女儿，当我出生又是个男孩时，她气得把我扔在床的那一头。母亲在三岁时失去母爱，她的童年心理也是不健全的。有时也听母亲与人说，没有个姑娘哎……其实她内心是想把媳妇当姑娘的，可是从她与我的交流中看，她并不称心如意。母亲会把与几个嫂子相处闹不愉快的事告诉我，但她从不对外人说，用她的话说“我从不谈媳妇的不是”“她们说她们的，我不跟她们吵，我还要顾名声呢”。以母亲强势的性格，碰到不讲理的不会不发火，但她在媳妇面前却忍住了。我知道她的忍耐，主要是顾及儿子的感受。我结婚生子后，母亲来我家的机会多一点，难免与我爱人磕磕碰碰。有一次她欲言又止，我隐约知道她与媳妇闹了不愉快，但她并未挑唆我。有多少次我见她都是把气压住的，我爱人性子比较直，估计没顾及她的感受。如果从做媳妇的角度看婆，其实我母亲也有做得不妥当的地方。她是个文盲，没啥文化，但由于特殊的家庭结构使她担当起家庭主责，凡事又爱做主，所以常常不讨媳妇的好。在我的记忆中，母亲从未与她的公婆顶撞过，也从未说过她婆的不是。母亲对我奶奶的孝心，从一个细节可见一斑，只要家里来了客人，母亲都让我把住在田里的爷爷奶奶喊来吃饭，每次都让我将鸡鸭鹅的肝夹给奶奶吃，因为我奶奶满口无牙，靠牙龈咀嚼。母亲也告诉我，年轻时她与父亲闹矛盾，被爷爷揪着头发打了一顿，她也未还手，未吱一声，说到这里，她往往叹道：“唉，现在的媳妇！”我想母亲是用她对公婆的态度要求她的媳妇了，殊不知现在的女子自我意识强了，可不比旧社会出生的女子呢。

母亲特别顾及我们小两口的关系，有时她往往显得无奈而可怜。因为许多事情不能按她的意志办，她又想做主，又怕我爱人不高兴，于是只有自己憋屈于心。母亲去世后我心疼她，这也是其中的一个原因。我后悔的是，我没把家庭关系协调好，因此我常常自责。现在母亲突然走了，你还怨什么呢？为了小家的和谐，母亲是大度的。在我还年轻的时候，几乎每年我与我爱人都要为回老家过年而意见不一致。若按江都农村的风俗，春节这个重要节日，儿子一定要带媳妇回老家过年的。但我爱人老家没这个规矩，我也得经常到老丈人家过年。每年春节前的一两个星期，母亲的电话就来了，问我们今年在哪过年？我说还未定，再说吧。她便劝我道："随便在哪儿过年都要开心点，不要闹矛盾。如小丁让你跟她回家你就高兴地去，多带点东西。吃的东西家里都有，你多带点向东（我爱人家在江都东面）。"年三十吃好晚饭，我到外面给母亲打电话请安，母亲高兴地说，他们都在，一大家才吃好，热热闹闹的，让我不要挂念，在东台开开心心过年！我朝西遥望满天的星星与远处的焰火，不禁流泪，我的好母亲哎，您何尝不想与常年在外的儿子一起吃年夜饭啊！在婆媳关系上，其实媳妇也有媳妇的理。我们结婚时，虽说是在农村办的，但也未按当地风俗办。我与我爱人是自己乘公交到江都我家的，没有迎亲、回亲、彩礼交接等一套程序。一方面是那时两家距离远条件不具备，另一方面母亲可能认为我们都在城里工作应办新式婚礼。酒席还是按我老家的传统办的，我猜母亲的心理一定是这样的，她娶了四房媳妇，都要办得热闹，亲戚朋友都到。那时的母亲最开心，她要的就是这个体面，忙碌的过程。父母依然按照三个哥哥婚礼的做法，为我在老家打了家具（婚后运到南京），摆了三天酒席。母亲是十分注重名声的，办事要让人夸，她才满意。但母亲在考虑自己感受时也许会忽视媳妇的感受，在我爱人坐月子时，她在我家待了几天就回去了，让我父亲留下来帮烧饭，我爱人对此一直想不通、不满意。母亲与我说过，她是不放心我爸一人在老家，没人管会出去赌博。那时父亲的赌瘾的确很大，在我家时居然有一晚彻夜未归，与菜场做生意的人打麻将。我分析还有原因就是老家还有一大摊子事需我母亲料理，她在家庭中实际上是承担了男当家的主角职责。尽管这样的安排不合情理，但母亲也是不得已。据我观察，婆媳关系紧张，缺少沟通与理解是重要的原因。母亲其实是个外向开朗的人，她很想与儿子谈心，与媳妇拉家常，但我们兄弟几个或多或少都遗传了父亲处事硬、说话冲、脾气闷的性格特征，母亲往往与我说不上三句，我就嫌烦。母亲与来串门的人说："与儿子没有细心儿谈哟，媳妇又不是姑娘。"那时候，母亲是孤独的、弱势的、可怜的。回想起母亲与媳妇相处的点点滴滴尤其是过年过节的情景，虽然她以大家高兴、和为贵为原则，但媳妇难免会有意无意对她有不理解甚至不尊重的地方，我可以感到还是让母亲大人郁闷在心。那时的我无所适从，心里干着急，生怕两头得罪，破坏了好气氛。母亲从小受晚娘的气，结婚后做小媳妇受男人的气，年纪大了后受媳妇甚至儿子与孙子的气，但她把这么多不愉快全深藏在心里，最多有时与我吐吐苦水，从来没有抱怨大家，没有拿家长的权威与架势，没有发过火，顶多是脸色通红，血压升高，说几句气话或暗自流泪而已！作为最小儿子的我，母亲与人说她把我当作"老姑娘"（最小的姑娘的意思）。可我并没有帮母亲排解心中的郁闷、化解僵局。有时我也想拿个折中的方案调和婆媳矛盾，但在这个问题上我是无能的。如果放到社会学的层面来研究与处理这一矛盾关系，恐怕解决的办法要多些。在家庭结构与关系中，中国传统的家庭是以大家庭为主要存在方式的，即几代人住在一起，所谓四世同堂。大家庭以老者为尊、形成老太爷老太君为大家庭最高权威的家庭权力关系。而现代家庭往往以核心家庭为主要的生活方式，即每对夫妻加孩子形成的小家庭关系。自己的生活自己做主，无须长辈指手画脚。在“大家庭”与“小家庭”的关系上，感情就变得复杂起来，具有社会化的特征，即母亲对于儿子感情的依赖性与媳妇对于丈夫感情的占有性的矛盾。母亲希望儿子回到她身边过年，媳妇希望丈夫在自己小家过年，这样的矛盾不可避免。大家庭意识很强的母亲，当然不知道核心家庭的概念，她的思想还停留在农业社会的家庭概念上，所以与媳妇相处往往弄得不愉快。但反过来说，做媳妇的能要求一个传统观念很强的农村妇女，思想具有现代性吗？媳妇对婆的感情虽不好与其对自己母亲相比，但起码的尊重与面子应该给啊。在家庭大舞台上，婆婆与媳妇都有各自扮演的角色，必须定位好并按各自承担的角色行事，这样家庭关系才会长幼有序，和谐融洽。尽管有时媳妇的角色错位、越位，但母亲是维护儿媳形象的。她听到别人说媳妇的不是时，便与人说道，她的四个媳妇不像人家蛮不讲理，都蛮好的。在尊重公婆方面，母亲自身做得很好，我从未见她与我祖母红过脸、生过气。母亲在世的时候，我没有做姑娘的细心与耐心，没有与她谈过这方面的心，说过这方面的理，如今常常难过且自责，让母亲带着几许遗憾离开了人世。

母亲去年牵挂的事还摆在我的面前。我得督促儿子尽早结婚，以告慰母亲的在天之灵。母亲在世的那几年，早也盼晚也盼，盼她的细孙子带个漂亮的媳妇回来。我安慰她，儿子现在忙事业，尚未决定定居哪里，谈女朋友结婚还不具备条件，香港房价要十几万一个平方，买个小房子也得上千万。言者无意听者有心，母亲为这事烦得睡不着觉了，她与家里人说与亲戚说：“大生平时对你们不错，他儿子买房子结婚，大家都要支持一下！”我真后悔，不该与她老人家说这么沉重的话题。母亲为讨孙媳妇，也是不断操心。她悄悄地跑得很远为我儿子去算命，高兴地告诉我，果果的命运好，会讨个能干的媳妇回来。她有个堂妹的女儿在香港，去世前的几天她找到人家的电话，说让帮她的孙子介绍对象，还说要去香港玩。她把家里装饰一新后，没等到未来的孙媳妇回老家，就带着许多期盼撒手人寰了，我的妈哎！您再等等，等几年啊，我要带您去看孙媳妇，我要依照您娶媳妇那样的场面，把儿子的婚礼办得热热闹闹、漂漂亮亮！

陈蓉晖的小提琴演奏曲《遥远的小渔村》在深夜响起，我含着泪说：“母亲大人，吾儿娶媳妇时，您走远了吧？我多想带您去香港啊……”

（2019 年 12 月 28 日深夜初稿，2020 年元月 1 日深夜完稿）

哦，那永远失去的年味

今年的腊月二十九，我没有像往年那样开车向北回江都老家，而是乘飞机向南去了香港。这是我工作三十多年来第一次春节期间没有回老家过年，也是第一次在外地过年。

是的，第一次不在家乡而是在他乡过年。在香港与儿子过年使我纠结的心情放松了许多，简单而快乐。临出发前，儿子电话来了，说是新冠肺炎疫情越来越严重，让我们别去了，他回南京。我爱人与我坚持原计划不变。在我们去香港的一路上，儿子不断发微信、打电话，嘘寒问暖，强调戴好口罩，提醒我们首次来港应从人工通道入关。旅途的每一个环节他都考虑到了，无微不至。当大巴车到湾仔站停下我正迟疑时，忽见儿子从不远处飞奔而来迎接我们。儿子为父母这趟香港之行的安排十分周到，酒店离他住地步行三四分钟。他与别人合租的公寓，室友外出过年了，他把室内打扫得干干净净。年三十这天，儿子带我们去菜场买了鱼、肉与蔬菜，像在家过年一样我们忙了几个菜，还包了饺子。年夜饭后在儿子送我们去酒店的路上，寒风裹着小雨吹到我的脸上，不由使我想起原本热闹的老家，今晚孤寂地在黑暗的风雨中，我的泪水禁不住夺眶而出。儿子并不知道我的心思，担心地摸了摸我的额头，问我是否哪里不舒服。我不想让他人过年不愉快，默默无语。大年初一，儿子带我们去大屿山坐缆车拜了天坛大佛。大佛坐在峰顶，庄重慈祥，右手齐胸屈举，五指平伸，可见掌中法轮印，左手下垂脚上，反掌向外，指端微微向下。当我听到阿弥陀佛的诵唱时，不由悲伤地回忆起去年的寒夜孤身陪侍在母亲遗体旁，一遍又一遍聆听播放器飘出的“南无阿弥陀佛”的空灵之音。年初二，儿子带我们去了太平山。站在香港的至高点俯瞰维多利亚港两岸鳞次栉比的高楼大厦，一座现代化的大都市尽收眼底。此时此刻，我又自然而然想起母亲去年在世时还说要到香港玩。唉，天不如人愿，如果母亲来看看大香港，看一下她孙子工作的中环摩天大楼，那该多好啊！

俗话说，父母在不远游。母亲去年春节后离世，双亲都不在了，我难道就要远游吗？其实也不是，是放下了那一头又顾了这一头。今年春节远赴香港与儿子团圆，自然十分高兴。然而，当触景生情时，当夜深人静时，当看到微信里转发江都确诊感染新冠肺炎的病例时，我的心又牵挂着那头！我在繁华的南方大都市，遥望苏北平原上的家乡太平村，追寻母亲在家的那些年，回味父母操办的那个“年”。

办年货。冬日暖阳里，父亲将腌制的咸鱼咸肉咸鹅挂到大门口旁的墙上晒时，我就知道快过年了。这时也是母亲最忙碌的日子，长条桌上堆满了做衣服的各色布料，堂屋与房间里几台缝纫机不停地呼啦啦响。母亲一边裁剪一边安排着年前的活儿。于是，我便接过母亲准备好的二斤糯米去村口找炸炒米的。

炸炒米的师傅正坐在煤炭炉子前，一手拉风箱一手旋转着生铁转炉（两头收口中间带个大肚子）。不一会儿，眼看转炉上的压力表显示火候已到，围观的人便迅速跑开，师傅起身吆喝道“响咯”，只听“嘭”的一声，随着一股热气腾出，转炉里弹射出白花花的炒米，进入带纱网的橡胶桶里，香味四溢。第二天我找村里的剃头匠理发，然后骑自行车上街，到十多里路远的小纪镇上去采购。先到镇西的浴室洗澡，那时一个冬天也就洗这么一次澡，尽管不大的澡堂池水发浑，但掀开浴室的棉帘门走在大街上感觉一身清爽。我兴奋地走到街中的新华书店，挑选挂在墙上的各式年画，包括毛主席画像和样板戏《红灯记》《沙家浜》等，母亲关照堂屋的毛主席像要换新的了。嗅着年画的墨香——我十分亲切的每年过年时才有的特别味道。买好年画与红纸后，最后绕到街南的水塘边，买两捆水芹菜回家。那时天特别冷，如途中遇雨就更加刺骨的寒，回到家时两只手都冻僵了，可心里却是热乎乎的。晚上，我坐在母亲的缝纫机旁借着电灯的亮光继续用钢刀雕刻尚未完工的门笺（用约15厘米×20厘米长方形的红纸镂空刻出新年大吉、福字图案，贴在门楣上，类似剪纸）。母亲说，腊月二十四要掸尘了。父亲在竹竿头扎了个草把将屋顶房梁上的吊吊灰掸下，我用新买的鸡毛掸把柜子上的灰尘掸掉。腊月二十八九，母亲拿出准备好的蚕豆、葵花子、花生，让我晚上炒。父母忙做衣服，我就请邻居帮烧火。噼里啪啦熟了，闻着飘出的香味，我禁不住边炒边用手拈几个尝一下。而酿酒酿这样的经验活儿都是母亲亲手做的，她早早就准备好酒药子与糯米，煮的糯米饭不能生也不能烂，下缸时不能烫也不能冷，先把小缸里面用开水烫一下，然后在缸壁上撒上药粉，一层饭一层药粉，不能多也不能少。缸口扎好后在缸底铺上稻草，用棉花胎将缸盖好，其间几天还得翻看，不能捂得太热也不能太冷。母亲说太热酒酿会发酸，太冷又发不出来。母亲做的酒酿很好吃，将酒酿浆舀出，碧清碧清的，抿一口甜滋滋，略有点酸味。我特别爱吃冷酒酿，尚未等到过年，就时不时地偷偷挖几调羹。

父母盘算着年货，大小京果、红枣、桃酥、柿饼等，我与父亲都会到供销社买回来。父亲有时会找供销社主任写条子，买两瓶双沟大曲或飞天洋河大曲。母亲虽然忙针线活儿，有时候也离开家一会儿，到人家借蒸笼回来。年蒸时对小孩而言是最开心的时刻，因为预示着年的脚步越来越近了。当一笼笼馒头、米糕与糯米团出锅时，香气扑鼻，这时母亲往往先拿一只让我尝尝。家里堂屋从早到晚都烧着煤球炉，散发着炭火香，那时家里还没有电熨斗，熨烫衣服要将热水放搪瓷杯中。父亲将咸货放在钢精锅里炖在煤炉上，屋里飘满腊味的香味。1985 年我工作后也会带南京板鸭、如皋香肠等土特产回家。那年月，家庭虽不富裕，但父母将年货准备得比较丰盛，厨房里堆放着大葱、大蒜、芋头、慈姑、萝卜等，水桶里养着勺粉、豆腐，铁钩上挂着鲢鱼、猪肝、礼肉（约二斤一条的肋条肉，给外公与舅舅拜年准备的）。有时让母亲做衣服的村民也会送点河虾、百叶、豌豆苗来。有时大哥也会弄点咸牛肉、咸狗肉回来。那个年代，过年才能达到小康生活的标准，平时一年到头难得吃一次肉，所以小孩子都期盼过年，有肉吃、有新衣服穿！

迎春图（龚丽娜）

龚丽娜，职业画家，中国美术家协会会员。

过年。父母在时我家辞年祭祖都在腊月二十九。过了二十九，就意味着过年了。大年三十的早上，我便贴春联、贴年画了。许多年都是三哥写春联，起初他写得比较多的是“风雨送春归，飞雪迎春到”“春风杨柳万千条，六亿神州尽舜尧”“五谷丰登”“以粮为纲”等。后来改革开放的年代，三哥写的春联多为“财源滚滚伴春来，喜气洋洋迎福到”“天增岁月人增寿，春满乾坤福满门”“财源广进”“年年有余”等。当更换中堂毛主席像时，母亲往往会提醒一声：“贴贴正啊！”望着新上墙的骑在鲤鱼背上的胖娃娃，母亲连声说：“不丑不丑。”有一年年画是我画的，贴上墙后，母亲逢人便夸赞。三哥写剩下的红纸边角，我便写上“开门大吉”“童言无忌”“勤劳致富”“六畜兴旺”等。当家家户户陆续贴上春联时，整个农村红红火火过大年的节日气氛便浓了……

吃过午饭后，便动手做年夜饭了，但是每年的年夜饭我家都吃得迟。常常在吃饭的过程中，不停地有人来拿做好的新衣服。在我的印象里，母亲那些年没有安顿下来吃过一次年夜饭，她草草地吃几口便又坐到缝纫机上忙活了。有的顾客等不及回家睡了，母亲深夜便会把做好的衣服送到人家家里、塞进大门旁的猫洞里。父亲会把烫干丝用的百叶、大蒜切好，把凉菜准备好，因为大年初一这一天是不能动刀的。这样一直忙到深更半夜，母亲让我与父亲放了鞭炮先睡，她还要把家里收拾一下，因为大年初一也是不能动扫帚的。我与父亲到冷飕飕的屋外，天上稀疏地闪烁着星星，远处传来一两声鞭炮声，我点燃一挂小鞭“叭叭叭”响，父亲用手捏着爆竹“叮——咚——”响，我不敢用手拿爆竹放，就用两块砖头夹着，点燃后飞快离开。那时还没有方墩形爆竹，更没有焰火，放六只爆竹与一挂鞭炮。若六只爆竹全是两声响，母亲的脸上便挂着笑容。那时我怀着强烈的童心，盼天亮。当父亲在堂屋放开门鞭时，我发现我的床头放着压岁钱、新鞋、新衣服。鞋是母亲纳的百叶底的布鞋，衣服是母亲用黄军装布做的中山装。我嗅着夹杂着火药味的新衣服味道，心里美滋滋的。起床后我发现原本凌乱的家里收拾得干干净净。我向父母请安时发现他们也都穿了新衣裳，母亲忙碌了几乎一夜，但精神依然饱满。当我恭喜二老身体健康时，父亲应一声“好好”，母亲则说：“恭喜你考上大学。”父母已准备好早茶，煨红枣、炒米泡酒酿，水泼鸡蛋倒点酱油撒点蒜花。后来家庭条件好一点，又用老母鸡汤打蛋茶。吃早餐时就陆续有小孩来拜年了，母亲笑哈哈地说，乖乖，韈（高徐话音如 tòng，漂亮、美丽义）的，吃糖吃糖，并说是上海带回来的大白兔奶糖。稍亲一点的关系便给个红包。邻居来拜年了，说是今天一早的广播就讲“恭喜发财”。那时，农村只有有线广播，没有电视。河东的乡亲来拜年了，老远地喊道“恭喜二奶奶身体健康、发大财”，母亲乐呵呵应道“恭喜你今天带（娶）媳妇，恭喜你们一大家都好，都发财”，又是递香烟又是端蛋茶，热情地招呼着。客人接上一支烟，“啧啧，牡丹烟啊”，随即夹到耳朵上。我出去拜年一圈，收到的东西多是蚕豆与花生，口袋里装得鼓鼓的，回家往大桌子上一倒，颇有收获感。忽听得锣鼓声由远及近，父亲准备好香烟等物品，母亲喜笑颜开地迎接舞龙灯的队伍来到家门口，一阵舞动与喧闹，领头人高举托盘连声说“送福送福”，母亲将东西放入托盘应道：“接财接财。”我跟着舞龙灯的队伍看热闹去了，但走了许多家，大门都是关的，后来才知道有的人家不愿出礼物呢。我家的大门一天开到晚，若有外乡人上门唱送福的，母亲也会热情地拿这拿那赠予。母亲是菩萨心肠，她常教导我们说，不管什么人上门来，都要热情一点。母亲忙接待，父亲则早早准备午饭。大年初一中饭是我家人最多的聚会，住在镇上的大哥、三哥两家都回来了，往往安排大人一桌，小孩一桌。这一顿也是母亲一年当中开始坐在桌子上安稳吃饭且是最开心的时候，母亲平时滴酒不沾，这时也会让斟上一小杯白酒。虽然她也就抿了几口，但在母亲心里是无酒不成席，她总是会营造美好的氛围。那些年，我也会将单位发的丹阳封缸酒或山楂酒带回家让大家品尝。午饭后，父亲、祖父母、哥哥与嫂子打麻将、玩纸牌去了，母亲则忙着招待来客，或出门走一遭看看老长辈。有几年大队文艺宣传队排了几部扬剧，有革命样板戏，还有《夺印》，在大年初一下午演，午饭后母亲便招呼大家去看戏。我们跟着母亲一起，扛着小板凳，到大队部临时搭建的土台子前看《红灯记》。李玉和唱道：“临行喝妈一碗酒，浑身是胆雄赳赳……”母亲看得劲头十足，连声说：“崭的！”

2001年以后，父母住到镇上去了，过年的程序大体没有什么变化。母亲不再忙碌做裁缝了，那台上海蝴蝶牌缝纫机静静地放在窗台边，只偶尔见母亲动一下针线缝补缝补。一来人们不再过年穿新衣服了，几乎天天是新衣，且衣服都是成品为主，款式与花样很多；二来母亲年过七旬，只能做些力所能及的活计了。此时的母亲，一方面有时间做她的拿手菜了，包蛋饺、百叶饺（用百叶包萝卜丝），百叶饺是外婆传下来的。另一方面她把更多的时间用在烧香拜佛上，过年前便请了许多条香、斗香堆放在堂屋。年三十晚上团圆饭散席后，母亲向孙辈们打过压岁后便开始她供佛的程序了。她先上好观音面前的香，点上蜡烛。又在二楼平台上与一楼走廊上点上斗香。一圈下来要半个小时左右。临睡前她还要上二楼来到我床边，塞一只红包，并把削好切碎的苹果让我吃了。第二天一早我在楼上就闻到楼下早饭的香味与弥漫着的烧香的味道，起床下楼时，见母亲正在上香，口中念念有词。香台下有一只圆垫子，母亲每天早晨都会跪伏着叩头，她是那样的虔诚那样的五体投地！最后一次也是最难忘的一次见母亲敬香是在去年的大年初一早上，我下楼后向母亲拜年时，喊了声“妈”，后面的“恭喜您身体健康”却因舌头打结说不出来，这似乎是个预兆？我是年初三午饭后快三点离开老家的，临行的那天早上我对母亲说，今天下午回南京，母亲欲言又止似乎不想我这么早回去。母亲孤零零一人拄着拐杖站在屋后的转盘边目送我上了小车，我打开车窗远远地向她挥挥手。忽然，我感慨这样的分别还有几回，这似乎又是一种心灵感应？我与母亲就这样永别了！母亲无数次站在那里目送我离开，恰如一位作家写的那样，我慢慢地、慢慢地了解到，所谓父母与子女一场，意味着我们之间的缘分就是今生今世不断地在目送游子的背影渐行渐远……每每想到这一场景，我便泪流不止……更加使我追忆、回味与父母过年的情景。

拜年与请客。年初二我们老家有外出拜年的风俗，有老婆的去丈母娘家拜年，没成家的跟着父母去外公外婆、舅舅家拜年。村口往外的路上，小夫妻俩骑自行车的，小孩跟在大人后面走的，一群一群地出门拜年去了。此时我才明白母亲为何年前要备那么多年货，几个哥哥一分，柜子里的东西基本就空了。我跟随父母步行到邻村的外祖父家拜年，随手背的篮子虽然有点重，但一路上踩着沟渠边的积雪、吹着洋泡泡（气球），与同行的家犬嬉闹着，还是非常开心。眼看外公家近了，刚到院门口我还未见着人，母亲就大声喊道："爸爸（高徐话音如 bāi bai）、妈，我们来拜年喽！"外婆叼着香烟边咳边说："筛喜儿家来啦。"母亲回娘家，满屋都是她的声音，一家老小都出来迎接。母亲逢人便夸，夸舅妈、夸表姐衣裳做得好看，而舅妈也会说话，"姐姐（高徐话音如 jiā jia）的衣服做得漂亮"。在我的记忆中，母亲每年年底再忙都会为自己做件新衣过年，不是碎花的就是格子的，料子都很普通，但颜色都很好看，艳而不俗，非常得体。还有一件事，年前再忙，她都要把理发师傅请到家里为她理一下发，且是农村不多见的"二道毛"发型，足见母亲的爱美之心。在她 80 岁后，我也会买几件全毛的外套给她。她说这么贵，舍不得穿啊。去年大年初一，她穿了一件紫罗兰的呢子外套站在院子里与人说话，我爱人也夸她的这件衣服好看。

舅妈喊吃午饭了，外祖父高大的身子往八仙桌一坐，面朝南嘴上叼了根烟边吸边招呼大家上座。我一直好奇外祖父不用手拿香烟用嘴叼着，说话时为何不掉下来？外祖父家的菜比我家丰富，品种更多些。除了红烧肉、斩肉、红烧鱼，还有百叶饺子、香肠香肚、老鸭汤与红烧风鸡（选金黄毛的大公鸡，不去鸡毛去除内脏，不用盐腌制，用细麻绳扎紧，挂在房梁吹干，吃起来有一股特殊的香味）等等。母亲这时也并不上桌，跑前跑后上菜、接盘子。到外婆与舅舅家拜年一般要好几天，轮流吃请，从初二吃到初四。初五这天是财神日，外出拜年的人又陆续回家抢财神。抢财神就得早，有的人家一过午夜12点就开始放爆竹，而后此起彼伏，响个不停。我家都是在天亮后才放鞭炮的，父母好像并不在乎抢早。是的，父母尤其是母亲虽然不停打拼，但并不争强好胜，待人让三分，与世无争。过了年初五，基本上就各做各的事情了，打麻将的打麻将，操办婚礼、提前做生日的、请客吃饭的，坐在屋檐下晒太阳嗑瓜子的……整个农村的鞭炮声不绝于耳，年味仍然不减，这样延续到十三上灯十五元宵节后，回家探亲的人又陆续上路，离家各奔东西。母亲是最守规矩的人，来给她拜年的人她都要请到家里吃饭，分好几批。我有时劝她，年龄大了就省得忙菜了。母亲却说，不论菜好丑，新年头里的，都要请他们来热闹（高徐话音如 yì cáo）一下。我知道母亲是从不亏待人家的，我过年带点茶叶回去，她总是算好了多少份，送给关心过她的人，从不例外。

每次春节后我返校或回城时，母亲总要让我带上这几样东西：酒酿、糯米团、白糖拌黑芝麻粉，还有咸鱼咸肉咸鹅等，从不间断。我到学校后有个把星期不买荤菜，吃带来的咸货，同学亦分享，至今尚能回味那腊香的味道。父母住镇上后，东边有一小块菜地，每次我回老家母亲往往还坚持让我带点蔬菜。为带这些东西，每次我都要与母亲争执几句甚至闹得不愉快，我说南京都有的，且我不爱吃团，母亲说南京的不如农村的好吃，坚持让我多少带点。现在想想那是老母亲的良苦用心啊，让我带团，其实是意味着一年团圆美满啊！因此，去年初三我离开老家时，主动要了团，母亲在帮我紧张收拾东西时居然把敬供的团也给了我几个。但奇怪的是，有一样东西她未给我准备，多年都忘不了带的白糖拌黑芝麻。之前她还会让到南京的人给我带呢，难道母亲年龄大了忘记了？母亲说黑芝麻补脑子，她见我这几年头生白发，不禁心疼。这次我与爱人去香港过年，也为儿子带了点吃的东西，儿子让我们少带点，说没冰箱。去了后我发现住的宾馆有冰箱，心里直后悔应该多带点扬州包子的。此时此刻，我才更加理解母亲的那份心，更加思念逝去的岁月，更加珍惜那失去的年味！

行走在香港的大街小巷，追寻着华人过年的痕迹，妻子说道，这里没有一点过年的气氛啊！我思量，香港绝大多数是中国人，仔细看看还是有那么一点过年的感觉的。只不过我们感受不到我回忆中那样的过程与风俗罢了。更重要的是，香港没有内地城市与农村分明的二元结构。城乡差别所形成的城乡二元结构，使农村的许多新生代离乡去城，老一辈的留在家乡。一年到头，唯有春节是一家团圆的最佳日子。古老中国的农耕经济与传统文化赋予“过年”以特殊的含义，其本质就是“团圆”，而团圆对子女而言，就意味着与父母一起过年！我呢，一直遵循这样的传统风俗，离开老家上学与工作的近四十年，每年春节必须回老家陪父母。

此时此刻，我的心情难以平静。难以忘怀，未成家的那些年与父母一起过年的日子；难以忘怀，那贫穷的年代在村里老屋与父母过年的情景；难以忘怀，在镇上小楼与父亲与母亲过年的良宵。那时，爸爸妈妈、爷爷奶奶在家等我；那时，爸爸妈妈在家等我；那时，妈妈在家等我！如今，老家再也没人像母亲那样等我回家过年了。直到今天，我才理解歌星费玉清为何在其父母去世后退出歌坛；直到今天，我才理解作家毕淑敏的那句名“父母在，人生尚有来处；父母去，人生只剩归途”；直到今天，我终于理解为何远在天南海北、异国他乡的游子，在春节前携家带口、大包小包往老家赶啦！过去交通不便、农村土路泥泞不堪时，我们仍然赶回老家过年。如今自己都有小汽车了，农村也都修成水泥路了，我们反倒不想回老家过年了，即使回去也就蹲个两三天。是农村变了，父母变了，还是时代变了，我们变了？每到过年时我的心便很纠结，在母亲与妻子间寻找平衡点。我常常思考这个问题，在中国城市化发展与社会变迁的过程中，乡村文明的失落包括过年风俗的变化与年味的消失，是必然的。然而有一点，不管在什么文明形态下都不会变，那就是与父母团聚、对父母的孝心！毕淑敏在《孝心无价》中写道：“父母走了，带着对我们深深的挂念；父母走了，留给我们永无偿还的心情。你就永远无以言孝。”亲情是人世间最美好的感情，任何时候任何人走到任何地方，都不能忘本，不能忘记尚在农村小屋里生活的父母。也许在那个冬天你为二老安装了空调，但那温暖不了父母亲的心啊！

虽然，今天我的心放在了儿子这头，但仍然放不下那头。虽然，母亲的确不在老家的屋子里过年了，但我仍梦想陪她老人家再过一次年。我没太多的奢望，就想与我那吃尽千辛万苦、遭遇悲伤打击的母亲再过一次年，就一次，好吗？哦，一切过去了的都成了美好的回忆。去年的大年三十晚上，母亲敬好香，早早坐在床头，我与二哥坐在她的身边，一起看电视听扬剧，那《三月三》的乡音直入心田。今年从香港回南京后，由于严防新冠肺炎疫情而待在家里。我打开扬剧网，点开李开敏唱的璃调《三月三》，她刚一开口“俏人儿……”，我便泪奔了！我在心底里呼唤：妈，让儿再陪您听一段《三月三》好吗？“俏人儿，允许我，三月三，在那荼蘼架下等候，又允许，五月五日，同看龙舟，哎，哎，哎，哎！……”呜呼哀哉，这样美好的感觉，只能等来世了！

后记：

公元2020年1月28日，农历大年初四。儿子问今天在家还是出去玩，并说不能过海去浅水湾玩，那边出现了新冠肺炎病例。我对儿子说，不出去了，我今天要写文章的。儿子明白我写文章的含义。中午到菜场买了点菜与饺皮，晚上包饺子。下午听到儿子在他房间里用英语与什么人打了半天电话，忽然儿子出来对我们说，香港航空公司的电话，原定明天晚上的航班因疫情原因可能取消，今晚尚有，问我们怎么办？我与妻子当即决定今晚回南京。儿子说，下午六点前必须去机场，尚有两个多小时时间。于是乎，我与我爱人手忙脚乱地准备包饺子、烧菜。我总想为儿子多烧几样留着慢慢吃，未等菜烧好、饺子下好，我们便匆忙往机场赶了。儿子飞奔去招的士，并在手机上购好了乘机场快轨的票，这样我们顺利到达香港国际机场。到南京禄口机场出关时，遇到了大量待检查被卡住的队伍，因拥挤而吵架的人不时出现，乱成一团！折腾了个把小时，我们方才出关。如今为我们操心的就是儿子了，他一路上发信息：安检顺利否？要乘一段轻轨去登机的。出关了吗？上车了吗？到家了吧？儿子的关切之情就如母亲对我的关心一样，我为儿子的细心与行动果断而感动！本该28日写的文章，只好在回南京后宅在家里时，以别样的心情补写。

（2020年2月2日完稿）

延续的家风

——妈，您离家这二年

今天的天气依然如两年前的今天，阴沉沉，冷飕飕，寒湿。上午十点多，学松已在微信朋友圈里发了二哥他们在高徐老家烧纸祭祀母亲的视频，让我的心稍稍宽慰了一些。人老了死去，是自然规律。时间长了淡忘，也是人之常情。但重要的纪念日不能忘却！

不能忘却的是，母亲操劳一辈子、屡遭打击而不倒的生存精神。她强大的心理源自对子孙对亲人的爱，对生活的爱，对大家庭的爱。今天我们纪念她，就是要让她老人家放心、安心与宽心，让她在另一个世界活得轻松，感知我们一大家日子如常，每一个家庭成员都在继承与弘扬她坚忍不拔、乐观生活的精神，如她所愿，个个身体好、工作好、学习好、生活好！

母亲离家整整两年了，我的心弦像放飞风筝的线，拉紧了又松弛，松弛了又拉紧。今晚， 我要写封信，诉说别离后的思念之情，汇报一下家庭情况。我的耳畔回响起电视节目播放的袁隆平写给母亲的信《妈妈，稻子熟了》：“稻子熟了，妈妈，您能闻到吗？安江可好？那里的田埂是不是还留着熟悉的欢笑？隔着 21 年的时光啊，我依稀看见，小孙孙牵着您的手，走过稻浪的背影；我还要告诉您，一辈子没有耕种过的母亲，稻芒划过手掌，稻草在场上堆积成垛，谷子在阳光中毕剥作响，水田在西晒下泛出橙黄的颜色。这都是儿子要跟您说的话，说不完的话啊……”妈妈，今天我要告诉您，我想对您说——

妈，您离家这两年，家前屋后有了点变化。除了把路垫高了，最重要的是把您打理的菜地变成了花池，石榴花开红胜火，您见了一定很喜欢。修路把您建的土地庙给拆了，您一定不开心。不过在您不为土地庙进香后，放那儿也冷清，被邻居花经理他们给搬到南头大庙里去了，也好。土地庙前面的臭水沟给填平了，并在上面建了几幢楼房，环境比两年前是更好了。唉，如您还在，走走看看，一定赞不绝口。

妈，您离开这两年，太平老家变化更大。我们未经您与爸爸同意，把你们砌的老房子给拆了，在原根脚上新砌了三间房子，把院子整修了，围墙砌好了，并在后面又砌了小三间厨房与卫生间，还在后门与厨房之间接了连廊。把房前那块凹地也整修成了绿化园。在院子与花圃栽上了榉树、桂花树、玉兰树、紫薇、小叶黄芽、杏树、石榴、春梅等花木。砌房造屋都是您最愿意做的事，种菜栽花也是您喜欢的。您与爸爸若回村里老家住住，比以前更方便了，可以在院子里晒晒太阳种种菜，也可以在南面的小花圃散散步。

妈，您离开这两年，家庭发展也有不少令人高兴的事。学军他们把新房装修好了，今年他们一家在小纪过的年。陈立松去年又做起了环保检测方面的业务。学东家丫头在扬州中学读

春风拂过水乡（宗建成　吴子谦）

宗建成，吴冠中艺术馆专职画家，中国美术家协会会员，南京大学艺术学院研究生。

吴子谦，江苏省油画学会会员，南京大学艺术学院研究生，任教于南京传媒学院。

高二了，学松前年也评上了高级教师。小二子去年在省广电总台解决了正式聘用问题。果果又跳槽到在香港的世界著名投行摩根士丹利，这个您老人家搞不懂，我只要告诉您他的收入比在另一家公司翻番了，您一定乐开了花！哦，还有学东、学军、学松他们都各买了一辆小汽车，您一定又不放心了，不过他们都是小心谨慎的人，会时时刻刻注意安全的。如您还在，去个小纪上个江都多方便啊！

只是，您离开这两年的春节，我都没有回高徐过年。去年我与小丁去香港果果那儿过的年，今年因疫情防控，我们在南京过年哪儿也没去。您在世时最乐意一大家聚在一起，热热闹闹团在您身边，您不在了意味着大家庭的核心没有了，也就自然而然地分开各自过年了。原来热闹的老家大门紧闭、冷冷清清，只有风吹门笺发出沙沙的声音与远方传来的鞭炮声，想想不禁令人心酸……虽然这是您最不希望看到的场景，但这也是社会的普遍现象。大家庭总是分裂出若干小家庭，又形成新的核心家庭，这样不断分裂，世代相传。一个家族的兴旺在于分裂得越多越好，追根溯源，您就是老太君了，爸爸就是老太爷了。您在世时我没有与您说过这么深奥的话，也没有与您开过玩笑。您若听我这么说，一定会说我一句："马叉，哪来这么多话的！"但我知道您是个想得开、明事理的家长，只要大家过得好，尤其是开开心心过年，您就高兴，尽管您每年都盼着我们回老家过年的。

与母亲说了这么多，总还省些令人不放心的事。母亲走了整两年，今年也是三哥大仁去世二十周年。我正琢磨着为纪念他而写点什么。三哥不幸遭遇车祸，以及后来大哥患肿瘤而病故，其中一个重要的原因是喝酒。过去，只要逢年过节或者请客吃饭，酒总是我们家桌上不可少的东西。喝得高兴，喝得热闹，喝出气氛，母亲才开心。那时，她总是笑眯眯地站在桌边，从未劝说能喝酒的几个儿孙少喝一点。母亲对儿子的疼爱，其中一个重要的关心就是喝点酒。她多次对我说，哪块是喝酒啊，喝酒多吃菜！母亲是借酒让我们多吃一点，然而她老人家忽视了酒也会坏事，甚至坏了大事。倒也听说父母劝过大哥少喝点酒，如果爸妈真正拿出家规不让大哥三哥往死里喝，他们的晚年不至于那样的悲伤，应该能过得更舒心些。今天纪念母亲，还有很重要的一条家训，就是在喝酒问题上要高度自觉，少喝酒，最好不喝酒！不要靠家长管，也无须让人劝，而是靠自觉！母亲虽然会主张一些事情，但她的出发点总是好的。比如她会操心到每个小家庭的事，隔代管理。小字辈也许会不乐意，但她的超强家庭责任心应该得到尊重。如果母亲活到现在，凭她的细心一定会为三哥的二十年纪念日而做些主张，诚如她前些年要让三嫂把秋明的一个儿子抱回来养一样。如今母亲不再为大家操心了，没为三哥十年超度，二十年谁来张罗呢？照理他的二女儿也三十多岁了，又有一份不错的工作，应该成为家中的顶梁柱了。她可以与她妈商量，也可以征求我们的意见，然后确定一个方案。小二子在群里，你看到这里，有何打算呢？

总而言之，母亲不在的时候，我们都未懈怠，都在努力把日子过好。是啊，把身体保养好，把日子过好，是我母亲最大的心愿，也是我们大家对她老人家最好的纪念！

晚上十点多，趁小区人少，我与妻子在屋后的路上为母亲烧纸化“金条”“元宝”。我说，妈在世时有她在张罗，我在南京从未给我爸烧过纸，这些重要的事情我都不要烦。如今妈妈不在了，我不能省事，就得安排了。我说南京的“票子”大，让母亲多拿点钱，给父亲点。风吹火苗旺，映红了我们的一片思念之情。此时此刻，我慈祥的妈妈，在老家，在南京，还是在来南京的路上？在这个月黑风高的深夜，我的思绪伴着马思聪的《思乡曲》，从南京飞到了故乡——

悲伤的情丝，在寒冷的东风里，飘荡！

故去的亲人，远离的情感，让思念的人，黯然神伤！

未来的日子，在早春二月的花朵里，绽放！

无论昨天在一起，还是今天相分离，美好的祝福不变！

也许，人人心中都有一尊佛，阿弥陀佛，但愿观世音菩萨，保佑！

（2021 年农历正月二十四深夜）

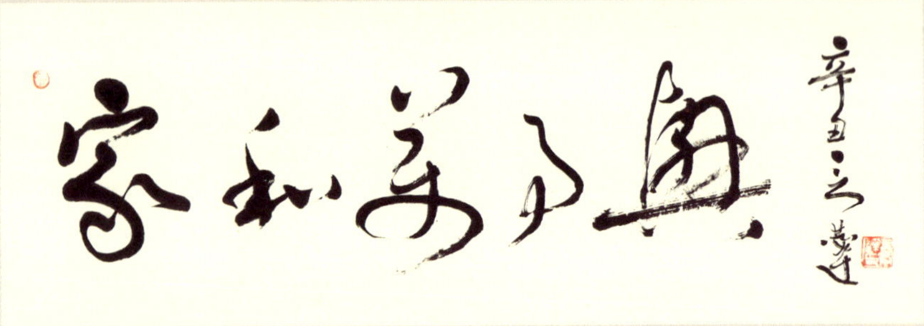

家和万事兴（言恭达）

言恭达，著名书法家，一级美术师，清华大学教授、博士研究生导师。曾任全国政协委员，中国书法家协会副主席。

二

满庭芳

勤劳自立朴实善良，这就是我的奶奶

奶奶生前喜欢烧香拜佛。我小时候记得她只喜欢做香功，什么时候开始烧香拜佛的呢，应该是那年三叔出了交通事故去世了，她老人家十分伤心，就开始祈求神灵保佑一家儿孙平平安安，我想这也是她的一种精神寄托。

三叔的去世对她的打击很大，她经常伤心流泪，时间长了以后，眼角上长了一个黑色斑块。为了这个事，四叔带她到上海去检查了眼睛，由于岁数比较大，也没做什么治疗。其实到上海也是了却奶奶的一个心愿，她老人家20世纪五六十年代的时候，为了冯家的家庭生计，只身一人到上海给人家做保姆。奶奶和我讲了很多她在上海做保姆的事情，帮人家洗衣做饭刷马桶，还帮人家夹带黄金出关。她吃这么多苦，不为自己，都为了冯家这个大家庭。在上海看眼睛的几天里，我、三婶、四叔一直陪着她。我们带她游览了上海的城隍庙、外滩、动物园等景点，最后还带她到了她做保姆的地方陆家嘴，找到了当年和她一起做保姆的一个老太，当天晚上老太一家请我们吃了晚饭，看得出来，那是奶奶非常开心的一天。

老家最困难的时候吃不饱，她还托人把我爸带到了上海，我爸在上海的时候她省吃俭用让我爸吃饱。后来我爸从上海回老家，她买了很多烧饼晒干，把我爸穿的棉袄里的棉花拿掉，把烧饼塞进棉袄带回家，让老家爷爷和叔叔们有的吃。这些事现在看来有点不可思议，但在那个年代，奶奶为了冯家，吃了那么多苦，受了那么多罪，这也给她的后代留下了良好的家风。

十年前，我爸去世，对奶奶的打击更大了。我爸去世后，奶奶有三年没到我家，我问她怎么不去我家，她说怕见到我父亲的遗像。从那时起，她每天烧香拜佛更虔诚了。作为一个农村老太，她没有更大的能力保护她的子孙后代，只有祈求神灵了。她在自己家门口开垦了很多菜地，每天烧香拜佛后，她就在菜地里劳作。我问她你又不是没有吃的，这么辛苦干什么？她回笑说，我种这么多菜，一个是自己吃，另外要拿去卖了换钱。为了这个事我还说了她好几回，后来我才知道她老人家的真实想法，她拿这些菜去换钱是为了买香敬菩萨，她觉得通过自己辛苦换来的钱烧香拜佛才会灵，才能更好地保佑家人。通过这些小事，我从中看到了奶奶的吃苦耐劳，看到了她做事待人的诚心，什么事都要靠自己辛勤劳作，才会有更大的收获。作为一个农村老太，她给我们冯家树立了良好的家风，那就是勤劳、自立、朴实、善良，这就是我的奶奶，平凡而又伟大。

我奶奶去世后，我们庄上人都说她修心修得好，菩萨保佑她，让她走得一点都不痛苦。是啊，奶奶没有给我们子孙留一点麻烦，留给我们的全是思念。

（冯学军）

奶奶是位倔强的老太

明白终有一天奶奶会离开我们，又总不愿去想奶奶真的会离开我们，总认为那是不可能的事，她不可能离开我们，她老人家一定会活到九十多岁，说不定是一百岁！但这一天最终还是悄然而至，而且来得那么突然。

奶奶膝下无女，我是奶奶的大孙女，奶奶还是蛮喜欢我的，但是她总是很忙。为了生计，为了叔叔们都能成家立业，她总是四处奔波，不分日夜，连续操劳。但她总是乐呵呵的，我从未听过她抱怨。

小的时候，因为我们住在镇上，奶奶住在村里，每年暑假我与哥哥都会去太平老家待几日，印象中奶奶总忙得顾不上我们，那时候，她跟爷爷经营着一家小店，村上多半人家的油、米、酱、醋总是从他们这儿买。“筛喜子（奶奶的小名），打二两酱油。”“筛喜子，拿包火柴。”“来了，来了，今儿烧什么好吃的呀，我家这酱油香呢哦。”又有人来喊爷爷买盐，只听到奶奶应道：“老头子，这会儿不忙，我来，我来，你歇会儿。”她总是这样忙碌着，根本无暇顾及我们在干什么，稍有点空闲时，她又拿起猪食盘、鸡食盘，去喂那些家禽家畜了。一会儿

小店（罗荃木）

罗荃木，南京师范大学美术系毕业，当代著名油画家。

她又对爷爷说："老头子，这会儿不忙，去杀只鸡，今天给学军和华做红烧鸡。"下午，她总不忙了吧，只见她又拿起客人的衣服裁剪起来。奶奶是一位裁缝，村庄上人的新年衣服多半出自奶奶那双灵巧的手。她要在答应人家的日子里把衣服都赶制出来。奶奶像个聚宝盆，挣到的钱绝对不会乱用，她是想尽办法让自己的家人生活得更加舒适一些。

我们在奶奶家玩的那会儿，奶奶总是把好吃的拿给我们。记得那时候有一种糖叫高粱饴，能吃到那种糖就是奢侈了，每每我和哥哥从奶奶家回来，她总要抓一把高粱饴给我们。有一次她忙忘了，我和哥哥已经走到村庄的一半了，忽然听见后面有人喊："学军、华，学军、华。"只见奶奶气喘吁吁跑过来，塞给我和哥哥一人一把高粱饴。笑眯眯地看着我们说："奶奶今天忙忘了，带回家吃，要听话哟。"在奶奶的心里，她总是想着把最好的给自己的子孙们。

奶奶是个有想法的人，在太平庄上，她靠自己的努力把自家的土基房翻成了青砖瓦房。渐渐地，她又想把自家的房子砌到镇上来。多年后，她和叔叔一起努力在高徐镇上建了房，和我爸爸妈妈靠在一起。搬到镇上后，奶奶也没那么忙了，逢年过节我们都一起去奶奶家，奶奶见到我们去都乐呵呵的。大人们忙着做饭，孙子、孙女们就陪着奶奶聊家常。奶奶经常和我们聊过去的事。聊到我爸时，奶奶说："这个大摆子（对老大的一种特殊称呼），把钱给他买吃的，他拿了去看电影，气得我一顿打哟。"我们听了后哈哈大笑，她就笑眯眯地看着我们，这个脸上看看，那个脸上瞅瞅，就这么看着，啥话也不说。奶奶当时定是气我爸不懂事，省吃俭用省下的钱，想让他吃点好的长身体，结果他却只顾着贪玩，现在看着我们，每个人都高高大大的，穿着干净、漂亮的衣服，生活得很好，她的心里应该是满满的幸福吧。

我结婚后，回高徐老家的次数少，偶尔回去了，必是先去爸妈那，奶奶听镇上人说我回来了，喜不自禁：“啊？我家华家来啦？”周日一大早，我还没起床呢，奶奶就拎着杀好的鸡来敲我爸家门了：“大堂，开门，格是（还是）华家来啦？我杀了个鸡子把她吃哈子。”等我起床后，她还关心地问道：“小陈格曾（有没有）送你家来呀？”我回道：“他哪有空啊，不上班哦。”奶奶就不吱声了，慈祥地看着我。她肯定是希望她的孙女嫁个好婆家，有人疼、有人宠吧。看着我们幸福、快乐，这应该是她最开心的事了。

年岁大了后，子女们都成家立业了，奶奶仿佛一下闲了，但她似乎不甘于这种平淡，她除了忙家前屋后的菜地，开始虔心信佛，虔诚地祈祷菩萨保佑我们家家过得平安，家家过得幸福。她经常跟我们说：“我天天在家烧香，求菩萨保佑你们各家人家都平平安安，顺顺当当，上班的步步高升，上学的学业有成，做生意的发大财。”虽然是简短质朴的话语，却处处体现着她老人家对子孙后代的关心和期盼。想起奶奶这些事，我心中一阵怅然。

奶奶离开我们一年了，这一年里，中秋节少了奶奶的唠叨，春节少了奶奶的命令，再也说不出那句：“奶奶，恭喜您身体健康，活到一百岁哦！”我爱跟奶奶开玩笑，再也听不到奶奶半嗔的那句：“这个丫头，嘴咋这么凶的呀！”奶奶这一生都是不服输的，靠自己的双手改变生活，不向命运低头！奶奶这一生都是乐呵呵的，不管命运给她多大难堪，她都坦然面对！奶奶是位倔强的老太，她的勤劳、善良、豁达，值得我们学习。

奶奶，我想您了！您和爷爷还有我爸在天堂好吗？

（冯爱华）

留给我们的只有无尽思念

今天下着雨，灰蒙蒙的，给人阴郁之感。再过两天是一个让我们怀念的日子，去年的这个时候，疼爱我的奶奶，在老家去世了！那天大约是在晚上 10 点半左右，我接到弟弟小羊的电话，说奶奶走了！

当时，我人在江都家里刚洗完澡准备睡觉，接完电话赶紧和老婆商量，因为姑娘正在上初三，不能耽误学业，我们决定由老婆这几天在家照顾，等奶奶破孝那天再回老家，交代完我急急忙忙下楼打了一辆出租车直奔老家而去。我还是有些不相信，奶奶不是身体一直很好的吗，年初四我们回江都前，还去看望她老人家，和她道别，她有说有笑，还让姑娘好好学习，争取考上扬中，她老人家怎么说走就走了呢？如今我的姑娘真的考上了扬州中学，可奶奶人却不在了，如果奶奶还在人世的话，得有多高兴呢！

奶奶辛劳一辈子，七十多岁的年纪了，还在家门口留有一块不大的菜地，常在地里种些青菜、豌豆等。为此，叔叔经常说她不要弄了，累坏了身体，得不偿失，可是奶奶却不听。相反，她的身体一直是健康的，就是八十多岁的时候，家门口的菜地也是她一直在侍弄着，后来跌跤做了两次腰椎成形手术，腿脚不便，她依然让我爸爸还有照顾她的阿姨帮忙侍弄着。由于工作的原因，我会回老家附近的邮电支局做事情，有空闲的时候，我就会去奶奶家看望她老人家，和她唠唠家常。临走的时候，她会大包小包地弄好多蔬菜让我带回江都，有时候跟她说少弄一点，我家丈母娘带了好多，吃不完的，她就会骂道，你个细摆子，这个是奶奶家种的，带回去放冰箱不会坏的。

说来也很惭愧，奶奶这么多的后人，由于大家伙忙于生计，都在外地奔波，一年四季很少能回家看看她。只有逢年过节，老家才能热闹一番，晚辈们都纷纷回来团聚。特别是四叔、四婶还有果果回来的时候，奶奶是最开心的，天天都笑得合不拢嘴。最让我记忆犹新的，是我的最小的兄弟果果回来的时候，奶奶都会让学军或者小羊打电话给我，让我无论如何都要抽空回来陪陪他，说我们小弟兄四个要多聚聚。果果最爱吃红烧肉和大斩肉，奶奶就让我爸爸做，然后把果果的碗里塞得满满的，看着果果开心地吃着，老人家就乐开了花。果果临走的时候她还让打包带回去一些，留着慢慢吃。

很多老人都有些“迷信”，奶奶也是如此。她信奉佛教，拜观音。可是她没有文化，对宗教并没有深入理解，奶奶只有一个信念：信佛拜观音可给家人带来平安，可以带来吉祥。其实，奶奶活在今生的世界，更看重来生。每逢初一、十五，奶奶忌荤食，即便是大年初一亦是如此，只吃点米饭与咸菜。她每天给全知全能的观音菩萨烧香磕头，很是虔诚。早些年，高徐兴建了祇树寺，奶奶可高兴了，成天到晚地忙前忙后，奶奶没有收入，还是捐了几百元，虽然钱不是很多，但那是她老人家的一份虔诚之心。祇树寺不管有大小活动，都少不了奶奶的身影，寺里大到主持，小到沙弥，没有一个不认识冯奶奶的，都说冯奶奶是个大好人，菩萨心肠。奶奶去世的时候，好多人都前来悼念她，有高徐镇上的，有太平村、王贞村老家的，也有其他村的，都说她是好人有好报，菩萨保佑她。是啊，她太善良了，在人生画上句号的前夕，丝毫没有拖累后人，留给我们的只有无尽思念。

不知不觉中，奶奶去世已有一年。我在梦中无数次地见到奶奶，当我醒来时，发现泪水打湿了枕头。奶奶是最疼爱我们的人，而她再也不会回来了。我想念我的奶奶，可她再也不会回来了。奶奶在天堂会保佑我们的，愿慈祥的奶奶在天堂安息……

（冯学东）

忆慈祥的奶奶

一位老人，偶或头顶着一块绿色方巾（农村的老人经常戴的头饰），身着一件蓝底白花图案的衣服，佝偻着身子，一边用双手掐着麦秆，一边嘴里哼着“南无阿弥陀佛”“南无阿弥陀佛”；偶或在夜晚，日光灯下，床边，边手叠“元宝”，边看着扬剧；偶或未见其人，先闻其声，年过八旬，声音洪亮有力；偶或推着老人车，一步一踉跄地、奋力地向前走着，为着某件必做的事情；偶或……太多的偶或，只是大多数人都认为硬朗的人，我们的奶奶，如今已经离开我们一年了。

一年的时光，真是白驹过隙；然而对我来说，却是很慢，犹如电影蒙太奇中的慢镜头一般。多少次，远远看着一位头顶绿色方巾，手推老年车的老人，误以为是奶奶，泪水就浸湿了我的双眼；多少次，下了班之后，情不自禁地走到奶奶门前，多想再寻灯光下叠“元宝”的身影；多少次，梦中常常隐隐看到掐麦秆的身影，听到一遍又一遍的虔诚的声音……然而，一遍遍的幻想后，终归归于现实：奶奶永远地离开了我们，离开了她一生所爱的家，离开了她还充满希冀的世界。作为晚辈的我们怀念奶奶，就是要学习她老人家坚强不屈的生活态度，化悲痛为力量，寄托思念之情于积极的生活中。夜深人静，回忆起奶奶生前的点点滴滴，在奶奶的身上，有许多我们晚辈所缺少的精神和品质。

奶奶自十七岁从邻村嫁到冯家，与爷爷一起生活了六十多年。虽然他们年轻时的生活只偶尔从长辈的叙述中略知一二，但是记忆的闸门一旦打开，奶奶的形象就历历在目。眼前总能浮现出他们为新建瓦房起早贪黑，忙前走后的身影；浮现出春节前，为乡里乡亲在昏暗的煤油灯光下赶制新衣时的身影；浮现出他们开小店时，笑脸迎客，忙忙碌碌的身影……由于爷爷患有哮喘，基本帮不上什么忙，奶奶以一个女当家的身份，扛起了本该男人承担的责任，勤劳不辍，从无怨言。这是奶奶为我种下的第一颗种子，这颗种子一直影响着我，将一直伴随我的一生。后来，镇上建了房子，爷爷奶奶都搬到了镇上生活。奶奶就在家前屋后自己开辟了几块荒地，种些瓜果蔬菜，自给自足之余，送些给左邻右舍。那几块菜地，是奶奶一锹一锹挖出来的；那些瓜果蔬菜，是奶奶一叶一架，拾掇出来的。偶逢天旱，这几块地得早晚浇水，奶奶每次都亲力亲为，从不让人帮忙。爷爷去世后，奶奶一直一个人生活。生活中的琐事，她都自己做。一直到去世的那天还是自己做的饭。

记得小时候，整个小太平庄上的年味最浓的要数我家了。太爷，我印象中是一个半聋的人，听不得半点不是之言，但慈爱；太太，是一个精神矍铄的老人，善解人意；爷爷，是一个言语不多、实打实的人；奶奶则是个乐呵呵、忙里忙外的大管家。那时，大伯家四人，我家四人，三叔家三人（当时二子还未出生），四叔一家两人（四叔刚结婚），春节之际，全家人都会集聚在一起吃年夜饭。推杯换盏之间，敬老人，身体健康，长命百岁；贺父辈，年轻有为，事业有成；祝孩子，学业有成，健康成长。到现在，奶奶的房间里还留存一张难得的全家福。每年饭桌上虽然没有几道菜，但奶奶的绝活蛋卷、百叶卷一定会完美登场。那时，馅里虽没有太多的肉，但奶奶的菜一定是天下珍品，每个人吃过后都会夸赞不绝。每逢这个时候，奶奶总抱怨爷爷，霞儿（音，小孩之意）喜欢吃的菜哪块不会多烧点呐。每逢请年酒，奶奶总会把这句话挂在嘴边。后来，我们长大了些，生活条件好了，但每年春节必点的菜，还是这两样，奶奶照样乐此不疲地给我们做。

这些年，我一直在高徐工作，堂老大（学军）在小纪工作，前些年陪读，偶尔回来；老大（学东）在江都工作，偶因工作缘故，回来几趟，特别是这几年，我甚至有些近水楼台先得月的感觉，陪奶奶吃饭的次数也多了。六六（我丫头）还小，吃饭总是吃一半留一半，不知道什么叫浪费。奶奶经常会和六六说“浪费粮食，响雷会打头的”“粮食来之不易，粒粒皆辛苦”之类的话。六六虽很难理解其中的意思，可是，奶奶的这些话语，又会勾起我对心中的第二颗种子的回忆：奶奶一辈子很少浪费粮食的。

记忆中爷爷和奶奶在经营小卖部的同时，还开了老家那里的第一家熏烧店（现在叫熟食店）。熏烧店里的食物品种虽不多（我现在能记起的大概就是盐水鹅、素鸡、豆腐干子、凉粉和油炸花生米了），但是可口、卫生，很受村民们的喜欢。每天下午五点钟左右就差不多卖完了。印象最深的是，那时我家较穷，大伯一家在镇上生活，三叔虽生活在老家，但条件还不错，四叔在外地工作了。我爸年轻时身体不好，很瘦弱，奶奶总是想着我爸。每每熏烧卖得所剩不多时，总是夹两块豆腐干子，切两片素鸡，抓一把花生米留着，然后悄悄地让村里人带信，让我到庄上拿。实在是卖光了，奶奶就把早上煨鹅时剩的汤水，让我悄悄地拿回去，“倒掉浪费，舍不得”，奶奶总是这样说。当时的我总觉得这句话有些难听——倒掉的东西让我拿回去？现在想来，那时的我多幼稚，那分明是奶奶对我家的“特别待遇”，那分明是“舍不得”。渐渐地，这种舍不得就成了我们晚辈在奶奶身上看到的一种优秀品质。近些年，生活条件好了，四叔关照我们多注意些奶奶的饮食起居。我隔三岔五到奶奶那里，关照奶奶，隔夜的茶饭不能吃，奶奶总是说，“我吃了一辈子了，我的身体好着呢”。有时我们会偷偷地把她冰箱里过了保质期的食品扔掉，她发现后，总会埋怨，“细马叉，好好的东西扔掉，响雷打头哦”，又总是默念“南无阿弥陀佛，观世音菩萨不要怪罪哦”。奶奶的一生，节俭之美德，将在我们冯氏家族一直延续下去。

“老齁子（哮喘的方言），起来吃冲蛋花了”，这是奶奶在爷爷年轻时经常说的一句话，也是每天必修的一门“功课”。奶奶常常和我们这些晚辈说，如果不是这样做，恐怕你爷爷早就不在了。真的，在那个饥荒年代，那个医疗资源欠缺的年代，在那个不能自给的年代，奶奶靠自己的土方子——鸡蛋（那个年代，农村人认为鸡蛋最有营养），让患有哮喘的爷爷生命得以延续。我爸爸年轻时长时间咳嗽，奶奶把同样的方法教给了我妈，我妈如法炮制，我爸的身体才硬朗起来。

奶奶隔壁的本家奶奶家向来比较贫困，奶奶时常送一些饮食起居方面的东西给她家。村里家长里短，需要帮助的时候，奶奶都尽自己所能去帮助人家。“太太，为什么我家烧纸不放在门外烧啊？”我女儿逢年过节时总爱问。奶奶总会说：“小孩子，你不懂。”是啊，我女儿还小，可能真的不懂；可是奶奶总说，她XX大表姐无后人啦，和我关系特别好啊，烧些纸钱给她们啊；可怜的大根与红贞子（原来村上老家的隔壁邻居）……这些对我女儿来说可能真的不太好懂，可是，我懂，我们都懂。爱与大爱，从此在我们心中生根发芽了。

听奶奶说，她三岁时，她的生母就去世了。后来有了继母，继母对她不好，会虐待她。这也许就是奶奶胆小的诱因吧，奶奶从小就没有一个人睡过觉。只要爷爷没有到家的时候，奶奶总是守到爷爷回家后才敢睡觉。这样的胆小伴随了她一生。但生性胆小的奶奶一直都很坚强。俗话说“人生悲哀莫过于幼年丧亲，中年丧偶，老年丧子”。这三种不幸，奶奶都算经历过。“幼年丧亲”，奶奶还小，虽不曾有那么悲伤，但奶奶在每年祭祖时，都会去寻亲生母亲的坟墓，祭奠一番；虽不算“中年丧偶”，但相伴六十年的爷爷去世，奶奶一个人不知流过多少泪；人生最大的悲哀莫过于“老年丧子”，二十年前，三叔因车祸不幸离世的噩耗，使得爷爷奶奶两位老人瞬间崩溃了，尤其是奶奶，整日整夜地、几乎不间断地号啕大哭，从三叔出事时起到出殡时止，整整七天七夜。之后的许多日日夜夜，奶奶以泪洗面，以致眼角凭空长出了一块黑斑。到十四年前，我的妈妈因病去世，再到十年前，爷爷和大伯相继离世。十年间，奶奶经历了人生中最痛苦的时光。然而，这些痛苦并没有摧毁奶奶（也许奶奶把痛苦隐藏在她的内心深处），相反，我们看到的是一个坚强、乐观的奶奶，一个不让晚辈担心的人。

从三叔去世后起，奶奶从先前做香功改为信佛了。香功，是一种以锻炼身体为目的的锻炼方式，相当于一些徒手操，对于老年人活动筋骨是有帮助的。而信佛，则是一种信仰。奶奶曾和我说过，奶奶的身体再好，也比不过你们的身体好。这话是奶奶寄希望于晚辈，希望晚辈能够身体健康。她不为自己求些什么，只祈求晚辈们身体都好，所以奶奶选择了信佛。奶奶每天朝九晚五都磕头烧香，二十年从未改变过。每逢初一、月半都吃斋，连正月初一也是如此。特别是正月初一，家里人都团圆在一起，菜肴丰盛，我们这些晚辈经常跟奶奶说凉素菜她可以吃，纯炒青菜和豌豆苗她也可以吃，可是奶奶就爱吃她自己煮的咸花生和炖咸菜。其实，哪怕爸爸用专门烧蔬菜的锅炒的菜，奶奶也不吃。在村里老家有一座土地庙，早些年，逢年过节奶奶必亲自回老家上香。年岁大了以后，奶奶都会叮嘱我回老家替她老人家上香。到镇上以后，奶奶又在家的东南角修起了一座土地庙，了了自己的心愿，也方便了左邻右舍的香客。前两年，奶奶在农历六月十九观音菩萨生日那天去祇树寺（原高徐镇上最大的寺庙，后来复建）上香，忙忙碌碌了一整天，结果中暑了。四叔回来劝她，年纪大了，该简化的程序应该省去了，菩萨不会怪你的，我们也从旁劝说，奶奶终于改变了她二十年来的做法，但初一和月半的程序奶奶还是继续坚持的。老人二十年的信仰能因为子女晚辈的一句话就改变了吗？我想，奶奶是怕我们担心她吧。生活中奶奶为晚辈着想，识大体的做法，也在影响着我们，影响着我们冯氏家族的每一个人。

奶奶的一生虽是平凡的，但她有着勤劳、节俭、博爱、坚忍的美好品格，这是我们每个冯家人都要传承的。在奶奶离世一年之际的今晚，我真想做一个梦，梦里，我能看见头顶绿色方巾、身着蓝底白花衣服的奶奶，一手搀扶着手捧茶杯的爷爷。让我对他们说一声，爷爷奶奶，我们大家都好！愿你们在天堂一切安好！

（冯学松）

奶奶的宽容与大度鼓励着我

思念的滋味，就像一杯苦咖啡……初夏的阳光，透过高墙的窗户射到对面的墙上，原本灰暗寂寥的室内略显一线生机，室内的人与墙外的人共享着一片阳光，不同的是彼此的人生经历……纷繁思绪仿佛让我飞出了墙外，又让我想起了那个世界最最爱我，最最疼我的！

“小乖乖，慢点跑，小心摔倒”“小乖乖，多吃点，不能挑食，那样才能长个子”“小乖乖，快点起床，上学要迟到了”……儿时的我基本上是在爷爷奶奶身边长大的，爸爸妈妈忙着工作，爷爷奶奶一直把我捧在手心。幼年的我，常常看着奶奶红润的脸颊，枕着她的臂膀，贴近她的胸膛，跟着她平和的气息放心地熟睡。那时的我，感觉是多么温馨，那时的我是奶奶的小乖乖。

渐渐地我长大了，随着爸爸的生意做得越来越好，家里的条件也算是达到了小康。爸爸妈妈也把爷爷奶奶接到镇上来住，一家人其乐融融。那时候我上了师范学校，记得每个月末回家，爷爷奶奶都会去车站接我。车子经常晚点，但是无论刮风下雨，透过车窗我总能看见远远的昏黄的灯光下，那熟悉的身影。下车后，爷爷总是第一时间接过我的行囊，而我总是挽着奶奶朝家的方向走去，那时是多么温馨而又幸福啊！可是一场突如其来的车祸让我温馨的家彻底粉碎，那时我上师范三年级，正在江都市里的机关幼儿园实习。那天中午突然接到了舅舅的电话，让我赶快去他家，隐隐感觉到舅舅的语气有些沉重。带着忐忑的心情我第一时间到了舅舅家，而舅舅家已经聚了很多人。从他们的话中，我得知爸爸出了车祸，好像伤得很严重。那一刻，我彻底崩溃了。早上爸爸还打电话给我问我实习怎么样，周末要接我去奶奶家，怎么会出车祸呢？但从家人的神情里，我心里的不安越发强烈，舅舅和姨父他们接到电话都出去了。“我也要去看爸爸！”“你留在家里等，我们先去，你已经是大孩子了，要听话。”舅舅摸了摸我的头。可是到了晚上等来的却是爸爸抢救无效死亡的消息。那一刻我感觉天昏地暗，哇地大哭起来……我们连夜回到镇上的老家，那一夜我们没有人敢回家，都在车上坐了一夜。天亮了，当我们赶回家时，家里已经聚了很多人，奶奶躺在沙发上，爷爷坐在地上，叔叔在奶奶旁边，奶奶已经哭得说不上话来了，可她看到我的时候还是招了招手让我过去，一把把我搂在怀里，奶奶的手一直在颤抖，一个劲地叫我“乖乖，乖乖”。不知道那些天是怎么过来的，料理完爸爸的后事后，我的实习也结束了，家里和学校帮我请了假，我待在家里。那段时间，奶奶整天以泪洗面地躺在床上，什么也不吃，每天都靠挂水来增强营养，妈妈也是每天一句话不讲地坐在床上，看着爸爸的照片发呆，我和年幼的妹妹也是每天坐在家里，有一顿没一顿的。直到有一天，我走到奶奶床前和奶奶说："奶奶我饿了，我想吃你做的红烧肉了。"我看到奶奶原本呆滞的目光仿佛又有了一丝希望，奶奶看了看我，摸摸我的头说："我的小乖乖瘦了，奶奶这就给你做。"她终于下床了，那是爸爸过世后，奶奶第一次起床做饭。叔叔说他去买菜，可奶奶坚持要自己去，说他不知道要买什么样的肉，做出来会不好吃，而我又非常挑食，于是爷爷和奶奶拿了钱包互相搀扶着去了菜场。不知过了多久，我看他们回来了，奶奶走路有点不自然，我问她怎么了，奶奶说没事，说完就去了厨房。后来我才从邻居口中得知，奶奶去菜场这一路上不知摔了多少跟头。现在想起来，那红烧肉应该是我长那么大吃过的最好吃的一次了。后来的日子里，爷爷奶奶依旧会来我家给我们拖地，洗衣服，做饭。偶尔闲下来的时候我常看到她盯着爸爸的遗像发呆，不时用衣角偷偷擦眼泪，那时妈妈还是每天躺在床上，奶奶每天一日三餐都会给妈妈送去，我却很少看到奶奶吃东西，但奶奶却经常安慰妈妈："日子还是要过的，把两个小乖乖带好。"好像从这以后我再也没有看到奶奶流过眼泪，日子就这样一天天地过着。

之后我去了市里最好的一家幼儿园工作了，爷爷奶奶依然每个周末在家等我，做上满满一桌我爱吃的菜。奶奶是一个慈爱、勤劳而又节约的人。小时候每次爸爸、妈妈批评我后，我都会使着小性子哭着往奶奶怀里钻，奶奶总是用那双长老茧的手抚摸着我的头说："乖乖，别哭，以后听爸爸妈妈的话，不能调皮。"我总是搪塞着点点头。长大后，每次放假我总爱去奶奶家，奶奶会做满满一桌我喜欢的菜，坐在桌边看着我吃，脸上始终带着慈爱的笑容。记得有一次奶奶做了我最爱吃的老母鸡汤，给我盛了好几碗，鸡腿鸡肝都在我碗里，自己却舍不得吃。我问奶奶为什么不吃，奶奶说："乖乖，奶奶年纪大了，吃不动。"可是我却看到奶奶悄悄地把我掉地上捡起来放在一旁的鸡肉用水洗了吃。我嗔怪奶奶，掉地上了就别吃了，多脏啊！奶奶笑哈哈说没事。然后又会与我讲家史，告诉我大伯、我爸和叔叔小时候的事，说那时候家里穷，他们都没东西吃，我爸用青苔把家里的鸭蛋包着，说是在田里捡的，意思要奶奶煮给他吃，奶奶都没舍得。要我珍惜现在的生活，不能浪费，更不能大手大脚！每一次我也都只是听听而已，从来没有把奶奶的教诲放心里，有时候嫌她唠叨多了，就干脆到房间里玩手机。现在我多想再听听奶奶的那一番话，多希望再听她叫我一声"小乖乖"，那也是一种幸福啊。

奶奶年轻的时候是做裁缝的，据说那时候家里很穷，为了抚养孩子，她夜以继日地干活，把自己的孩子们养大，培养成人才。有一晚我睡在奶奶家，半夜听到缝纫机的声音，起床看到昏暗的灯光下，奶奶正一脚一脚地踏着缝纫机做衣服。她满眼通红，穿针的时候一遍又一遍，怎么也穿不上去，我走过去问奶奶怎么还不睡觉，奶奶对我说："小乖乖，把你吵醒了，奶奶马上就睡，这是答应明天给人家的。"我说："奶奶，还是我来穿线吧。"线很快穿上了，奶奶笑着说："唉，年纪大了，眼睛不中用了。"后来我才从爷爷口中得知奶奶是因为每晚想念爸爸，又不敢在大家面前哭，只有每天夜里偷偷地哭，眼睛哭坏了。每次休息结束回城里时，奶奶总会给我买上好多吃的与用的，临走时在我手上塞几张钞票，我说："奶奶，我长大了，已经工作了，可以挣钱了，您以后不用再给我钱了。"可奶奶却说："城里开销大，你该吃的吃，不要太节约，你爸爸在的时候什么都能给你最好的，现在奶奶也不想你太委屈自己。"

奶奶那时已快80岁高龄，在万家灯火的每个日日夜夜里，老人家依然一往情深地盼望着她的孙女平安归来。我想因为舍不得她的三儿子，她倾注着全部的爱，只为她的孙女不受苦。然而，老人家怎么也没有想到，自己艰苦朴素、勤劳善良的品格没能让我学到，我因为初入社会，虚荣心作怪，大手大脚花钱，铤而走险走上了一条不归路，两次把自己送进了监狱！记得家里人刚知道我出事时，都对我感到很失望，责怪奶奶太娇惯、太宠我，奶奶为我承受了太多太多！在我入狱后，她没有过多地责怪我，每当我与她通电话时，她总是安慰我："秋明，家里一切很好，你要好好地出来，家里人都在等你！"奶奶的宽容、大度与不放弃始终鼓励着我，让我增强了洗心革面、重返家庭、回归社会的信心。记得还在看守所里时，奶奶来看我，她脸上布满皱纹，一脸憔悴，哽咽着发出沙哑的声音。看到奶奶如此大的变化，当时的我是多么心痛，而我已是别人口中的逆子，请原谅我吧！我在心底默默地说，这都是我的错，辜负奶奶您真挚的爱。由于我不谙世事，任由自己因无知而葬送大好年华，把自己的青春定格在狭小的囚室里。奶奶隔着铁栏杆，用颤抖的手握着我的手说："乖乖，瘦了，要好好地，不要怕，欠债还钱天经地义，奶奶会想办法把钱还上，犯了错不要紧，知错就改，没什么可怕的。"

后来听说奶奶为了帮我还钱，和家里人都闹僵了。可善良的老人，依然坚持要把钱还上，奶奶还是坚持给人做缝纫，并且在家里种菜去卖。奶奶说：“还一分少一分，小乖乖也能早一天回家，少受一份罪！”那时奶奶经常赶到南通来看我，按时给我账上打钱，从来都是报喜不报忧，甚至连爷爷因病去世的消息她都没有和我讲，只为我能安心改造，早日回归社会。现在想来，奶奶一生用她善良和慈悲的心净化着她身边的世界，也净化着我的心灵，在我生命的每一个日日夜夜里，都有奶奶为我流下的泪水——只要我稍有一点小灾小难，奶奶都用泪为我祈祷；只要我多少有点上进的举动或端正的行为，奶奶就用笑的泪花为我祝福。每当夜深人静躺在床上，透过窗看着那一轮明月，我扪心自问，对得起一心为我的奶奶吗？对得起逝去的爸爸和爷爷吗？此时，我仿佛见到爸爸和爷爷在故乡的清风明月下，为我的堕落而哭泣，生前他们是多么希望我成人成才啊！

然而，惨痛的教训我并未铭记于心，我总是好了伤疤忘了痛。在我收获幸福家庭的时候，在我有了一对双胞胎儿子的时候，我又一次放任自我，彻底断送了自己，让自己步入又一个深渊，走上了违法犯罪的道路。这一次，几乎所有的人都要放弃我时，奶奶依然没有放弃我啊！在取保候审的那段日子里，奶奶几乎每天都会给我打电话，安慰我，喊我去她家吃饭。每当别人讲我不好时，奶奶就会和别人争执，在她的心里，她的孙女是轻信别人、误入歧途，她依然安慰我：“小乖乖，别怕，不管怎么样，有奶奶在就不会让你受欺负。”

收监的那一天我没敢和奶奶讲，因为我真的不忍心再看到她失望的眼神和哭泣。入监后，每次拨打亲情电话我都会给奶奶打，奶奶总是在电话那头说：“小乖乖，家里一切都好，奶奶过段时间去南京体检，到时候去看你噢。你要听话，好好改造……”2018 年 10 月 19 日，我永远也忘不了那一天，因为那一天是我最后一次见奶奶！那天上午，我正在车间劳动，警官忽然来喊我去接见，当时我很纳闷，前几天刚接见的，怎会又喊我接见呢？谁会来呢？当看见拄着拐杖被妹妹搀扶过来的奶奶时，我顿时泪如雨下，短短两年的时间，奶奶竟然老了这么多！那一刻我的心里很复杂，脑子一片空白地走进亲情接见室。当我来到早已满脸泪水等候着我的奶奶面前时，哽咽中强挤出一声“奶奶——”，两颗期盼的心顿时碎了！在接见室，我看到了奶奶原本还黑黑的头发平添了不少白发。两年多不见，岁月的痕迹印在奶奶苍老的脸上，一道道皱纹中，有多少是因我而刻上的啊。我内疚的心中充满苦涩，只有低着头流泪，无法面对奶奶那双期盼而悲伤的双眼。奶奶憔悴的面容、佝偻的身躯、蹒跚的脚步和那双紧盯我饱含无限深情的双眼，奶奶那双布满老茧的手紧紧地握住我的手：“小乖乖，让奶奶好好看你，你冷不冷？咋这么瘦啊？吃得饱吗？……”奶奶一连串的问题让我无言以对，时间仿佛在那一刻凝固了，除了哽咽声，我居然一句话都说不出来。那一刻我的心里好矛盾，我希望时间过得再快点，让我早日回到奶奶的身边，可是我又希望时间过得再慢一点，不要再让奶奶变老了。那一刻我真的很想大哭一场，我真的害怕有一天失去奶奶，她本该到了享福的时候，却摊上了我这个不争气的孙女。奶奶告诉我，家里一切都好，我的两个儿子大宝小宝也很好，她也经常去看他们，只希望我好好的，他们都在等着我回家。妹妹在旁边问我什么时候减刑，我告诉妹妹现在减刑很难，要履行财产刑，要缴罚金。奶奶在一旁似乎听到了我们的对话，又似乎没有听到，依旧握着我的手问："现在还冷不冷？要听警官的话，一定要彻底改变自己，要成熟了，不要再像以前那样傻了，奶奶年纪越来越大了，不知道还能照顾小乖乖你多久？但你要记住高徐永远是你的家，你叔叔与姓冯的一大家子都是你的家人，我们永远都不会放弃你……"那一刻我真的无言以对，可接见的时间总是短暂的，奶奶站在原地一动也不动。我对奶奶挥挥手说："奶奶您回去吧。"奶奶说："你先走！"于是在警官的带领下我走出了接见室，我只能加快脚步，快步走向车间，我甚至不敢回头，因为我知道背后有一个老人正拄着拐杖，流着眼泪，看着我消失的背影。没有想到这竟是诀别，从来没有和我失言的奶奶这一次却失言了！记得去年 4 月份的接见是妹妹来的，问我这个月电话打了没有，我说还没有。她又问我，如果让我打电话最想打给谁，我说当然是奶奶了！从妹妹吞吞吐吐的话语中我猜到奶奶可能不在了，我的身体顿时颤抖起来，一股悲怆涌上心头，眼泪不断地滚落洒满衣襟，我强忍悲痛长叹一声："从今以后，再也听不到奶奶对我亲切的呼唤了！"是的，从此以后，奶奶将再也听不到孙女的声音了，而我也见再不到奶奶的面了，再听不到奶奶的教诲了！这一

清晓（徐建明）

徐建明，著名画家，江苏省国画院一级美术师，艺委会副主任。

别，奶奶便带着对我的挂念长眠地下了。奶奶，您今后再也用不着为孙女流泪了，孙女懂得了怎么做人……奶奶啊奶奶，您听得见吗？

那次妹妹来还告诉我，奶奶回去后就和家人商量，把她这一生辛苦积攒下来的钱全部凑起来，帮我缴了罚金。妹妹给我带来了一张10万的罚金单据，这单据饱含着奶奶对我全部的爱，而我也于去年9月成功地减刑7个月。奶奶，您知道了吗？奶奶，我多想再听您叫我一声“小乖乖”，我多想永远做您的“小乖乖”。奶奶您在世为我吃了不少苦，愿天堂里没有痛苦。如果人生有轮回，我愿意下辈子，下下辈子永远做您的孙女！

奶奶，我最想您了。为此，孙女写了首诗，我读给您听听：

奶奶，您的菜园
在乍暖的早春发青了
那还脆弱的茎叶
在您期盼的目光里
舒展着片片欣悦
奶奶，做了一辈子的缝纫
曾把汗水泡出的
枚枚硬币
放进了孙女的大账和罚金里
让我心底溅起的层层涟漪
推着孙女的航船

向回头之岸靠近
奶奶，面对您的遗像
天涯海角的泪水
注满了我每一个
怀念的字眼

（冯秋明）

奶奶什么都会为小辈们想

犹记得那天早晨，妈妈哭着打电话和我说：“小二，奶奶过世了！”脑袋一下子就蒙了，我不是在做梦吧，这个梦也太可怕了，赶紧掐了掐自己，我明白了，是真的，我最爱、最慈祥的奶奶走了，眼泪就再也止不住了。

回忆我和奶奶相处的点点滴滴，觉得一切都那么的珍贵。奶奶是一位特别慈祥的老太太，年幼时每到周末，我总喜欢缠着爸爸送我去爷爷奶奶家，妈妈每次都不许我去，说我一去奶奶家，就无法无天，没人管了。爸爸还是会拗不过我，骑着摩托车送我去，快到奶奶家门口的时候，奶奶一听到车声，在堂屋里就喊：“是小二子家来啦！”我迫不及待地跑过去，“爹爹、奶奶，我来啦！”奶奶满脸笑容地说：“到我这块来，把我看看。嗯，养得不错，又长高了嘛，你想吃什么，自己去拿！”那时候，奶奶开了个小卖部，总是拿各种好吃的、好喝的给我。到了晚上奶奶会烧盆热乎乎的水，倒进她那个老式搪瓷脸盆里，拿一块毛巾，给我洗脸，拿出她的雪花膏给我抹脸，还说着：“脸要洗干净，搽我这个雪花膏，不然脸会皴！”如今再也找不到奶奶的雪花膏那种味道了。我小时候还很容易尿床，奶奶第二天就用“责备”的语气说：“这个小细摆子，又把我床尿脏了！”然后给我换上干净的衣服，下午我爸来接我的时候，她还会和我爸爸“告状”呢。

如今，过去的这一切都成了美好的回忆！奶奶的一生是平凡的，也是不平凡的。她的幼年是不幸的，自己的亲生母亲去世得早，继母会虐待她，经常不给她吃饱。后来她嫁给爷爷，因为爷爷有哮喘，做不了重活，她为了维持这个家，什么苦都吃过，她磨过豆腐、做过皮蛋、弄过熟食、开过小店、做过裁缝。她做裁缝的时候，收过很多的徒弟。她也会经常和我说，她还去上海做过保姆。奶奶的胆子非常小，一个从来没有单独在家睡过一觉的人，却用她勤劳的双手撑起了一个家。

后来因为上学、工作等原因，我便很少回去了。每次回去的时候，我都会先去奶奶家，奶奶每次都会非常高兴地说：“啊，我家小二子家来啦！”她拄着拐杖，步履蹒跚地走过来，我赶紧扶上去，生怕她摔跤。她每次还会有点“生气”地说：“不用扶，我自己能走呢，就是走得慢！”是啊，奶奶就是一个不愿麻烦别人的人，不舒服了，都是自己去扛。到堂屋坐下来后，这位体型偏胖的老太太，便开始给我拿各种好吃的，还念叨着：“赶紧吃啊，你看你瘦的，放心，我这个是干净的，不曾过期哦，你不要嫌脏！”每每这时候，我内心都有点五味杂陈，我会“凶”她：“哪个嫌脏啊，吃吃吃！”这个老太太，你吃得越多，她越开心。她便开始抓着我的手，嘘寒问暖。还会和我拉家常，告诉我最近发生在她身边的事情。让我印象最深刻的就是打电话这个事情，她每次都会嘟囔：“真是的，现在脑子是不中用了，你上次给我写的号码，我又不记得放到哪块去了！你这个‘瘟丫头’，也不给我打电话！”我就苦笑说：“哪块没有啊，你忘记啦，我前几天不是还和你打电话的啊？没得事，我再给你写一遍我的手机号码！”她从卧室里拿出纸和笔，开心地和我说：“你写大点啊，写正点，清楚点，不然我不认识啊！这次我要放好，不然又不晓得你电话号码了，急死了！”要走之前，如果我迟迟还没去奶奶家告诉她，她就会很着急，托邻居来喊我，生怕我走之前不告诉她一下，或者拄着拐杖，慢慢地往我家的方向走，手上拎点东西，让我带回南京。我说：“我不用哎，我什么都不缺！”她就会很生气地说：“个死丫头，你拿着会重啊，嫌我脏啊！”我只好听话地放进行李箱里。老太太还会嘟囔：“我家里还有牛奶，你又不去，我拿不动给你！”现在想想，那些都是奶奶的爱啊，她总是想把最好的给我们。

奶奶最后一年来南京体检的时候，在我这里住了两天。每次见面她都喜欢和我说她以前的故事，那时候就觉得，她的一生，是苦的，但是也是甜的，因为她是在为自己爱的人忙活，所以忙得很开心，脸上永远带着笑容。我还给她拍了照片，当时奶奶还说：“你把我拍好看点啊，我脸上全是皱纹！”是啊，那都是岁月的痕迹。只是谁都没有想到，我难得给她拍一次照，竟成了最后一次拍照。奶奶住在我这里的时候，有一个小小的细节让我感动了很久，晚上她睡在我的床上，第二天早晨醒来，她和我说：“我把衣服垫在枕头上的，这样你的枕头就不脏了！”我内心很感动，“责备”她：“脏什么脏啊，我又没嫌弃你！”“我老了，不能把你的床上弄脏！”奶奶这一辈子什么都会为小辈们想，她不愿意给任何人添麻烦。

“别时容易见时难，流水落花春去也，天上人间。”最爱我们的奶奶走了一年了，她走得那么突然，仿佛一切都没准备好，亲人们就得接受她的离去，去了另外一个世界，我想，她这时候肯定和爷爷，还有我爸爸团聚了吧。很多年以后，我们终将会团聚——我亲爱的奶奶，从未真正离开过我们！

（冯秋玲）

奶奶最美好的心愿

小时候顽皮，明知道奶奶忌讳不吉利的话，却偏要悄悄凑到奶奶耳边说“不得命不得命”，吓她老人家一跳！“歹说！呸呸呸！”奶奶急忙摆手。奶奶喜欢求神拜佛，佛教的观世音菩萨，道教的玉皇大帝，奶奶无不虔诚供奉在家里。从小在城里接受唯物主义思想教育的我，自然是不相信什么举头三尺有神明，而奶奶在老家搞“封建迷信”，于是我这个新时代少先队员每次回老家，都要先把各位菩萨神仙“羞辱”一番，弹一弹佛祖的大脑门，朝观音脸上吹几口气。奶奶总是厉声呵斥我，并要我给菩萨磕三个头当是赔罪。我便憋住笑假模假式给菩萨们磕了三个头，奶奶在一旁喃喃自语：“菩萨保佑，霞儿考上好学校。”我较真地回道：“我考几分关他们什么事！”说完便冲到屋子外面玩去了。后来我真的有惊无险地考上了所谓的好学校，之后再升学又考上了好学校，去美国读了几年书又找到了不错的工作。细细回想起来，莫不是奶奶她老人家几十年如一日的一片诚心感动了菩萨，得菩萨保佑的我，才一路走得顺顺利利。宇宙之深天地之大，是很神秘莫测的。人类的愚智能把这世上的东西解释明白的，也只有沧海一粟而已。或许像奶奶那样，心诚则灵，一副菩萨心肠对人对事，才能求得真谛。以后见到各位神明，我都会诚心地拜拜。因为我知道，天上多了一位菩萨保佑着我们。

印象中奶奶除了喜欢串串门和人聊天侃大山，另一大爱好就是看戏。打开老家的电视一定是戏剧频道。有一年暑假，爸爸把奶奶接到南京家里玩。爸爸妈妈都去上班了，家里就剩我和奶奶。奶奶不催我写暑假作业，自己也要看戏，我就给奶奶调到中央戏曲频道，我则在书房玩电脑，祖孙二人好不自在！到了下午，奶奶抱怨说电视里演的她听不懂，要换台。我一看，原来是在演粤剧了。于是我又给她调到《西游记》，也是她老人家喜爱的一部戏。调完我就急不可耐又回书房玩电脑了。过了一会《西游记》也放完了，奶奶说她要下楼溜达一圈。我虽有点不放心，毕竟奶奶在这边人生地不熟，普通话说得也不利索，但我想奶奶没有戏看了怪无聊的，我又心急要回到游戏的世界里，便让奶奶出去了。送她老人家到电梯口，我再三叮嘱她不要乱跑，早点上来，奶奶满口答应，“诺诺（老家话好的）！”回到忘我的游戏世界，又搏杀了两个钟头，我方才惊醒！两个钟头过去了，妈妈快要下班回来了，奶奶跑到哪里去了，怎么还没回来！我急忙下楼，凭着直觉直奔月光广场。果不其然，远远的我就看到奶奶在和另外一位老奶奶交谈。我松了一口气，一路小跑冲过去。“奶奶！奶奶！”说罢拽着奶奶的衣服就要拉她回去。奶奶恋恋不舍，无奈我力气不小，她便和那位奶奶匆匆道别了。回家的路上奶奶便把那位奶奶全家老小的底细给我娓娓道来，我也没心情理会。心里想着爸妈说过当年爷爷在南京走丢的故事，暗自庆幸，自己玩了一天电脑，没写作业，如果又把奶奶搞丢了，怕是要挨揍了。回到家，打开电视，购物广告终于结束了。这时熟悉的《西游记》主题曲响起，奶奶坐回沙发上，笑眯眯地，看得起劲。我去书房关了电脑。回到房间坐到书桌前，翻开暑假作业本，望着一页空白发呆，那一刻我仿佛穿越到了未来。到了此时此刻，我正坐在电脑前写这篇文章，回忆奶奶的往事，望着空白的屏幕发呆。奶奶，您在天上一定有看不完的戏，聊不完的天吧！孙猴子、二师兄可有陪您耍耍？

最后一次见奶奶是去年过年。我常年在外漂着，终于能回老家过一次年，奶奶甚是欢喜。奶奶喜欢热闹，逢年过节老冯家的男女老少都会聚在奶奶家里，来拜年看奶奶的亲戚朋友也是络绎不绝。这次也不例外，大年三十一家四世同堂，围坐着大快朵颐。奶奶照例是坐在爸爸旁边，端着半碗米饭，也不动筷子。“斩肉给霞儿搛吃！”奶奶多年的口头禅，怕我吃不饱。我碗里瞬间多出四个肉圆。奶奶这才心满意足，吃了两口饭。“你最小！”这句话奶奶讲了好多年。我总是尴尬地笑笑，也不知道回什么。酒足饭饱，奶奶说要跟我谈谈，拉着我来到卧房，从抽屉里拿出一个皱巴巴的红包。“在香港自己买点吃的！”这句话奶奶也讲了好多年，只不过这次地点从美国变成了香港，时间从暑假变成了过年。拿了红包我就要出去，奶奶又拉住我的手，催我结婚娶媳妇！要我不要听爸爸妈妈的。又要我不要找外国人。“高鼻梁！”说罢她指了指自己的鼻梁，表情很严肃。我又尴尬地笑笑，也不知道回她什么，连说三个

“好”就出去了。奶奶，孙子不孝！您在天上别着急，再等等，孙媳妇就给您娶回来了。

（冯学之）

我的大家庭有着开明的奶奶

时间如流水一般，一去不复返，不知不觉奶奶去世一年了，回忆起奶奶，她可是我的半个媒人。

依稀记得那是一个暑假的傍晚时分，不知从哪来了位五六十岁的妇女，她骑着三轮车来到我家门口停了下来，与我家人闲聊了起来。闲聊中她的眼睛时不时地瞅着我，脸上露出满意的笑容。从她那爽朗的笑声中可以听得出她的心情是非常兴奋、激动的。匆匆忙忙离开的时候她跟我家人道了别："我还有事先走了。"没过几天她就和她的弟媳（我的姑奶奶）商量着为我牵起了红线，让我有幸成为她心目中满意的长孙媳。结婚以后，有一次奶奶笑眯眯地告诉我，说她当时是特意来我家看我一眼的，可见奶奶为讨孙媳妇的用心。

1999 年元月 1 日（农历冬月十四）是我结婚大喜的日子，奶奶早就为我们准备好了她的礼物——一副耳环。环子，环子，早生贵子！ 2000 年 7 月 12 号（农历六月十一）那一天特别热，从夜里 3 点钟我肚子就开始疼痛，一直到下午 6 点，我在高徐卫生院顺利生下了女儿冯蕾，蕾代表花蕾、美丽、美好的意思，当时天空中下着雷阵雨，而我又姓田，蕾字下面有雷雨的雷，还有我的姓，取名冯蕾。来陪伴的家人中也有爷爷奶奶，那时他们还住在乡下太平村，奶奶骑的三轮车，从村里骑车到镇上至少也要半个小时，可见奶奶的期盼和不放心，奶奶盼望着见到她的又一代人重孙，一直等到女儿从产门出来那一刻。农村里重男轻女的思想在奶奶那一代人身上还是严重的，或许奶奶也会像其他老人一样心中祈祷着是个重孙吧，奶奶迫不及待地好奇上前，一看是女孩，她没有把失望表现在脸上，而是乐呵呵地开心道："生了个妇女主任啊，女儿好，合心（拟音词，合，高徐话音如 hà。贴心）的小棉袄！"

随着女儿一天天长大，我又是独生女，奶奶便更有理由在我耳边唠叨要我生二胎了。奶奶是个要强好胜的老人，但她没有直接说出来想让我完成她的心愿，再给她添个重孙。30 岁那年我意外怀孕了，听到这一喜讯奶奶可开心了，说心里像吃了蜜糖一样甜。紧接着开始忙二胎材料，我是独生女，第一胎又是女孩，本以为可以顺理成章办好，哪知因为当时家里为我上学花钱买了江都城镇户口，就不符合生二胎女方必须是农村户口的政策了。奶奶知道后急得像热锅上的蚂蚁一样团团转，每天都要来我家几次关照我不要着急，看能不能再想想其他办法。奶奶虽然是农村妇女，但她是懂得守法的，绝不会去做违反法律或政策的事。我们夫妻俩都有正式工作，硬生下来恐怕现有工作不保。可是时间不等人啊，肚子一天天大起来，已有 3 个月了，没有二胎指标只好做了妊娠终止手术，那些天奶奶一边心疼地安慰我，一边束手无策，很是无奈。后来过了几年二胎政策开放了，正值女儿在外上学，初、高中六年陪读，我每天五点半起床，早出晚归奔波在陪读的路上，没有时间和精力去考虑生二胎了。就这样，十多年来我的耳边没少奶奶对生二胎的唠叨。

奶奶是一位念经诵佛的慈善老人。每天早晚烧香磕头拜佛两次（每逢初一、十五吃斋），亲朋好友来看望时带的水果、牛奶之类的礼物她都要先拿到菩萨面前供一下，然后拿给我们吃时说：“吃吧，奶奶供过菩萨了，吃了好呢。”平日里空闲时间她总是忙着掐麦关金、叠“元宝”，忙得没有多余时间像其他同龄老人那样在外闲聊，为的是祈祷神灵保佑我们子孙辈们平平安安、工作顺利、家庭幸福！

奶奶是一位热情好客的可爱老人。每当到饭点时在门口见到没有吃饭的熟人，她总是连拖带拉地留住人家吃饭，哪怕锅里饭菜不多，但那份热情好客的劲儿是不容置疑的。

奶奶是一位勤俭节约的可敬老人。用过的洗脸水不是用来浇菜就是用来冲马桶。奶奶总是把冰箱当作碗柜用，里面什么都有，剩菜剩饭、咸菜、萝卜干等等，把冰箱塞得满满的。于是每次去奶奶家我们都习惯性地拉开冰箱检查一下，有次刚拉开冰箱门，东西就哗啦啦滚了一地，仔细一看是前几天吃酒时带回来的剩菜剩饭，她的大孙子三下五除二把冰箱从上到下整理了一遍。奶奶发现了之后心疼地跳脚骂道：“你这小伙大派（浪费）啊，不曾（没有）过苦日子不晓得节约，又不坏都给我扔掉？”看奶奶急了，我急忙上前拉着奶奶的手说：“奶奶，剩菜剩饭真的不能放几天还吃，不利于身体健康。”奶奶拍着我的肩膀说：“‘瘟丫头’，不听话叫你生二胎不生，不然小二子都已经到我心口高了！”我每次都习以为常回上一句：“奶奶，你咋又说啦。”

2018年那年女儿（奶奶长重孙女）高考金榜题名考上了大学，同年我的外甥（奶奶重外甥）中考考上重点高中——江都中学。我们将喜讯告诉奶奶时，虽然她老人家不懂得考上本一、考上江中是什么意思，但晓得这是很好、值得庆祝的事情，她拉着我的手开心地说道：“冬梅你晓得啊，奶奶砌了几次房子，每次上梁都下雨，人家都说冯奶奶啊，上梁下雨好呢，寓意着你家后代兴旺发达。”接着我又告诉奶奶，她的二重孙女成绩非常优秀，在学校年级排名都是数一数二，来年就是省扬中的料子，第二年果然被省扬中录取了。奶奶不懂省扬中是什么意思，但是晓得又是好事情，奶奶笑得嘴巴合不拢：“我们冯家子子孙孙都兴旺发达哦！”

爷爷去世后，奶奶一人住在那栋小楼里，我们曾多次动员她跟我们一起住。奶奶跟我婆婆说：“顶凤啊，我一直把你当姑娘看，你嫁进冯家也没享到福，大堂去世得早，我现在能行能走，就不给你们添麻烦了，以后再说吧！”奶奶的“以后再说”也许就是等到她不能自理的那天，是啊，人人都怕麻烦别人，可也免不了总是麻烦别人。而奶奶总是设身处地为人着想，有一颗善解人意的心，她胸怀宽大，宁愿自己硬撑着也不愿给后辈添一点麻烦。

女儿上大学后我们不再像之前陪读那样忙碌，便有了更多的闲暇时间陪奶奶。几乎每天从小纪下班回来吃完晚饭后，我们都要去奶奶家陪她老人家聊会天，叙叙旧，唠唠家常。从开始每次去都要敲门直到她答应，到后来奶奶习惯性地早早地敞开院门等我们去报到，那段时间有了家人的陪伴，奶奶是开心的，幸福的！

我的奶奶是一位纯粹的农村人，她虽然没有文化，但是她有很强的家庭责任心，她见识开明、善解人意，给我们冯家留下了良好家风！她勤俭持家的作风与乐观生活的态度，让我们后辈铭记于心并传承下去！

今天是奶奶去世一周年的纪念日。奶奶您走了一年了，我多希望您再骑三轮车借故到我老家看看，夸一夸我这个孝顺的孙媳妇啊！多想再听听您的声音，听听您的唠叨……

（田冬梅）

难忘那忙忙碌碌的身影

打开记忆的门，敲开思绪的窗，一张笑脸总在面前闪。那是一张和蔼慈祥的脸，眯缝着两只眼睛，尖尖的鼻子，小小的嘴巴，耳垂特别大，就像观音菩萨的一样。这张脸上还布满了皱纹，那一条条曲折不均的，像是墙上斑驳的印迹，爬满了面容，留下岁月的痕迹。一双大手粗糙有力，正是这双手，一点一点养育大四个儿子，把他们培养得一个比一个有出息！年轻时一双大脚走路稳健，一刻不停息。靠着这双大脚，她硬是从太平村走向了高徐镇，从贫穷走向小康。她就是我爱妻的奶奶。

突然有那么一天，奶奶走了，永远地走了，带走了关于她的一切，带走了她的遗憾，也带走了我们无尽的想念。我不知道该怀着怎样悲切的心情来悼念这位可敬的奶奶。只道是：桃花流水杳然去，清风明月何处寻。

奶奶为人宽厚、大方、勤劳、能干，街坊邻居们都爱到她家串门、聊天。从“冯氏家训”微信群中我了解到，奶奶的一生是坎坷的、苦难的、曲折的。因为家庭和社会的原因，奶奶17岁就嫁给了爷爷，可能那时候的她根本不知道什么叫婚姻，只知道这就是人生，是命运，不管爷爷对她怎样，她都遵循三从四德、夫为妻纲的伦常，无怨无悔。其实我想象不出那个年代吃不饱，穿不暖，她是怎么带出四个优秀的儿子的。那个年代早已过去了，其中的艰辛只有奶奶自己能够体会。她应该是始终坚信人生既会有灿烂的阳光，也会有凄冷的风雨吧。所以，她努力向前奔跑，不为自己，就为她那四个十月怀胎生下的孩子。我听奶奶说过她的四个孩子，也听她说过这么多的孙子、孙女，每次说到这些子孙后代们时，奶奶的笑容都是由衷的、开心的、期盼的，她经常说一句：都是一根枝上下来的，舍不得呀。

我的亲奶奶在我父亲17岁时就去世了，从小我只有爷爷疼。成为冯家的一分子后，奶奶对我很好，每次看到我都是满脸笑容。每年大年初一我们就早早地去高徐，给爷爷奶奶拜年，一大家子欢聚一堂，欢声笑语，其乐融融。作为孙女婿我一直把奶奶当自己的亲奶奶看待，奶奶对我也特别好。经常偷偷地和我说："小陈呀，冯家就属华最凶，你要多待见华呀！"我听后都是偷偷地笑，哪有自己的奶奶说孙女的"不是"的啊。其实那是她对我的信任，那是她对孙女的另一种疼爱，她是希望她的孙女嫁给我能够一辈子幸福吧。

奶奶摔跤受伤那次，四叔让我带着市里的医生给她看看。我记得她坐在客厅的沙发上，见到我们非常高兴，一个劲地笑。"冯奶奶，大堂家的女婿来看你啦。"旁边的大妈妈说道。我冲着奶奶大声说道："奶奶！四叔让我带个医生给你看看。"一直在笑的奶奶一噘嘴、板起脸，面露不悦。"哈！还是老样子，不碍事，老是麻烦人家。"旁边的医生迎上去说："我是大生好朋友，不麻烦不麻烦。"此刻奶奶噘着的嘴，板起的脸一下舒展开来，脸上又重新挂起了笑容。八十几载的经历让她脸上的皱纹更深了，满口的假牙显得与之并不搭调，但此刻奶奶透着无尽的慈祥。同去的妻子叫了声奶奶后便不再出声，奶奶应了声后就再和我们说话，过了会，她老人家恍然大悟地说："那个是华呀，瞧我这眼睛，唉，是真的老了！"爱华安慰道："哪有，你没注意罢了。"

后来，奶奶到南京中大医院做了腰椎手术，便又恢复如常了。2019 年春节我们去高徐给她拜年，欢聚如常。没想到 2 月 28 日 23 时左右，爱华接到小羊兄弟的电话，说奶奶走了！开始我们都以为是说奶奶去南京叔叔家了，第二遍才意识到弟弟说的奶奶走了是奶奶去世了。我和妻子当时就蒙了，爱华的眼眶湿润了……这个噩耗太突然了，我们都不愿相信这个事实，那么硬朗、那么充满生命力的奶奶，怎么会离开我们呢？

奶奶，我多想您再与我开一次玩笑啊！您的身影渐渐变得弯曲，直到最后消失不见，如夕阳，如晚风，消失在天际。但在我脑海里，我的心里……您，那忙忙碌碌的身影，一直都在，似乎从未离去……

（陈立松）

乐观向上的精神永远支撑着我前行

“妈妈，我们吃过晚饭出去逛一圈，怎么样？”“干吗？有什么好逛的？”“街上走一圈，顺便去太太家玩一会儿呗！”没理由拒绝呀，虽然明知道丫头的主要目的是去太太家，因为她笃定太太家有好吃的等着她呢！丫头一路蹦跳着向前奔，不时地催一声“快一点”，从邮局路口拐进去，走不了几步路左拐，丫头兴奋地大叫：“太太在家呢！”是的，小楼的后窗户上透出明亮的灯光。我一边追着丫头的脚步一边扯着嗓子喊：“你慢点，在窗子后面喊一声太太，别太大声了，小心吓着太太。”因为奶奶的唯一弱点就是胆子小，据说是解放战争时和平军扫荡中给吓破了胆。丫头哪管那么多，走到窗户底下，头顶还不及窗边高，跳一下，叫一声“太太，快开门，我来了”，再跳一下，再叫一声，就这样边跳边喊，直到听见太太在屋里应一声“哎！来啰”才住了嘴。

只见奶奶满面带笑地打开堂屋的门，一面蹒跚着向院门走来，一面朗声问道：“哟，是不是我们家‘神豆儿’又来啦？”“奶奶，你慢点，院子里黑，注意脚下。”还没等我说完，奶奶已经麻利地打开院门，引我们进去了！“看，我家的‘神豆儿’来了！”

原来有奶奶的邻居们来串门了。奶奶生怕别人分不清，又连声解释道：“我家老二家的呗，大友家的小孙女，坏着呢，老是来骗我好吃的，嘴还特别挑，专挑好的吃，精着呢！”奶奶的话满含着宠爱。一边说着一边又迈向了供菩萨的条台前，拿起一个红通通的大苹果塞到了丫头的手里，又转身抓了一把糖果塞到邻居奶奶们的手里。看，这就是奶奶一贯的和气好客的作风。

看坏丫头似乎对苹果不太感兴趣，她又转身准备去房间里找好吃的。我赶紧劝奶奶：“好了，奶奶，你别管她了，赶紧吃晚饭吧，再不吃就冷了！”瞧，这就是奶奶的一个坏习惯，三餐总是吃得比较晚，任谁说了也不听，总说自己很忙，要烧香拜佛叠“元宝”，任性得像个孩子。其实这哪里是任性，这是奶奶老年丧子后的精神寄托。“没事，没事，奶奶就像猪一样壮实，什么冷的热的都能吃！”听，老小孩还挺有自嘲的精神呢！说笑着她走到方桌边坐下，端起晚饭又呼啦呼啦地吃起来，那叫一个香哟，引得丫头都忍不住地探着脑袋看太太是不是吃什么好的了！只见桌上一个不锈钢的盘子里装着一点点的萝卜干炖咸菜，切成指头丁大小的金黄色萝卜干里面掺着一小撮咸菜，就着一洋瓷盘烫饭，奶奶吃得别提有多香了！馋丫头终于忍不住地搛起一块萝卜干塞进嘴里，嚼了没两口立马吐出来了，引得大家一阵哈哈大笑！伴着一屋子的欢声笑语，奶奶吃过晚饭收桌子，把没剩几块萝卜干的盘子用碗罩小心翼翼地罩起来。“就剩那么一点点了，别要了倒掉吧！”奶奶听到我说“倒掉”两个字，立马一脸不高兴地说：“怎么能倒掉呢！明天还够我吃顿早饭呢！你们年轻人啊，就是不知道节约，让你们过过那个苦日子，看你们还敢这样浪费，响雷打头呢！”

说到浪费，不禁又让我想起了几年前的一件事情——好像是哪个节日，大家又聚到奶奶的小楼里，不知是谁的提议，帮奶奶收拾整理一下柜子、冰箱什么的，把一些过期的、变质的东西都扔掉，免得吃坏了肚子。孙子孙女齐动手，三下五除二，一股脑儿翻出了好多：一把已经裹了白衣的红枣，“别扔，泡泡煮了还能吃！”；一包已经不知沉睡多久的圆眼，“别扔，圆眼是干的坏不了，还可以泡茶！”；一袋已经过期一年多的银耳，“别扔，这个还是我特地留着等你们舅奶奶来了煮给她吃的呢！”……这场大清扫就在奶奶一声声的“别扔”中结束了！哦！不对，还没结束，还有续曲——小羊（奶奶的三孙子，也是我老公）因为怕把这些东西扔到垃圾堆里，等我们走了，奶奶还会去再捡回来，就索性将东西扔进了附近的粪坑里。结果奶奶在给菜地施肥时发现了，好家伙，一顿痛骂肯定是逃不过的，那是被整整骂了好几年。这不，今天又想起来这事了，又是一阵数落！看，这就是奶奶他们老一辈人艰苦朴素、勤俭持家、吃苦耐劳的精神体现。

收拾了碗筷，奶奶终于有时间坐下来和老邻居们唠唠家常了。一壶茶的工夫，邻居们陆续回家休息了，我和丫头见陪她睡觉的奶奶也来了，也就准备起身回去了！奶奶赶忙叫住了丫头：“等会儿，四爹爹带的好吃的我还藏着呢，专门等你来呢！”说着，疾步走进房间里，踮起脚尖打开床头的方木箱子，从里面拿出一大盒“费列罗”塞到丫头手里，看丫头开心地咧开了嘴，一把把她拉过来搂进了怀里，“你这个坏丫头，就知道你专挑好的吃，看，你只要听话，四爹爹带的好东西太太都藏着给你吃！你哟，冯小羊怎么养得起你噢！”看，你们现在都知道丫头总提议“逛一圈”的目的了吧！我看着这温馨的画面，久久不忍心离去！

总觉得我和奶奶特别地投缘，在我嫁进冯家之前，受过别人的冷眼旁观，受过别人的恶言诽谤，受过别人的冷嘲热讽，但是就因为奶奶的坚定信念，奶奶的和颜悦语，我下定决心走进了冯家这个大家庭，我感受到这个家庭的包容，我见识到这个家庭的互助团结，我体会到这个家庭的温暖和谐。这一切都要归功于奶奶，她就像一条锁链，将这个大家庭紧紧地锁在一起。后来听大妈三婶她们说起才知道，奶奶一生的经历和把我从小一手带大的外婆是如此相似。一样幼年丧母，一样因为丈夫身体羸弱只身撑起一个家，一样老年丧子（女），可她们一样没有自弃，没有沮丧，没有退缩，虽有万般困苦，都毫无怨言地咬咬牙挺过来了！外婆伴我成长，我陪外婆到老。自从嫁进冯家，我妈总说外婆还有三个女儿关心照顾，冯家奶奶没个女儿陪伴，你们就常常去坐坐，老人其实不图什么，就是想找个人聊聊天。是啊，难怪每次去奶奶家，总觉得她有说不完的话，每次见她遇到熟悉的或是认识的人，总是叫住人家说笑一番。丫头可能永远也不会忘记太太的美食，而我永远也不会忘记奶奶那爽朗的笑声。自从奶奶离开那幢白色的小二楼后，丫头再也没有了“逛一圈”的理由，我也就失去了陪女儿去“逛一圈”的兴致了。但奶奶的音容笑貌永远留在我们心中，她的乐观向上的精神永远支撑着我前行。

（陈　飞）

太太的勤俭值得我们学习

一晃，太太去世半年了。就在太太去世的前一天晚上，我还与她视频。今天，我打开抽屉，尤其想她，思绪很乱，不知从何说起……

太太每次见到我，都要笑着用力地拍我几下，小时候不懂，总抱怨，为什么太太见到我总要打我几下，真疼。殊不知，这是老人家对我深深的爱。我曾经以为，老人家都是重男轻女的，可是我能感受到太太是很疼爱我的，家人也常跟我说，你太太在你这一辈最疼你。是啊，我从点滴中就能感受到，每次去太太家，她总要让我带些东西回去，牛奶、饼干……一边拿一边还念叨着，这个好吃，带回去吃。太太每次看见我都是笑眯眯的。我放假回来，到家没多久，只要太太知道了，她谁都不通知，自己拄着拐杖就走到我家门口了。太太走的前一段时间，我的奶奶与爸妈，每天都去陪她聊天。就在太太去世的前一天，我还跟她视频，她大声地说，诶呀，是冯蕾啊！声音洪亮，我还想，太太身体真好！太太走的那天，她踩在凳子上，给妈妈拿了两袋红枣，边拿边说："这个枣子好呢，带回去吃，吃完了我再拿给你。"没想到，就在那之后的一个多小时，太太就说不舒服，没多久便离开了她身边的人……之前，奶奶还有爸妈一直劝她到我家来住，可她一直不愿意。我想，太太定是觉得自己身体健康，生活又能自理，不愿意给我们增加负担吧。我低血糖，妈妈把那两袋红枣给了我，我吃了一袋，还有一袋却无论如何都舍不得吃了，直到现在还被我放在宿舍的抽屉里。我想红枣是太太生前留给我们的最后一份礼物，我会一直留着。也许红枣会烂，但我留着的是她老人家的一片爱心啊……

在太太逝世一周年之际，四爷爷要我们写篇纪念文章。在我印象里太太是个勤俭持家、吃苦耐劳、乐观豁达的人。

太太之前经常和奶奶聊天，因此我才有机会从奶奶口中了解到了太太的一生。太太 3 岁时亲生母亲去世，跟继母生活，继母不像亲妈那样疼爱她，太太受了很多委屈，到了 5 岁时被太太的奶奶知道了，才将她带走一起生活。我想，太太的童年是不快乐的，所以她将这种遗憾一直放在心里，于是将自己未得到的疼爱加倍地给了我们这些后辈。我家离太太家很近，我又是长重孙女，比起其他的弟弟妹妹，我有更多机会体会到太太的慈爱，我在外面上学太太也一直牵挂着我。还记得有一次我放假回家，太太自己一个人推着轮椅带着一箱“六个核桃”走到了我家，当时还是大热天，太太走到我家时，衣服都有些湿了，脸上却是一直笑呵呵的。

太太 17 岁时就嫁给了太爷，养育了四个儿子，太爷患有严重的哮喘，不能干重活，于是生活的重担便落在了太太肩上。尽管生活艰苦，但是太太乐观开朗的生活态度使她坚强地撑起了家里的一片天。她没有抱怨生活，而是想尽一切办法来解决问题。太太跟别人学习了一门做衣服的手艺，日夜操劳，挣点钱养活一家人，还要给太爷治病。后来太太还只身一人到了上海给人家做保姆，回来后用自己多年的积蓄盖了三次房子，将我的四个爷爷抚养成人，娶妻生子。

后来太太住到高徐来了，她是个信佛的老人，小时候的我经常去太太家玩，太太教我叠“元宝”，各式各样的她都会，也一种种地教我，我学会一种，太太就夸我聪明，那慈祥的笑容深刻地印在我的脑海中。

太太的节省让晚辈们既心疼又生气，让我印象最深刻的就是，冰箱里的馒头已经有霉点了，她把馒头蒸好将外面那层皮撕了照样吃，正好被我奶奶撞见了，跟她说，生了霉点不能吃啦，外面皮撕了也不能吃，对身体不好。太太责怪道，你这孩子哦，我们小的时候哪有馒头吃啊，怎么能浪费呢！奶奶很是心疼，回来跟我们说，以后我们还要常去替她整理冰箱，发霉的东西赶紧替她扔了，带点其他东西放到她冰箱里。电饭锅里剩下的锅巴和吃不完的剩菜她总是留到第二天烧个菜汤饭，我爸爸妈妈看到了再三叮嘱她这样吃对胃不好，告诉她每天都要吃新鲜的，她总是不听话地回上一句：“我看不要紧，你看我身体多好啊！”后来，看到她有剩饭剩菜，我爸爸总是悄悄地倒掉，她急得跳脚说：“你这小伙真浪费，每次来都跟扫荡一样，把我冰箱里东西这个要扔那个要倒。”看她急了，我妈总是上前拉着太太的手说：“奶奶，现在生活条件好了，咱家也不用像过去那样过贫苦的日子了，八十几岁了，该享福啦。”经过这么一说，太太才开心地哈哈大笑。这样的事情还有很多，太太的勤俭值得我们学习，作为太太最疼爱的重孙女，我更应该传承这一点，在任何情况下都不能仗着生活条件好了就铺张浪费。

太太是个要强的人，能自己解决的事情就不愿意麻烦别人。电饭锅按键不灵敏了也不说，还是我爸爸妈妈去看她的时候发现的，爸妈立刻去超市买了一个给她换上，太太抓着我妈的手开心地笑了很久。我去上大学后，我爸妈还有奶奶平时就住在高徐，经常去看她，所以太太对他们很是信赖，后来好像成了一个习惯，每天就在家等着他们去陪她聊会天。

太太热情好客，街坊邻居都很喜欢她。太太门前有一块菜地，她自己种了些蔬菜，常常送给邻居们。每次有人去家里看她，她都要留别人吃饭，热热闹闹的，太太忙活得很开心。

太太离开得很突然，不管是家里人还是外人都难以置信，这样一个乐观豁达、善良的老太太突然就走了。我在学校得知这一消息时呆坐了很久，和太太有关的点点滴滴涌上心头，明明前一天还跟我在视频里聊天的那个慈祥的太太突然就走了。时光荏苒，离太太去世已经一年了，想起不禁鼻头一酸，我想，太太生前信佛，做了那么多好事，在天堂一定会开开心心的，看着她的儿孙们幸福生活。

太太为我们留下了勤俭持家的良好家风，留下了吃苦耐劳的精神，更留下了乐观豁达的生活态度，这样的品质值得我们一直谨记于心并传承下去！

（冯　蕾）

牵牛步春风（徐建明）

只为他人前程似锦

“后来的我们什么都有了，却没有了我们。”她或许就是这样离开了我们。

2月28日，是我的生日，也是老太太她一周年的忌日。每每踏入她住的那老宅，总会闻到一股特殊的气味，那可能是她经历岁月的味道。床前几英寸的老旧电视机，她依旧爱不释手。“我曾将青春翻涌成她，也曾指尖弹出盛夏。”“晚风吹起她鬓间的白发，抚平回忆留下的疤。”“她的眼中，明暗交杂，一笑生花。”她且行且退，暮色遮住她蹒跚的脚步。我意识到，她远居于极乐，依旧笑口常开。她依旧信佛，吃斋。她依旧坚持她所行所爱。

门前是菜地，家里很简朴。她活得如此朴素，一根拐杖，支撑着她数年无已的期待。期待游子归来，期待已故亡灵的安息，抑或期待一群人热热闹闹的欢乐场景。大千世界，人各有志。她只爱那里的小家，那里的风土人情。她从未走出去看看，却深谙各种事理。她不愿麻烦人，所以她一直咬牙坚持着。她希望她的儿子多陪陪她，所以她也会柔弱。每每在她的老儿子归家时，她更像个幼儿园的孩子，来点撒娇、来点柔弱，其实她是想让老儿子多陪陪她。佛教有入不二法门之道，《圣经》有入天堂之说。无论哪一种，其本质殊途同归，那是一种慰藉，一个人高尚的去处。死亡并不可怕，惧怕死亡的心才可怕。她是位裁缝，有双灵巧的双手，她老早就给自己做好了寿衣，时常告诉自己的儿孙放在哪了，等到了那天，就给她穿上自己亲手做的寿衣，去见她的老伴。人终其一生，走完自己道路，便可以安逸。现在，她以另一种方式安逸着、生活着。

她步履蹒跚的画面，我仍记得很清楚。佝偻的背，一把年岁还未见花白的头发，时而洪亮、时而颤抖的说话声，那是一个老人的标志。我曾想是否每个人衰老时，都如她这样。却未必所有人都像她一样，坚持着些信仰，一心向佛。她只是想，佛可以保佑她的子子孙孙。由此看来，无论何时，无论何地，她总是想着后辈们。

“多情自古伤离别，更那堪冷落清秋节。”“初闻不识曲中意，再听已是曲中人。”当我怀念故人时，我才终于了解生离死别。后知后觉，她已经离开我们很久了，就像睡梦一样了无痕迹。人生梦一场，每个人都诗意地活着，安详地死去。

我对她的记忆并不深刻。只是依稀记得，她会颤颤悠悠地走出她那间小房，而后抓一大把糖或是瓜子，对着我们说：“吃吧，吃吧。”她总是很和蔼，对我们这些小孩很好。她虽然从未走出过那一方天地，却很懂得教育，教导我们。她质朴无华，身上总透着那股那座村庄所特有的乡土气息。

她深信信佛可以积德，她烧香拜佛，只为他人前程似锦。她吃素吃斋，只为一心向佛。想她还在世时，每年的过年，必定是去她那老宅吃饭。院子前的摇椅，她不离手的拐杖，必将为她安度晚年。佛门常讲："佛不度无缘之人。"她六根清净，走时也是如此之安详。再后来，摇椅不再摆动，拐杖不再撑着它的主人。那个小院里，再也没有欢声笑语，独留一座空宅，追思它已故的住客。

望穿秋水，她期待着亲友的归来；黄粱一梦，故人已不回返。即便日日夜夜，也挽不了一位故人的心。

此后的过年，再也没有以往的热闹，欢声笑语也不复存在。以往的她，再也不会出现，手中，不再会有糖与瓜子。斯人已逝，逝者如斯。我与他们都好，太太，您安息吧！

（陈明跃）

将她一生所秉持的人生信条放在心底

前些日子，因为新年爆发的新冠肺炎疫情，我在外婆家小住了些日子。一家三口和外婆，一人搬一只小凳，坐在家门前，在略显偏僻的乡下，没有高楼的遮蔽和人为的污染，天空极净极蓝，阳光正好，暖柔柔地将人搂在怀里。门口四人有一搭没一搭地唠着嗑。突然妈妈想起什么似的："刚打扫卫生，翻到了好多老照片，拿来看看吧。"从房间出来时，手上是厚厚一捧相册。于是一家就围着那一本本相册，一页页地翻着，大多的照片年岁已比我大了，通过这些照片，我一点点走近父母，走进十几年前的那些日子里。从一开始的彩照，渐渐变成了黑白老照片，照片上的面容也越来越青涩，逐渐多了我不太熟悉的面孔，爸妈就给我讲这是谁，而我又应该称呼什么。

后面的照片时日已久，有的甚至都已模糊不清了。伴着父母外婆三人时不时地惊呼——"这张还有！""快看！这是XXX"，岁月仿佛在我眼前撕开一条裂缝，展示着多年前的时光。爸爸突然轻叹一声："这张照片竟然还留着！"我赶忙伸过头去看。一张泛黄卷边，甚至已有些破损的黑白照片。照片上将近十个人，从眉眼中隐约可以辨别出身份。正中端坐着的是太太和太爷爷，太太不再年轻的脸上挂着笑容，那面容与我记忆中的一点点地重合，那笑并不明显，却满载着儿孙满堂的幸福感，是来自心底的，令人动容的。这张照片令我有一种莫名熟悉感，仔细想想，这好像就是太太屋里桌板下压着的老照片中的一张。现在想来，素来信佛的太太，必定会在烧香拜佛后，静静地看着那一张张承载着岁月的老照片，想着自己膝下多出的一代代子孙，默默地回忆着自己的童年、壮年，走到今天的一步步，默默地为远在他乡的儿孙们祈福。“多好的老太太啊，走了都快一年了。”“是啊，奶奶走了一年了！”空气就像突然凝固了一般，极静，没有风声，只有阳光，暖暖的，笼着深情回忆……

打小便是在江都城里长大的我，陪在太太身边的时间并不多。印象中每一次假期，不论长短，我都会回去。小时候家里还没买车，一直晕车的我一下公交车，便会昏昏沉沉地跟着父母来到太太家。太太家许是经常烧香的缘故，总会有一种淡淡的香气，好似有魔力一般，将脑中的混沌一丝丝抽走。然后我就会被一只温暖的手拉过，“家来啦”，落入一个温暖的怀抱，还带着淡淡的皂角香。一下子就驱走所有的混乱感觉，人也一点点清醒过来。“家来就好，家来就好！”太太的手会紧紧地抓住我的手，将我的手包住，那是一双略显粗糙的、带着褶皱温暖的手，慢慢地摩挲着我的手。“来来来，你们要吃什么，这有瓜子，还有牛奶，我来给你们拿。”此时，爸妈总是赶忙拉太太坐下：“奶奶，你坐着歇歇吧！”“你们吃啊，这些东西我平时也不怎么吃。”太太到底坐不住，爸妈只能小心翼翼地在一旁护着，生怕磕着碰着。“来，快吃吧。”说着她便捧来一大把瓜子，还有云片糕等小零食。“太太，你也吃。”“奶奶，你平时也不要太省了，有什么想吃的想要的就跟我们讲，有这么多儿孙在呢。”太太总会笑着应声，“你们放心，我什么都不差（缺）”。然后继续招呼着我们。每次要回家去跟太太道别时，她都会给我们拎上一箱箱牛奶，然后目送着我们走远。那久久注视着的慈祥的目光，饱含着她老人家对冯家晚辈的多少期望啊。

太太是极虔诚的信徒吧，有一例证。每年过年时，我们一家都会到老家镇上的寺庙祈福。那些僧人知道我们的身份后，每每都会惊喜道：“哦，冯老太太家的啊！”然后给我们拿来许多水果和酸奶，“拿去吃吧，都是供过菩萨的。替我们向你太太问好”。想来在我们这些后辈不在太太身边时，她只能来敬供菩萨希冀佛祖庇佑一大家健康平安。太太心里总是想着我们每一个人，给冯家一大家子以温暖与凝聚力。然而这一切美好的愿望在那个夜晚突然被打碎了！那天晚上，是初三复习期间，我坐在书桌前，听到爸爸接了个电话，然后爸妈交谈了几句，隐隐约约听见“别担心”“不会有事的”的字眼，然后爸爸就出了门。当时，没由头的，心就很乱，像是一团乱麻，也不知到底发生了什么。问妈妈，妈妈也只是闪烁其词：“没事的，会好的。”便再也不肯多言语。再后来，便得知了太太去世的消息，当时的我还是蒙的，傻傻地以为自己还在梦里。可当我意识到这不是梦，敬爱的太太真的走了时，泪水只是一下子盈满了眼眶，兜兜转转了几圈，才悄无声息地落下。太太走了，现在的我甚至已记不清自己是怎么度过那一天晚上的。我从未想过会有那么一天，身边的人会离开我，而那个突然离开的人竟然就是我慈爱的太太！我再也不能感受到那双粗糙而温暖的大手的摩挲与那拥抱的温暖了。

继续翻看着相册，合上眼，我仿佛看到太太和善的面庞，一如从前的温婉笑容，她轻轻地叮嘱着："我很好，你们要好好照顾自己啊！"然后慢悠悠地转身，一步一步踏踏实实地迈向远方，身影一点点地融入灿烂的金光中。我想要伸手奔跑着去追，却最终放下了手。太太这样一个勤劳辛苦一生、与人为善的老人在另一个世界一定会有一个好的结果，而我们这些后辈所要做的，就是将她和她一生所秉持的人生信条放在心底，牢记，才能不再让太太为我们操心。想必太太一定在某个我们看不见的世界里，默默关注着我们，祝福着我们，不是吗？前些日子，在家做豌豆头饼时，爸爸还对我说太太就是这么做的，在我们心中，好像太太她从未离开过一般！

（冯　悦）

殚竭心力终为子

转眼间姑妈已离开我们整整一年了，自从姑妈离世，大侄儿仁昌我天天想念她老人家，音容笑貌仿佛就在昨天，挥之不去。本人血糖也很高，基本上天天在家周边跑步，正好太平村去年下半年在搞社会主义新农村建设，运动场地就建在姑妈坟墓旁，也安装了运动器材，我每天跑到那里就锻炼十几分钟。触景生情，我总是想起姑妈。

姑妈，大名龚云英，小名筛喜。1933 年农历六月初六出生，病故于 2019 年 2 月 28 日。在我的印象中，姑妈是位善良、朴素、勤劳、坚强的农村妇女，听我妈妈讲，姑妈 3 岁时就没有了亲妈，一生命运很苦，在那个艰难困苦的年代，她含辛茹苦地把四个儿子从小培养到大，并一一为他们娶妻生子，姑父又有严重哮喘，全靠她一人忙里忙外支撑着这个家。后来他们从太平老家搬到高徐集镇安起了新家，也过了几年安稳的日子，但她始终一直是忙个不停。在她后半生中我们谁都忘不了她先后失去了四位家人（三儿子、二媳妇、丈夫、大儿子），遭受如此巨大的打击，但她还是坚强地挺了过来，没有倒下。虽然姑妈当着我们的面没有流过一滴泪，依然谈笑风生，但从她的眼眶里明显看得出她曾暗地里流过很多泪，因为眼眶周围有明显的黑圈，我想姑妈如此坚强，这点是值得我们每个人学习的。

记得前年清明后，受她老人家之邀，我和爸爸带上姑妈驾车到小纪纪东一起去看望党喜姑妈。党喜姑妈由于不小心腿部受重伤不能跑，姑妈知道后，打电话给我，约我星期天去看望党喜姑妈。心地善良的姑妈她自己腿脚也不好，走路上车都要人搀扶，还要抽空去看望老姐妹，我十分重视，那天早上八点多钟我带着父亲驾车准时到姑妈家，她已早早地敬好了香在等待我们，见我们来了，很快她就带上拐杖小心地走到我车前，我扶她上了车。到了纪东党喜家中已是九点多了，党喜姑妈非常高兴，想不到我们会来看她，老人家也很开心，我们喝了点茶，玩了半个小时左右，党喜姑妈要留我们吃个午饭，姑妈最终还是没有答应，说不增加麻烦，玩一会就走。她们老姐妹谈话的时间不长，但看得出她们谈得很投入也很开心。我们送了些礼品就开车回高徐了，了却了姑妈的一个心愿。现在回想起这件事虽然很平常，但能看出姑妈很关心人。

还记得去年大年初十吧，姑妈过世前半个月左右，新保姆刚到，姑妈叫我晚上和我爱人春红一起到她家吃个晚饭，那天春红因为值班没能赶上。记得是二表哥大友、三表嫂玉芳与保姆一起忙的晚饭，姑妈也忙得不轻，一大桌饭菜，热气腾腾，我和表侄学军、学松以及姑妈的干儿子小闵和干女儿女婿等一大桌，大家开怀畅饮其乐融融，吃得玩得都很开心。那晚姑妈一定也很开心，那一次应该是姑妈在世时最后一次请客，这也了却了她又一个心愿吧。

生命的终点姑妈好像早已经知道，临走前曾关照孙子孙媳妇们："要是明天奶奶走了你们都不要哭，哭不好！"尤其是还关照新保姆记住要穿的寿衣、鞋子放在哪里，到时不要忘记。当然姑妈知道自己的生死肯定是有原因的，我总认为这可能与去年春节前姑妈摔了严重的一跤有关系，据姑妈当面跟我讲，那次摔跤后她流了很多很多血，要不是有人发现她早已不在了，明天走的话可能还是会在这方面出事。后来我听说姑妈去了医院也查了，血压等指标都正常，没有太大的问题，但她自己的病她是最清楚的。姑妈一生信佛，离世时一下子走的，痛苦时间不长，也许是她一生修行到家的缘故吧？姑妈走了，永远地走了，她老人家还有很多心愿没能实现，她曾想与我父母一起去香港到她孙子那儿玩一玩，我女儿龚月的婚礼也没能赶上，相差九个月，还有很多很多，我们大家都很遗憾。唉！姑妈常说，人生哪能多如意，万事但求半开心。姑妈的一生是坎坷多难的一生，她的善良、勤劳，她朴素的生活方式是她那个时代千千万万父母生活的缩影与写照。

我与姑妈相知的事儿还有许多许多，我是姑妈娘家的长头孙子，自然与姑妈更亲近点，姑妈的身上有许多值得龚家晚辈学习传承的优秀品质。写到这里，不由想起一首慈禧太后的诗："世间爹妈情最真，泪血溶入儿女身。殚竭心力终为子，可怜天下父母心！"姑妈，为了冯家的生存与发展，耗尽心血，殚精竭虑！远望运动场旁边姑妈墓室前立着的一块新石碑，那石碑正沐浴在明亮的月光下。哦，在侄儿们的心目中，那是一座矗立在里下河大地上的丰碑呀！

（龚仁昌）

姑妈的孝道与善心

时光匆匆，生命无常。记得去年大年初二我与老大仁昌去姑妈家拜年，她老人家满面春风有说有笑，精神状态很好，中午我们还用小车接她到饭店一起吃了午饭。饭桌上欢声笑语，我们都去给姑妈敬酒祝愿她身体健康，祝福她老人家活到九十岁、一百岁呢！她看到晚辈们团团圆圆聚在一起笑得合不拢嘴，美滋滋的好开心。但这次聚会竟成了我们与姑妈的永别。从此我们再也见不到慈祥可爱的姑妈了，她走得那样安静、匆忙，让人始料不及，让每个人心生遗憾，思念不已！听我妈讲，姑妈还有一个心愿未遂，就是没能等到她最小孙子的婚事。

我对姑妈印象最深的一件事就是一年一度清明祭祖。她对这事最为在乎，每年她都早早关心打探何时去我爷爷奶奶墓地祭拜，定好了后她一定提前到达。在我记忆中这么多年来姑妈一直在坚守这个“铁规”，从不间断。尤其近几年由于年老体弱，她那双腿脚不灵便了，走路时常磕磕碰碰跌倒在地，好在都是泥土路，加之她个子不高，没有伤得很严重。她毫无怨言，也不用人搀扶，一打滚又爬起来，艰难地前行着。祭拜行程来回有一个多小时的行程，她都能认真而虔诚地坚持下来。

姑妈不但不怕吃苦，还有着一颗慈善的心。记得2017年祭祖，在祭拜完我爷爷奶奶后，她急切地问我：“双儿，年生、细眼大妈的墓在哪儿？”“在那！”我顺手一指。她一跛一跛去那坟前，一边娴熟地放纸币烧着，一边合着双手嘴里不停地祷告着什么。事后我不解地问：“嬢嬢，人家有儿有女，干吗要祭他们家呀？”她不慌不忙地说：“孩子，你们小，许多事还不懂，年生、细眼大妈他们年轻时吃了不少苦，还没到享福的年纪就双双走了，念过去交情不错，所以才拜一下。现在生活好了，让他们多拿些钱，享受好日子。”姑妈的话是多么的亲切、温暖，让人久久不能忘怀。姑妈就是这样的人，心地善良，总想着别人的疾苦，而从不考虑她自己。

还有一件事，我想姑妈心里一定是十分开心的。大前年（2017年）12月9日是我女儿龚碧涵的婚事，那天她同她的两个弟弟和弟媳妇早早赶到我家。她的到来给我女儿婚事增添了欢乐祥和的喜气，那天她老人家在我新家里拉家常、叙往事，开开心心待了一天，十分惬意。吃完晚饭后我给他们安排了宾馆，开了三个房间，由我嫂子颜春红陪着姑妈，在嫂子的回忆文章里看到那晚她们几个人很开心，度过了一个非常愉快的夜晚。当然也了却侄儿多年来最盼望的心愿，请姑妈来侄儿江都的家！

不知不觉姑妈离开我们一年了，她的孝道与善心一直留在我的心底深处。姑妈，侄儿我小双子永远怀念您！

（龚仁鹏）

姑妈脸上挂着亲和的笑容

2020年春节，中华大地正经历着一场史无前例的抗击新型冠状病毒肺炎的大战役，全国到处封城、封镇、封村，不能出门闲来无事，我就陪老爸喝酒。闲聊中，老爸忽然忧伤地说："今天是你姑妈的忌日。"我一惊："是吗？好像是2月28日啊？"老爸说："咋不是，正月二十四是我一生最痛的日子，我唯一的姐姐离我而去，还会记错！唉……"哦，老爸记的是农历的日子。

老爸跟我说，姑妈年轻时吃了不少苦，在三年困难时期家里又添了四表哥（已经有三个儿子），当时亲戚和邻居们都劝姑妈把四儿子送人抚养，可姑妈舍不得，还是坚持自己抚养四个儿子。当时姑父的身体很差，不能干体力活，生活的压力全部压在姑妈那瘦弱的身子上，后来实在没办法，姑妈决定出去打工补贴家用。老爸清楚地记得姑妈是在上海长宁区万黄渡路1312弄367号一个叫尤阿良的宁波人家里帮佣。有一天父亲忽然接到消息说姑妈病危，于是马上和爷爷一起到泰州坐船赶到上海，三人见面抱头痛哭，原来姑妈得了肺结核，身体非常虚弱。没有办法，他们把姑妈接回了老家。老爸说，爷爷想了好多办法，求人去医院搞胎盘，又请名医，花了不少钱和精力，才把姑妈从鬼门关给抢回来。后来姑妈去学了裁缝，在家帮人做衣服，姑父也帮忙打打下手，有时间呢还做咸鸭蛋跟皮蛋，慢慢地日子才红火起来……

记忆中的姑妈脸上永远挂着亲和的笑容，永远对生活充满了信心和希望。在姑妈的眼里，美好的生活都是双手创造出来的，因而面对艰苦的生活她从不埋怨一丁点，总是乐观向上。那时的生活是很艰苦，但姑妈和姑父用勤劳的双手和简朴的作风把家操持得井井有条，日子过得和谐有序。对待亲朋好友和邻居的请求姑妈总是有求必应，尽自己最大的可能去帮助他们。

记得 2008 年国庆节我去江苏老家，我从小生活在浙江湖州，难得回老家，回去后我和父母去看望姑妈，把姑妈高兴坏了，她忙前忙后张罗了一桌子好菜招待我们，我则毫不客气地大吃起来。老家菜的味道确实好，吃饱喝足之后，姑妈拉着我的手和我拉家常，问我："我们家小蛮子女儿上高中了吗？"姑妈从小就叫我小蛮子，我也喜欢听。我应道："已经上高二了。"姑妈一听马上跟我说让我女儿龚思琪好好学习，将来考大学时让四表哥帮忙找个好大学，因为四表哥在教育系统工作，填报志愿他在行。我就拜托姑妈到时候让四表哥帮我女儿在填报志愿时好好参谋参谋。原本是拉家常时就这么一说，哪知道姑妈却一直把这事放在心上。老爸后来跟我说姑妈经常同四表哥说这事，让他在我女儿高考填报志愿时一定要做好参谋。之后我女儿上大学就是四表哥帮参考填的志愿，并且女儿还真的上了心仪的大学。现在女儿也已经大学毕业，还自豪地当了一名白衣天使，这一切都离不开姑妈的关怀和帮助。

与老爸的一场家常小酒，不仅让他陷入深深的思念之中，而且也让我的思绪回到了那遥远的故乡。我多想见到那个一边拉着我的手一边还在我背上轻轻抚摸，笑眯眯地跟我拉家常的姑妈啊！

（龚健斌）

姑妈是一个非常能干的人

我的姑妈名叫龚云英。我的爷爷奶奶唤她小名“筛喜儿”。姑妈个子不高，胖胖的，皮肤很白，眼睛不大，总是笑眯眯的，说话声音洪亮，中气很足。

姑妈是一个非常能干的人。她年轻的时候是一个裁缝，手艺非常好，远近的乡亲都把衣服送来给她做。她还带了好多徒弟，最多的时候家里有九台缝纫机，不停地响着，很热闹，像一个小工厂。因为送来的衣服太多了，她整天起早贪黑，不停地忙着。到了年底，姑妈更是忙得没有一刻的空闲。那些平常舍不得做衣服的人，这时候都会给自己和家里人做上一套新衣服过年穿。姑妈常常忙得顾不上吃饭，饿了胡乱地扒两口，就赶忙投入到量衣、裁剪、拷边和缝制中去了。大年三十晚上把所有的衣服做好，乡邻们高高兴兴地取走拿回去，姑妈才长长地松了一口气。

我的姑父身体一直不大好，瘦瘦弱弱的。他二十三岁时就患上了哮喘，不能干体力活。于是，农田里的重活就落在了姑妈的身上。挑担挖沟、插秧种麦、平场打谷，处处都有姑妈忙碌的身影。姑妈忙里忙外，一年到头没有空闲的时候。但姑妈从来没有觉得苦，总觉得生活有奔头。姑妈虽然没有读过书，但很有头脑，做事有主见。她后来开过小店，做过熏烧，还做过变蛋（皮蛋）卖。在她辛勤的操持下，家里的日子过得越来越红火。姑妈有四个儿子，她把孩子们抚育成人，一个个娶了亲，成了家，还把最小的儿子培养成了一个大学生。

小时候我是很愿意往姑妈家跑的。姑妈家在邻村，走过去大约半小时。我妈妈那时候也做裁缝，裁下来的衣料要拷边，家里没有拷边机，姑妈家有，每次妈妈喊我把衣料送到姑妈家去拷边，我都非常乐意。姑妈和蔼可亲，待人热情，喜欢我们这些孩子。每次看见我去了姑妈都会高兴地说“乖乖来啦”，然后忙着打蛋茶给我吃。那时我们只有过年时才有蛋茶吃，平常一般是吃不到的。姑父在灶下烧火，姑妈在锅上放水打蛋。她先往碗里倒一些酱油，再挑一块荤油，然后撒少许胡椒粉和蒜花，最后捞起煮好的荷包蛋，加上一些汤水，一碗香喷喷的蛋茶就做好了。一碗蛋茶有三个荷包蛋，听大人说两个不作兴。我吃完蛋茶，姑妈也把衣料拷好边了。我拿上衣料轻快地跑回家了。

姑妈是老大，下面三个弟弟（生字排行，大伯名立生，二伯名民生，父亲名俊生）。我父亲四十岁那年生病去世了。他从春天生病到夏天去世，短短几个月的时间，其间到处求医问药。姑妈很疼爱她这个最小的弟弟，总是不放心，三天两头地过来探望。那段时间姑父更是经常来回坐十几个小时的汽车，到南京的医院配中药回来给父亲吃，但他的病情终究没有好转。最后到苏州医院做手术后就再也没能回来。父亲的英年早逝对整个家庭的打击是非常大的。那年我十七岁，我哥十八岁，妹妹十四岁。父亲去世后，姑妈伤心了好长一段时间，眼圈总是红红的，常常念叨着说："我的雨林小（父亲的小名）长得又高又大，白白净净的，这么好的一个人怎么就没得了！"见到我们兄妹她就忍不住叹气，一脸怜惜地看着我们。我爷爷奶奶受此打击精神也没有以前好了。姑妈经常过来照顾爷爷奶奶。有一次奶奶说想吃包子，那时只有镇上有包子卖，姑妈听了二话不说骑上三轮车往镇上赶，买了两笼包子又往回赶，来回将近一个小时。后来很长的一段时间，姑妈都骑着那辆三轮车代步，从她家骑到爷爷家，或骑到高徐镇上。我的大表哥和三表哥都搬到镇上住了。二表哥一直住在太平村，和姑妈家相隔不远。四表哥大学毕业后在省城工作并在那里安了家。姑妈的大家庭观念特别重，家里亲戚有困难，她都尽量帮忙，而且是主动帮忙。我哥高中毕业后在镇上乡办厂上了班，没过几年到了该结婚的年龄了。那时镇上有商品房卖，我妈就想在镇上买套房子给哥哥结婚用。姑妈听说了，骑着三轮车就去找三表哥。三表哥在镇上开了木材公司，和盖房子的建安公司熟，一句话给哥哥留了一套房子。我哥结婚后，有一年工作当中把腰扭伤了，不能干原先的活了。姑妈听说了又心疼又着急。她找到大表嫂的哥哥，好像是个大老板，开了家工厂，帮哥哥找了份轻巧的事做。我结婚嫁到南京后，姑妈常对我说："现在你们兄妹俩都在南京，我关照过大生哥哥了，有事就找他啊。"姑妈就是这么热心周到，对我们关爱有加。

后来姑妈也搬到镇上住了。一栋漂亮的二层楼房连着小院，就在我妈家旁边，我每次回娘家去看姑妈，她还像从前那样高兴地说“乖乖来啦”。然后又忙着打蛋茶给我吃。有时喊她来吃饭，她总说不了，今天吃斋呢。姑妈老年信佛，特别虔诚。她常年敬香，家里弥漫着烧香的香火气。她年轻时长年累月地劳累，导致老来腰腿疼痛，走路需要拄着拐杖。但姑妈脸上始终乐呵呵的，每天念经拜佛，虔诚祈祷。每次春节我回去给姑妈拜年，她都要请吃饭。年年如此。即便腿脚不灵便了，她还是坚持，拄着拐杖一次次来约。有天一大早，姑妈在楼下喊我妈，我妈下去一看，姑妈买了一只老母鸡给我带回去。我想象着她拄着拐杖一步一顿地走到菜场，再拎只鸡慢慢地走回来，她心里满是对晚辈浓浓的爱啊！

还有一件难忘的事，我曾和姑妈一起度过了一段快乐时光——打麻将！记得女儿三岁那年，上幼儿园前的那个夏天，我妈打电话让我回家多玩些日子，说以后孩子上学我上班了回家玩就没这么方便了。我带着女儿回去玩了十来天。那一次回去，也是我和姑妈相处时间最长的一段日子。我们几乎天天见面，不是我去就是她来。有一天我妈说我在南京人生地不熟的，没麻将打，提议我和姑妈打打麻将去，她在家带孩子。姑妈听了欣然赞同。以前在家时我们都会打简单的麻将，叫“跌倒胡”，形容这牌打法简单，很容易成牌。我奶奶在世时摸纸牌，我陪她打过纸牌，打法和简单的麻将牌差不多。我爸在时打的麻将牌比较复杂，数番，什么一番两番三番，我搞不懂。不过相同的都是“清一色”最大。姑妈也只会打简单的“跌倒胡”，平时很少打，她不好这个，那几天却天天陪我打。吃过中饭后，姑妈就带我到家南面迎街的一家麻将室去打麻将。一到那里姑妈就笑着对麻将室主人说“我带我家侄女儿来打牌啦”。有时刚好有人凑成一桌，有时人不够，麻将室主人就打电话喊人过来打，实在不够，就自己上桌打。我和姑妈都是迎面而坐，四人坐定，掷骰子分出头家开始打起来，一下午打个八圈散场。我们打的是十块钱“进园子”的大小，十块钱输掉就“进园子”了，别人成牌也无须给钱。如果三个人都“进园子”了，这牌也就提前结束了。不过这种情况很少有，两个人“进园子”还是常见的。那几天我手气不错，总是赢钱。姑妈可能因为平常很少打麻将的缘故，常常早早就“进园子”了。偶尔好不容易成了一牌，出了“园子”，往往又连续几牌不成，又进了“园子”。“进园子”了，姑妈不急不躁，倒显得高兴，别人成牌了，她“哈哈”一笑，不用给钱了。打这种小麻将真的是消遣时间的好办法，打牌时一个个聚精会神，心无杂念，偶尔说笑两句，一个下午很快就过去了。八圈牌结束，我和姑妈出了麻将室，我问姑妈输了多少钱，告诉姑妈赢了多少钱。姑妈笑着说：“你难得打牌手气好哩！”我把赢的钱给了姑妈。夕阳西下，暑气渐消，迎着晚风，我和姑妈一路谈笑着回家了。

昨夜窗外雨声阵阵，我又想起姑妈，忆起与她一起相处的点点滴滴。眼前总浮现出姑妈慈祥的面容，有时眉开眼笑，有时忧心忡忡，有时面容平静，有时难过落泪……家里亲戚，父母这一辈的，我最喜欢的就是姑妈。除了本身血缘关系，最主要还是因为姑妈身上散发出的人格魅力。她纯朴善良，任劳任怨，乐观开朗，宽容豁达，真心疼爱我们。她可亲，可爱，可敬！我爸生病的时候，家里人操碎了心，姑妈更是。我爸和大表哥好像就相差一岁，姑妈疼爱我爸。我爸治病期间，姑妈可谓是全家总动员，姑父、大表哥、三表哥和四表哥全都参与其中，来回奔波。

唉，人有悲欢离合，月有阴晴圆缺，此事古难全！去年春节，初三上午我去姑妈家，喊她和四表哥来我家吃饭。那天我去了三趟，不知为什么，可能心里面就想多见见她老人家吧。中午一大家人围坐在一起很开心。姑妈和表哥坐在一条老式的长板凳上，紧挨在一起。这条板凳还是二十几年前从老家搬来的，过去的八仙桌一般都配这种长板凳，很重很稳固，现在很少见到了。席间大家频频敬酒，祝姑妈她老人家身体健康，长命百岁。妈妈忙着炒菜上菜，每上一道菜就招呼姑妈和表哥多吃点，表哥也不时地往姑妈碗里夹菜，感叹“还是家里亲人之间吃饭的氛围好啊，这种感觉在外面是体会不到的”。姑妈那天很高兴，讲了好多话。我坐在姑妈右侧旁，她说话时经常拍拍我的手臂。姑妈记性很好，回忆了很多年轻时候的事。但姑妈念念不忘的还是她最爱的小孙子，盼望着他能早点结婚。姑妈说只要小果果结婚了，她就了了心愿死也能了。我们都说姑妈瞎讲，你身体这么好，没啥毛病，过一百岁都没问题。表哥也说每年带姑妈到南京体检，除了血压有点高，身体各项指标都好。那天下午吃完饭四表哥就回南京了，姑妈拄着拐杖站在屋后目送着表哥上车离去。第二天初四上午，姑妈在新找的保姆陪同下，拎了一盒草鸡蛋到我家，说是给我和妹妹的。我说姑妈给的鸡蛋城里买不到呢，姑妈开心地笑了。下午我也回南京了。不承想，过了二十天，姑妈就突然去世了。毫无征兆，让人始料未及……

时光荏苒，姑妈离开我们一年了，我总觉得她还在我们身边。她站在寒风中送表哥离去的身影，像一幅画，深深地印在我的脑海里。我想念姑妈，好几次做梦梦见她，她笑眯眯的，说话声音洪亮，还是从前的样子。

（龚小芳）

坚韧向上的品质值得小字辈学习

每次经过高徐姑妈家屋后时，我总是情不自禁地透过那扇窗户看去。以前总是能看到姑妈蹒跚而忙碌的身影，而现在窗户里再也不见那个熟悉、令人温暖的身影了。叹时光飞逝，一转眼，姑妈离开我们已有一年了，然而她的音容笑貌仍是那么清晰，似乎就在昨日。回忆姑妈的一生，是坎坷的一生、勤劳的一生，也是幸福的一生。

姑妈是一个地道的农村妇女，她身上有着中国传统女性的勤劳和善良，但没有普通农家妇女的畏缩、胆小，姑妈身上总有一股子闯劲。在 20 世纪六七十年代，农村的条件很是艰苦，姑妈生了四个儿子，姑父患有哮喘，身体羸弱，不能干重活，可想而知，这个大家庭的日子有多难，姑妈用勤劳的双手，柔弱的双肩担负起家庭的重任。日子艰苦，但姑妈脸上总是乐呵呵，说话不紧不慢，做什么事都有条有理，卖豆腐、做缝纫、开小店，下地种田、养鸡养鹅，家里家外操劳不息，日子也是越过越好，起房造屋，置办家私，硬是把四个儿子培养长大，分别娶妻生子。特别是四表哥考上了大学，那个年代在农村考上大学是一件荣光七乡八里的长脸面的事。所以后来，每当姑妈提起大生表哥时，脸上总是洋溢着满足又自豪的笑容，她觉得吃的所有的苦都是值得的。

小时候，因为我与表哥们年龄相差较多，所以不常去姑妈家玩耍，偶尔去几次，姑妈总是拿零嘴、打蛋茶给我吃。长大了，因外出上学、工作，回家的次数也不多。听我妈讲，姑妈幼时丧母，我的奶奶是她的继母，小时候她过得并不好，但姑妈长大嫁人后，时常顾着娘家，特别是爷爷奶奶年老后，姑妈经常回娘家给老人洗衣洗被，伺候周到，从无怨言。姑妈对娘家侄子侄女也是关爱有加，特别是我家，因父亲走得早，我妈拉扯我们兄妹三人不容易，姑妈也时常帮衬，因我最小，看到我总是心酸地说“乖乖，受苦了”。我妈周红英也是一个坚强勤劳的母亲，在她们的影响下，我们兄妹总算没辜负母亲和亲人的期望，日子过得也算红火。后来姑妈也时常感叹“红英总算苦尽甘来了”。我也在想好的家风可以影响一代人。在我们交往的过程中能深深地感受到，姑妈家的儿孙们都很孝顺。从姑妈口中得知，四表哥心很细，姑妈年老一人住在高徐家里，但家里许多事大生哥哥都能想到、置办好，有时接姑妈去南京家中生活时，也会带她去商场买衣买鞋，替她老人家洗脚，家里卫生也是搞得干干净净。姑妈虽然心疼儿子，但一字一句当中满是自豪！姑妈虽是农家妇女，不识字，但她识大体，坚韧豁达，她用勤劳、善良、乐观、朴素的优秀品质感染着我们小一辈。

我娘家与姑妈家相邻，每次我回娘家，姑妈会拿些土特产让我带回江都，想我也是四十多的人了，姑妈还把我当小孩，总是慈祥地说“乖乖，太瘦了，多吃点咯”。每年春节，我们兄妹都会到姑妈家拜年，姑妈看到我们来很高兴，虽是八十几岁的人，却总是忙里忙外，张罗一大桌子菜，然后一家亲人欢聚一堂吃上一顿，虽然忙碌，但那满堂欢声笑语、热闹非凡的场景正是姑妈期望看到的，我想那个时候的姑妈是开心的、幸福的。今年春节，我回娘家，再从姑妈家屋后走过，不禁又转头向那扇熟悉的窗户看去，心中黯然，原本热闹的门庭已经紧闭，虽然叹人生无常，逝者已去，但姑妈给我们留下了良好的家风，乐观豁达的人生态度、勤劳善良的传统美德、坚韧向上的可贵品质值得我们小字辈学习、传承，姑妈永远活在我们心中！

（龚晓健）

姑妈对我说家和万事兴

“红啊，你阿呆啊！”昏昏沉沉中听见的声音那么的熟悉，那么亲切。

是姑妈您吗？是我母亲？还是我外婆？躺在床上，苦思冥想总是不能确认到底是谁，到底是做了什么梦，但肯定做梦了，千真万确做梦了。大双子（我爱人龚仁昌）还没回来，我索性披衣起床走走，当看到水桶中那尚未醒开的百合花时，我确信那是您，一定是您——姑妈！您一定看到白天我和大双子吵架了，您不放心，姑妈您就来了是吗？

2019年元旦我被调到七里支行工作时，去跟您打招呼说工作离家远了，春节期间银行业务忙了，来去不方便不能常来看您了。您说：“要是能调到高徐来该多好啊……我把你们当姑娘看的，有空一定要常来”“男的都大而化之的，你要常提醒大双子，姑娘不断娘家路，过年过节来带我到王贞走走”……千想万想我怎么也想不到仅一个多月我与姑妈便阴阳两隔了啊，2月28号那天，姑妈，您说走就走了，走得那么突然，让人不敢相信，走得让亲人们伤心、抱憾不已。姑妈，我让您失望了，我把您说的话当了耳旁风。年初二家庭聚会安排在了酒店，没有接您回娘家来，年初五您叫我去您家吃晚饭，我实心是要去的，因下班晚没赶上公交又让您失望了。我总认为来日方长，等忙过这阵，再过两天就去，反正有保姆了，反正有妯娌爱华在高徐呢，总以为姑妈您不会生我的气。这次，姑妈您是真生我气了，不理我了，一年都没理过我啊。

1992 年，我和仁昌结缘后，我随仁昌喊您姑妈，我是您侄媳妇，成了您的娘家人。我开始了有娘家婆家的生活，我跟着您学做人妇、人媳、人母……刚入婆家生活，我常拘谨，瞻前顾后，您总引领着我：“红哎，不要怕嘖！”村里乡邻家娶媳妇，都会请姑父和您做福爹爹福奶奶，可见您是口碑好且儿孙满堂的有福之人，人们提及您无不竖起大拇指夸赞您，您便成了我在婆家学做人的榜样。您乐观开朗，精明能干，吃苦耐劳。您会持家，懂经营，里里外外一把手。当初婆母总说您能把草说竖起来。爷爷常说“你嬢嬢能持家懂经营，孝顺公婆，生了四个儿子且个个有出息，又能照应帮衬娘家父母兄弟们”。

记得我刚嫁进龚家，院子还没有完全成形，路在屋后，屋前是自留田。爷爷、奶奶住在东南面两间小三架梁屋里，东面三间小五架梁公婆住兼做养蚕房，西面三间七架梁，东西两个房间是大小双子的婚房，中间堂屋是大家一起吃饭做事的。二叔住在华阳银行单位宿舍里，后来二婶退休从江南过来陪二叔。三叔 1989 年英年早逝，三婶带三个孩子住在庄东面，相隔十几户人家。大姑姐婆家在黄思于沟，二姑姐婆家在高徐王河。姑妈您婆家在娘家北面相距三节田远（300~400 米）的太平舍庄上。这是龚家主要成员的居住情况。平时我们晚辈都在外有工作，

芒种（平莉）

平莉，南京特殊教育学院副教授，江苏省美术家协会会员。

吃住在单位。只有到节假日时才回来。您三天两头地回娘家来为爷爷奶奶洗晒衣服被褥，打扫卫生。

生活在农村，家长里短，闲言碎语。手头紧，情绪差。于是乎遇到矛盾纠纷时，一些皮毛小事也会引起吵吵嚷嚷，打骂逞强。我生性内向，胆小怕事，一有口角纷争总想躲回娘家去，而姑妈您总是从中调停劝和。有一天休假回来，您对我说："红啊，家不和会被人笑啦，家和万事兴，你是这个家里的新媳妇，长头孙媳妇，有的事只要你牵个头搭个桥就能往好的方向走。你要多担着些啊！"婆母和爷爷奶奶有隔阂时，您让我去拖我婆母来爷爷这边吃饭，还教我一定要说句"妈妈哎，太爷喊你来吃饭"。婆母和婶娘有误会闹不愉快时，也是姑妈您教我这样做那样做。有一次您对我说："你婆妈妈和你三婶娘不说话了，我告诉你有个方法兴许有用。"于是我按姑妈的交代，在王贞舍商店买了布料，到三婶家说是我婆妈买的请她做两条裤头，拿回家后对婆母说是三婶给做衣服时还顺便给她做了两条。后来直到现在我也没见她俩吵过嘴红过脸。姑妈，在您的"开导"下，我也日渐开朗胆大些，有您在背后支撑着，龚家院落经过几次修整，有模有样了。姑妈您说娘家人日子好过，日子过得越风光您越高兴。

姑妈，记得我刚生下女儿小月时非常担心长辈们重男轻女，毕竟小月的降临让爷爷奶奶抱重孙子的愿望又一次落空，您却说："姑娘好，姑娘合心啊，将来果子茶食吃不了（吃不完的意思）啊！""管他姑娘小伙，听话学好有本事有孝心的才是真的好。"

姑妈，是您给了我信心，您说“喊人不息本，舌头打个滚”，我便和女儿一起“太爷，太太哎——”欢快地喊；您说“家和万事兴”，我便谨记您“会做媳妇的两头瞒，不会做人的两头传”“少计较，多担待”“小便宜不要贪，大事件有担当”“破小财，消大灾”“不争个馒头定争口气”的话。在您的引领与开导下，几年时间，天生愚钝的我竟然攒了个“三喜家的大媳妇不错”的好名声。龚家庭院里逐渐热闹起来了，尤其是春节更加热闹非凡，总是先听到从屋后传来您那洪亮爽朗的声音，“爸爸，嗯妈，我家来啦……”“小星、小月呐……发压岁钱啰”，本在玩耍东躲西藏的孩子们便争先恐后围绕到您身边，“不着躁（急），个个有！”您一个个地给一个个地嘱咐“长命百岁呀，好好学习啊，考上大学啊……”

大概是1997年农忙时吧，爷爷奶奶年岁大了，日渐衰老，已无法自己烧饭吃了。您便和我公婆、叔婶商议道：“家家都有交易（事情），不如找个人来应寿（照顾的意思）爸爸、妈妈，省得不放心，这样大家儿也轻松些。”1998年10月4日下午，在家休完国庆假的我才到单位就接到信，让我赶快回去，奶奶过世了！当我们赶回家时，奶奶已穿好寿衣停放在正房堂屋了。爷爷坐在旁边哭成泪人。您不停安慰爷爷，说奶奶到天堂享福去了。至今我仍记得奶奶过世时您没哭，您是怕爷爷伤心，还是认为奶奶87岁是寿终正寝，好死场，没有任何痛苦，是奶奶经常烧香拜佛修得的？您说奶奶给了我们好彩头，腰间有几十块钱呢。奶奶从未向我提出任何要求，一丁点儿都没让我觉得她曾是重男轻女思想特别严重的老太。我认为是奶奶这非亲生的女儿——您对她无微不至的孝敬的原因吧！您安慰爷爷说奶奶这个死场是爷爷奶奶拜佛修心所得，没有受苦受罪上天堂去了。奶奶给了我们好吉兆，腰里有钱，龚家子孙会有好日子。

奶奶过世后，86岁的爷爷身体便每况愈下，越来越瘦，腿脚行走越来越缓慢，常常呆坐在奶奶曾坐过的藤椅上念叨着，那时我才知三叔名字好像叫雨林小——龚俊生，爷爷一直在想念他的小儿子。后来爷爷脑子也越来越糊涂，经常把屎尿弄在身上，已不大认得人，不认得路，找不着家，但让人没法相信的是他还老能摸得到姑妈家。我想是姑妈您的大爱大度豁达终究没让爷爷忘记您，忘记姑娘家。2000年夏天我们把西边三间房进行了装修，吊顶打天花，铺上了地板砖，农历八月十六小双家女儿小星十岁生日，在他江都家举办生日宴，这边还没完全结工，但我们又必须都得去，那天请的是双子的姨娘来给工人们烧饭的。夜晚我们回来时姨娘说爷爷老要进这个家，拉他也不肯走，絮絮叨叨不晓得想说什么。装修完工不久便是国庆节，商议要安排给奶奶脱孝了。10月6号（九月初九重阳）早上姑妈您说我爷爷这两天老在东边门口向这边张望，哆哆嗦嗦不晓得说什么。我便走过去耐着性子倾听猜测。从“华堂”二音您猜测说爷爷可能想住西边新装修过的正房。我说“太爷我带你过去，住那睡那”，爷爷竟然点头说我红儿好！我说搬，现在就搬！姑妈您说不如趁中午暖和先给爷爷洗个澡吧，清清爽爽过去。于是泡澡桶、烧水，您和二叔还有大双子他们一起为爷爷洗澡，不懂事的小月则扒在门缝向里张望，姑妈您出来时，眼睛已哭肿了，您告诉我：“太爷屁股上害了比巴掌还大的疮，好深好心疼。”在帮爷爷梳理头发，修剪指甲时我亦泪流不止。爷爷曾是英姿高大，精明能干的人，经营有方，名扬四方，艰苦年代帮衬、救济过无数人，也收养孤女安玲儿并帮她找了个好丈夫。人们常说我爷爷的故事三天三夜都说不完，战乱时能周旋于三方（新四军、日本鬼子、还乡团），被抓做壮丁时把日本鬼子哄卖了，还给爷爷发良民证，他是让人竖大拇指的一方名人啊！而今遭受病痛折磨，家人却没有发觉。那天中午饭吃得比较迟，爷爷坐在正屋的上座上，神情很安详。从江南回来的建兵夫妇及孩子见爷爷状态还好又回去上班，仁昌也准备带小月回单位。姑妈您说，我们靠得近让我们晚点走。后来为爷爷在正房堂屋西北角打了地铺（农村风俗），儿孙们围绕在他身旁，黄昏时分他安安静静地走了，似乎心满意足。爷爷死了，您与我哭得都很伤心，我们自责以为找了保姆就不问事了，让爷爷遭受那么大罪，捱那么大的搅（捱搅，受苦，受罪）。七八岁的小月看到过爷爷的褥疮，看到我们为爷爷换穿衣服，哭着问我们为什么要害死太爷爷，踢打着“扶终”的人。撕心裂肺地哭得人心痛，您抱她哄她，你们同为龚家的女儿，是爷爷的根啊。

奶奶、爷爷离世后，我们因工作日渐忙碌，随着小月到江都上学，我们搬住到江都，重心都放在工作和孩子教育上去了，只有四时八节才回到老家这个院落中来。您回娘家次数也日渐减少……

姑妈按理说您已经为父母公婆尽孝了，为表哥他们娶媳妇成家了，本该安享天伦之乐的，然而您先后失去四位家人，一次次遭受巨大的打击，一次次坚强地挺了过来。您当着外人面从未流过一滴泪，您惧怕夜晚降临，不敢一个人睡。我知道您想念亲人，您的眼袋是那么明显……可您依然努力呵护着大家，虔诚地烧香拜佛，祈求佛祖保佑家人安康。

2012 年小月高考，三月份我便请假陪读。您说："叫小月加把油，用点力！你有空就烧香拜佛。"后来小月考进入心仪的南京师范大学，能实现做教师的理想，真是祖上庇佑，并与姑妈您的鼓励分不开啊！小月去南京上大学后，我的时间略显宽松些，又搬回王贞龚家院落里居住。我在黄思，大双子在华阳，我们便时常去看望您，和您拉拉家常，谈谈心里话。晚上下班后，约好拢您家，一南一北，一先一后到您那儿，您是何等的开心啊！您忙个不停，要我们吃这吃那，又要倒水泡茶，总让我感到过意不去，盛情难却。

2013 年我向您抱怨，住在老家和公婆同在一屋檐下极为不方便。东边三间房已破损不堪，西边三间虽经几次刷新，但住着老少三代，两门媳妇，拥挤啊！小月放假情愿在外打工也不回家，20 岁的姑娘家再和爸妈睡一张床上不自由。您说，我和大双还小，工作又这么好，在王贞再砌套房吧，将来小月找个女婿回来多风光啊，也好带您回娘家过过呢。翻房建屋，花了两年时间才完成。进宅那天，您比任何人都高兴，这边看看，那边望望，大声笑着说着不简单不简单，夸这夸那让我女儿小月觉得好笑呢。您说这是争家气了，夸我们不愧祖先，不愧是龚家的子孙。后来我们又买了个二手车，方便接送您了，您的腿脚不好，走路日渐不稳，多次医治都没有效果。有次我婆母听说陈舍的赤脚医生有本事，人家都说有用。大双子和我开车带你们这对姑嫂去了，花钱不多，一人不过三四十块。你们俩很开心，竟然有个把月时间不觉得腿疼。逢人便夸人家是神医，大双子家里的孝顺！2017年12月小双子仁鹏姑娘婚礼前一天，早上仁昌开车带着您与爸妈二叔二婶先去江都，我是等下班后从单位直接打的过去的。晚上我陪您同住一间房，陪您洗澡，帮您搓背后，姑妈哎，那是我与您相识近三十年唯一一次那么亲近。那夜您诉说着您的过往，诉说着您的期盼。说是等细孙子果果结婚时到果果家去玩，小月结婚时再到小月家玩玩，您就心满意足了，就什么都不烦了。我也向您诉说我的劳苦，您一如既往安慰我，说我的命好，千金散尽还复来啊！您带了个大皮包，上面还上着锁。我深知您是想在江都多停留几天的，想到所有的江都亲戚家走走看看。第二天晚宴结束后，我们还是带您回高徐老家来了，我不敢把您留在江都，我们都得上班啊。现在想想我理解到了您的心思但未能满足您的心愿，好后悔啊！2018年小月和张尧中处对象，国庆期间带回老家与长辈见面，您说这孩子老实，像大双子的性格，绝对能谈。您说我心好，小月心好，好人会有好报！您要小月好好珍惜，好好工作，听我的话，不要惹爸妈担惊受怕。去年11月份忙操办小月婚事前，总是希望您还活着，指导我。姑妈，我老想问您呢，那天小月婚礼的排场，那天的节目有您喜欢的扬剧，您满意吗？

姑妈哎，自从您离开我们后，一年来缺少您的引领，我总心神不宁，手忙脚乱，业绩平淡，身疲心累，情绪也低落。回想自春节以来的经历，虽然因为疫情，节前关照所有亲人都不要回来，但是大年初一中午女儿还是带着公婆丈夫回来了，小双家，姑姐家也回来了，但疫情形势让人焦虑不安，来去匆忙。各种担心恐惧，又无所事事，就连散个步都要小心。空闲时间多了就容易生事，这不白天我和大双子吵架，还引来邻居围观，我们一定让您担心了吧。

“不要把人儿发笑看把戏”“夫妻没得隔夜仇”“先服个软，家和才能万事兴！”亏得姑妈您托梦点醒了我，姑妈哎……

（颜春红）

姑妈做事很明理知轻重

2019 年 2 月 28 日，正月二十四，这天早上我起床还是比较早的，早饭后手机响了，“喂，哪一位？”“我是小东呀，奶奶昨天晚上走了！”小东把昨天晚上发生的事情跟我简单说了一下，当时我心慌意乱迟钝好一会儿才回过神来，我把这一噩耗告诉了妻子，她也是一惊：“哎呀，过年不是还好好的吗，怎么突然说走就走了呢？”我告诉她，姑妈昨天傍晚还在菜园忙了一会儿，晚上和保姆吃晚饭时心肌梗死突发，因急救迟了没有留住生命。说着说着女儿从医院下班回来了，我们把姑婆婆去世的消息告诉她，她说：“妈哎，怪不得昨晚我在急诊值班听说 120 到高徐老家抢救去了，后来听说高徐有两个人要急救呢，就没有细问一下，要是知道是姑婆婆的话我肯定要求去了，哎哟，怎么是这样子的！”女儿王小萍听后感觉非常懊悔，怎么就这么巧呢，要是细问一下就好了……

这一说快一年了，那天早上听到这个消息，我心烦意乱了一整天，总也放不下姑妈她老人家，与姑妈的往事萦绕在心头。我和龚红云结婚时间是 1984 年 1 月 22 日，农历是腊月二十，后来我慢慢就融入龚家大家庭人情世故的圈子了。记得我们婚后的春天，姑父挑担子收色蛋正好经过王河庄上，我们便留他吃饭，他说还要收几个村子，经过三请四邀才把他留下吃了中饭。姑父回去后告诉了姑妈，姑妈跟姑父说：“王峰这个孩子不错的，他跟我同病相怜啦。”姑妈年幼时丧母，从小吃了不少苦，成家后历尽艰辛磨难，培养孩子上学，起房造屋，帮儿子成家立业，后来又经过几次白发人送黑发人的痛苦经历，再后来姑父又在一个夜里不知不觉走了，可以讲姑妈没有享过几年福！历尽艰辛方才刻骨铭心啊，姑妈后来虔诚地烧香拜佛，就是希望能给儿孙们带来吉祥安康的好运气，消灾避难保平安，为一大家子祈福，这才是她老人家的真正用意呀！

后来大女儿小萍诞生，我们的交往就更多了。为了照顾好家庭，1985 年 8 月我要求从江都调回高徐邮电所工作，做机线员和报纸杂志发行员，还兼职到小纪邮电局拿邮包，方便了家庭而苦了我。那时高徐全乡安电话的也就不到 30 户，我记得我刚回来就是 40 门总机二十几户人家，到各个村是广播线一线两用，一个是做主线，另一个通过大地回路做地线构成乡村电话，广播响了就不好打电话，分上下闸刀的。我每次到太平村修电话都要从姑妈家门口走，姑妈总是客气地喊我“来来来，坐一下子”。她赶忙就与姑父一个上锅打蛋茶，一个下锅烧火，忙得我不过意。姑妈打的蛋茶真好吃，蛋嫩嫩的，挖一块荤油再撒一点蒜花——真的好香！我离开时还要叫我来吃午饭，每次到太平村都是这样子的，我要是不去她肯定会不高兴，这就是姑妈的为人处事。我记得姑父姑妈在太平村开小店的那阵子，他们还帮代卖过邮票和信封。有时姑父还到邮电所跟朱会计拿货，那时卖邮票、信封利润不高，但寄信的人家倒是不少。姑妈很能吃苦，除了做裁缝，家里还养了一群鸡鸭，到冬天做变蛋。姑妈做事有条不紊，家前屋后整理得清清爽爽，地面上干干净净。姑妈她人缘好，从亲戚邻居到地方干部，没有人说她一句不是。1993年5月我们高徐乡开通了程控电话，大仁表哥在高徐纪武路边开了个木材公司。我呢，隔三岔五就到他那儿玩，那时我们俩走得近一点，因他跟我们江都邮电局一位主任是黄思中学同学关系，所以参加饭局活动的机会比较多。1993年6月大仁老表找我，想给姑妈的小店装个电话。那时高徐的程控电话门号只配到500门，号码难找，通信电缆到村不到户，为这事我和大仁哥没有少操心。跑江都就跑了几趟，找他同学帮忙，在太平村先放上通信电缆，然后又批了一个公用电话。这部电话是太平村唯一的公用电话，不收月租费打电话还有酬金返还，把姑妈高兴得嘴巴合不拢。记得装电话的那天，姑妈与姑父忙前忙后，又是杀鸡又是杀鸭，买了很多菜，把村干部都请来一起庆贺。姑妈热情大方，每逢佳节都要摆上十几道菜请我们去吃饭，她老人家虽忙得辛苦，总是笑哈哈地劝我们道："吃噴、喝噴，不要嫌孃孃烧的菜不好吃噢。"

姑妈不但勤劳，而且善良。她在整个大家庭中，特别有大局观，谁家孩子上学啦，工作啦，家庭困难啦，家庭发生矛盾啦，她老人家总是一一帮助操心、调解。2008年春节期间我们带女儿去给姑妈拜年，姑妈一贯关心家中儿女，她直接说："你们俩孩子要好好考上个好大学，明儿（明天的意思）叫大生舅舅指导指导你们，能帮忙肯定会帮的！"姑妈作为农村妇女，虽是个文盲，但做事很明理知轻重。她心胸宽广，待人真诚爽朗，给人以温暖与信心。她那慈祥的笑容总是映在我的脑海里……

（王　峰）

她的乐观精神值得我学习

过去的二十几年，我都忙于生计和照顾儿子诚诚上学，偶尔遇到孃孃，她都笑眯眯地说："华啊！来玩咯在，歇咯在。"总要拿奶粉冲牛奶给我喝。我叫她不要这么客气，让她不要冲，她就非要冲给我喝，看着我喝了她才安心。她这是舍不得我一个人在村里老屋养鸽子，过着吃苦的日子……说说家常，孃孃便安慰我道："你生了个好儿子，好好培养，将来需要大生哥哥帮忙的，肯定帮忙！"她总是顾着娘家的侄子侄孙。真正和孃孃交往频繁，是2018年9月8日送诚诚去南京上学以后，我在家附近找了个包子店打杂工。

我每天下班去看看她，陪她坐坐，聊聊家长里短。孃孃也喜欢聊过往，说小时候没妈就和奶奶过，十几岁出门在婆家挑担卖豆腐，没得吃的时候上上海讨生活，遇到个好人家，一直有交往。后来膀子不太好做事情，就到小纪一位裁缝师傅那儿学做衣服。她说裁缝师傅是她遇到的贵人，从那时起就发了财，九台缝纫机在家忙个不停，周边的大队，朱东村后面刘五大队的人，还有刘五的徒弟，都来做衣服，姑父也被孃孃安排锁纽扣。生活好了，家中喜事一桩接一桩的，建房造屋、儿子谈亲，在她的安排下稳当有序。通过孃孃的描述，我仿佛又回到了从前，看到她脸上总是洋溢着幸福的笑容，心里满满的幸福感。她不太喜欢诉苦，自从三表哥走了以后，她信上佛，她想用自己的行动，修善修心，让一家人的生活过得平平安安。她总叫我给她拿上两条毛巾，陪她到土地庙。一条新毛巾给土地公公、土地奶奶擦脸，一条旧毛巾帮土地公公、土地奶奶擦台面。然后台面插上一炷香，土地庙门口一炷香，鞠好躬，我再搀着她回家。她总是说："不要紧噢，我慢慢走呗。"有时我也陪她一起叠"元宝"。她每天盼着我去，总是站在窗子前，看我来了没。有时在店里忙累了，想回家歇会再来，她会喊我先玩会再回去。我也知道老年人太孤单了，长年累月一个人在家，肯定希望有人陪陪她，我体谅她，不违拗她，所以她有点依赖我，有什么事都叫我帮她弄弄跑跑，她也放心我帮她弄。

去年她常说等大生哥哥退休回来陪她，我经常劝她，你今年已经 86 了，明年 87 了，必须找一个人整天陪护你，才能让大生哥哥在外放心工作。因为姑妈去年在家摔了一跤，跌得头破血流，为此大生哥哥也请了江都医生给她看了，医生说没什么大问题，这之前大生哥哥刚带她在南京做了体检回来的，说没有问题。孃孃还挺高兴地告诉我，人家医生给配的药，吃了腿不疼了。有一天下雨，孃孃打着伞颤颤巍巍地走到包子店前门，喊着我的名字，我的老板娘说："你家孃孃找你了。"我打开门，她一手拄着拐棍，一手撑着伞，脸上带着笑容站在雨里。我就伸手上前搀着她问："孃孃，你冒着雨来有什么事啊？下了班我会去你家的。"她说电话坏了，大生哥哥星期一都要打电话，所以叫我下班帮她去看一下。我说下班我去邮电局找人来看看。我向老板娘请了假把她送回家，叫她在家等人来。下了班就喊了邮局小王来修电话，这下她才安心下来。那段时间，也许是听了我的劝，也许想看到她小孙子成家，也许想等到大生哥哥退休回来陪她吧，她自己主动物色了一个让她放心的老朋友做她的陪护人。2019 年 2 月 28 号那天，因家中装修，我下班就把衣服拿到嬢嬢家洗，边洗边聊天。嬢嬢说：“今年享福了，白天有人搀我到处玩，晚上帮我弄热水泡脚。”我也为她高兴，一直聊到下午 6 点多。这时学军和冬梅来了，我说：“学军，你们陪陪你家奶奶噢。”他们俩笑嘻嘻坐下来，陪他们奶奶聊着天，我也就回家了。谁知啊，那就是和嬢嬢她老人家的最后一面呢！

第二天清晨 4 点半起床，我上班要从嬢嬢家那边走，看到嬢嬢家楼上楼下灯火通明，心里咯噔一下，肯定发生什么事情了。那会儿还没想到嬢嬢会死，以为是生病难过了。我走到嬢嬢家堂屋里，看到嬢嬢已躺在东边的停床上，我摸着她的手，好似还有点余温，“嬢嬢啊？嬢嬢啊！”我一声一声喊她，嬢嬢再也不会答应我了。“不得命，昨儿个还好好的呀！”滚滚落下的泪水告诉我，我和她老人家就此别过了。

现在回想起与嬢嬢交往的点点滴滴，那是一段难忘的美好温暖的时光！嬢嬢的生活经历，特别是她对家庭责任的担当和坚强的生活信念，让我敬佩。嬢嬢拉扯大了四个儿子，没有说过一句苦和累，对生活的磨难她始终能保持乐观从容的精神，值得我学习，鼓励着我过更好的生活！

（潘爱华）

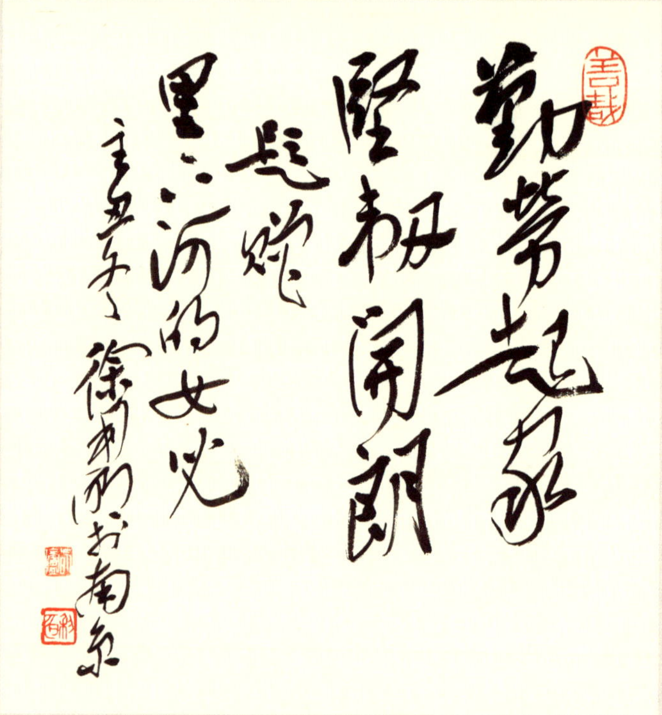

勤劳起家，坚韧开朗（徐利明）

徐利明，著名书法家，南京艺术学院教授、博士生导师。中国标准草书学社社长，全国政协委员。

三

情义深

大妈的大爱让人感到温暖可亲

新春佳节是我国最隆重的节日，万家团圆，亲友欢聚，普天同庆。我也忙于拜年，走亲、访友、招待、喝酒、打牌。然而 2020 春节非常特殊，新冠肺炎疫情肆虐神州大地，举国上下一级应急响应。春节没了往年的喜庆与热闹，整个世界仿佛都凝固了。封城，封村，封路，停工，停产，停业。

以往每年春节我都要安排时间到高徐去拜年（2000 年之前到太平村，后来到高徐镇上），一是去拜望大大、大妈，二是我的同学挚友大生每年回高徐陪父母过年，乘拜年之机与他们相聚，三十多年从未间断过。可今年防疫形势严峻，大家不串门，不聚集，更是物是人非了。大大、大妈已经相继去世，大生也去香港和儿子一起过年，眷恋和失落之感油然而生。几十年不变的日程就此中断，唯有情谊常在，思绪绵绵。

我在高徐镇朱东小学读完初小后，我们朱东小学的同届学生全部到相邻的王贞小学读高小，与太平小学来的冯大生成了同班同学。不久我们就熟悉了，并且关系渐好。当年的农村生活是非常艰苦的，温饱都成问题，适逢“文化大革命”中“农业学大寨”。家长没更多时间关心孩子，也没有家庭作业，更没课外辅导，还经常“学习与生产劳动相结合”，到周边的生产队拾麦穗、薅秧草、抽莛麻皮、割青草积肥、摘棉花。放学后同学之间的交往频繁，一起拾猪草，捞鱼摸虾，串门，野餐，聚集玩耍，“打仗”（分成两派相互对抗），跳白果，打六砖，格房子，做“无名英雄”（做好事不留名游戏），晚上结伴到邻村看电影……童年生活苦中有乐，玩里有趣。共同的生活与学习，使我们逐渐成了朋友。

小学快毕业的时候，我父亲从朱东大队调任太平大队党支部书记。我到太平的机会就更多了，交往也增多了。我常到大生家玩，由于大生父母比我父母年长，我习惯叫大大、大妈。尽管年代久远加之当时年龄还小（十一二岁），很多记忆已经模糊，但大妈的热情亲切，说话声音的爽朗清脆，踏洋机（缝纫机）的“笃笃”声仿佛还在耳边回响。大大言语不多，不时地咳嗽，有时甚至是上气不接下气，那微微驼背的身影和慈祥的面容我到现在都记忆犹新。随着交往的增多，处事风格上的相互认同，两家人的感情也随之加深。

我父亲在太平大队工作期间，由于大大、大妈体弱多病，不能在生产队干繁重的农活，只能从事力所能及的手工业与小商业。这与当时的“以粮为纲”的农村政策是相违背的。为此我父亲进行了调查走访，发现一是两人身体不好确实不适宜务农，二是大大、大妈有较好的群众关系，三是大生的大伯冯海章是烈士，他们家是烈属。为此大队决定给予照顾。

1975 年我家由高徐朱东搬回周西刘五老家。我也于 1976 年春学期由王贞小学附设初中转学至周西中学，我父亲也于当年年底调回周西工作。我们两家的交往虽然减少了些，但关系并没有断，除了正常交往，我家添置的新衣服也一直都送到太平给大妈做。1977 年恢复高考，我和大生也都于 1978 年参加了高考，我虽然是周西中学理科总分第一，但还是落榜了（由于周西中学是“戴帽子”高中，从 1977 年恢复高考到 1981 年撤销高中部，一直无一人考取）。我高中毕业后就做了代课教师。大生到丁沟中学复读后考取了扬州师范学院。现在回过头来看，让我对大大、大妈肃然起敬。对于一个并不富裕甚至贫穷的家庭，两个文盲，做出复读了再复读的决定是多么睿智多么英明，对儿女的爱是多么伟大。

大大从我认识他开始就是半条命，后来我听说大妈年轻的时候也因操劳过度得了痨病，是吃了我的胎盘后身体才有所恢复，然后才怀了大生（大生比我小一岁）。在那个年代两个“半条命”能把四个儿子养大，付出的艰辛可想而知。我在与大妈的聊天中得知，在那困难时期活着就是胜利，为了活命，大妈外出帮工，经历千辛吃尽万苦，家人无一饿死。四个儿子上学，工作，衣食住行，娶妻生子，她无一不竭尽全力。在我的记忆里，大大的身体一年比一年好，咳嗽也听不到了，背也不驼了，这与大妈的关心和细心照顾是分不开的。

沉重的家庭负担，加之身体不好，只能“走资本主义道路”。大妈做裁缝，大大开小店、做皮蛋、到浙江贩茶叶。他们除了勤俭持家，还努力做生意。20 世纪八九十年代，我在周西中学，我和我父亲尽我们所能帮忙，冬季我帮销些皮蛋，春季帮销些茶叶。他们求了多少人，受了多少累可想而知，硬是挺过了那艰难的岁月。这么多年来，外人都说我跟大生是干兄弟，大大、大妈是我干爸、干妈。其实我们并没举行过任何仪式，也从未言明过。但大大、大妈一直把我当儿子看，我和大生也亲如兄弟。家里相互来往频繁，有喜庆的事相互祝贺，有烦心的事相互交流，处得像一家人一样。每次我去看二老，大妈总是说："乖乖你怎么到现在才来啊！"大大虽然没什么言语，但满怀喜悦，最多说句"来啦"。然后大妈是一阵热心的唠叨：胖了，瘦了，有没跟大生通电话啊？春梅怎么样啊？姣姣怎么样啊？你爸爸身体好啊？有没吃饭啊？要是不早不晚，就给打蛋茶，要是饭点就留我吃饭，谈东说西，嘘寒问暖。除了关心我和我家的事，四个儿子家的事也都跟我聊，我有什么心思也喜欢跟她聊。大生带回来的茶叶等东西她总要给我留着，不收还不行。不时地有邻居、亲友来串门，大妈也都是热情相迎，让人感到温暖可亲。

去年春节后不久，大妈由于突发心脑血管疾病不幸离世。此后，我每每路过高徐总会想到大大、大妈。好想再在高徐停留，再去看看，再去听听大妈的唠叨，可如今人去楼空。怀念之意、失落之情油然而生，往事历历在目，浮现在眼前。

我家还在朱东的时候，朱东大队朱南生产队请大生爷爷在新开的生产河一块三角地育瓜，我每次到瓜棚去玩，大生爷爷都要摘几个瓜给我，在那个物资极度匮乏的年代这简直就是一种恩赐，让我倍感温暖倍感亲密。大大和我特别亲近，不用言语，表情神态即可感到，每次相见我都能感受到他的喜悦。他喜欢玩牌，由于他牌品好，男女老少都喜欢跟他玩，而且不论麻将还是扑克他都不挑不拣，他反应快，头脑比一般的老头敏捷得多。我住刘五的时候他还经常从太平步行到刘五去玩，我有时间就和我父亲或邻居陪他，没时间就安排好人陪他。他临终前提出要到周西裴家舍我爸爸那儿玩，我开车送二老去了，我留了二百块钱给他打牌，他不推辞，也不见外。我爸爸找人陪他打牌，谈天说地，回顾往事，他在那儿玩了两三天，回去不久突然离世。

大妈对家里的每个成员都非常关心，住到高徐镇上后，才真正放下了辛劳和操持，进入养老期。但对子孙的关爱从没放下，为此她请了菩萨，每日烧香，虔诚祷告，保佑全家平安。由于多年烧香和蜡烛的烟熏，墙上和天花板都发黑了。因此，前年我向大生提出把家里出个白，大生觉得可行。另外，原来的塑钢窗的保温效果较差，还有东房间上面的平台隔热效果较差，大生让我全权负责。我找了做门窗的，找了漆工、瓦工、木工。施工的时候正值夏天，大妈准备好西瓜、茶水，二顿、晚茶热情招待，施工的工人有我同学、学生、亲戚，我也常去了解施工情况，他们都说大妈热情，和善可亲。大妈不仅对家人献出毕生的爱，对我对我的家人也如同对待家人。姣姣结婚时她提前两天就到我家了（江都七闸河西），还把珍藏的金戒指作为贺礼送给姣姣，说是一视同仁，孙子孙女结婚都有金器。我跟春梅闹矛盾的时候，她知道了，也是烦得睡不着觉。

由于在老家我对大大、大妈的关照，与二老真情实意的相处，我与大生的关系更加深厚了。我跟大生交往近半个世纪，建立了彼此信任，亲密如兄弟的感情。大生大学毕业的那年，我知道他毕业分配需要花钱，给他送去 20 元（我的月工资 13 元），当时大家经济都不宽裕。此后都是他关照我更多点。我两个妹妹、女儿、外甥、外甥女也都得到了他的关心。每次他回来或我到南京，他常常给我礼物，我去南京都吃住他家里。他回来也常到我家走走，有次他爱人到江都，人家宾馆开好了她不住，却住我家里。姣姣初中毕业时我带她到南京玩，他爱人热情招待，出去游玩需要的零食饮料都准备得好好的。彼此之间没有多余的客套，没有虚伪的礼节，更没有考虑利益得失，只有实实在在的行动和情真意切的眷顾。

大大、大妈的另外三个儿子（大堂、大友、大仁），孙子孙女（学军、爱华、学东、学松、秋明、秋玲、学之），和我都有过或多或少的交往或机缘。如今回想当年春节去太平给大大、大妈拜年，他们兄弟热情款待，倒水沏茶，陪饭劝酒，我高兴得有些喝多了。吃过饭回家的时候我骑着自行车，前面大杠上坐着女儿，后面坐着爱人，一家人开心地唱着："向前，向前，向前，我们的队伍向太阳……"

（唐大阳）

大妈的真诚让我无法推却

高徐庄上没有多少人知道龚筛喜是谁，认识她的人十有八九称她“冯奶奶”。她性格开朗，待人热情，乐于助人，真诚待人。因为我大伯朱理真的二女儿朱玉芳是她家的三儿媳妇，所以我一直喊她大妈。

1979 年暑假，我被调到王贞初中任教。那时候，交通十分落后，上下班都是步行，来回一趟要一个小时左右。那时的农村都是土路，一下起雨来，泥泞不堪，走起路来一跐（cī）一滑的。因此，我一般住在学校，一周回家一趟。从我家朱家舍步行到王贞舍，必须要经过太平舍，经过一座木桥后从大妈家东山头走，墙上挂了只“利群小店”的木牌。每当我走到她家门口，被她看见时，她总是热情地招呼我：“霞儿哎，你上学校去啦，来歇咯在。”刚开始我还有点腼腆，一两次后，大妈说话时那高高的嗓门以及那慈祥的面容就很快让我倍感亲切了。后来，尤其是玉芳姐嫁到她家后，我无论是从家里去学校，还是从学校返回家里，走到她家门口都要到她家里坐一坐、聊一聊。每年春学期开学，我总是带上两包蜜枣，先到她家给二老拜年，然后再去学校报到。我和她家老儿子大生同年，她很喜欢我，也很关心我。那时候，大妈曾几次问过我：“你‘马马’谈了吗？我认识的姑娘多呢，不曾谈，大妈就替你介绍一个。”她很真心，也很热心。大妈的情义要追溯到20世纪70年代她家与我伯父朱理真的交往。那时我伯父刚从县里到高徐公社做书记，到太平大队蹲点调研。可能大妈家是烈属家庭，又收拾得比较干净，大队干部就安排朱书记住到大妈家。大妈早上涨“酥头丁”，晚上烧水给烫脚，还让她十几岁的老巴子（最小的儿子）与朱书记睡觉，忙得开心，服务周到！

大妈的缝纫手艺在当地是有名的。走近她家，老远就听到缝纫机发出“哒哒哒”的声音。到了过年，更是忙得不可开交。1980年春节前，我想做件衣服过年。那时候我们的工资一学期只发一次，而且是学期末才发。等我拿到工资时已经是腊月二十四了。第二天，我到供销社买了几尺藏青色涤卡布，送到大妈家里，想请她帮我做衣服。谁料，她随口便说：“你不早点拿来吗？我早就不收（布料）了。”说话间，她脚下的踏板还在不停地上下翻动，缝纫机的轮子转得呼呼的。我转眼一看，她家里那块长条桌上，各种颜色的布料一卷一卷的，堆得像个小山。我有点尴尬地问道：“大妈，你真不得工夫做啊？”她开始像没听到似的，等她手上那块布料缝好了，才抬头向我答道：“你这霞儿哟，再不得工夫也要替你做呀。多带点儿晚呗。”说着，她站了起来，放开我拿来的布料，用篾尺量了量，又转身拿了黄色的皮尺量了我的身高、肩宽、臂长。“口袋布呢？”“没带。”她“噢”了一声，没再追问。接着她说道：“大妈这几天忙呢，人家都等新衣裳过年呢，要先替人家做，你三十晚上来拿。”回家的路上，我想：这么多布料，大妈要在过年前做好了，得熬多少个寒冷的冬夜呀？恐怕到过年也没得觉睡哟。尽管这样，她还是答应替我做衣服，我由衷地感激。三十的下午，我到她家拿衣服，大妈的缝纫机仍然在呼呼地转着，好像一直没有停过。大大在为我的衣服钉纽扣。不一会儿，我把新衣服试了试。四个口袋的青年装，穿上很得体。他们二老把目光也转向了我，满意地笑了笑。我问：“大妈，多少钱？”她语气坚定地说：“家里人，要什么钱。不嫌丑的话，以后早点把布拿来，让大妈给你做。”她就是这样一个热情直爽的人。后来，衣服都买现成的穿了，再也没有请大妈为我做过。然而，仅此一次，我却终生难忘。

1991 年，王贞初中撤并，我到高徐庄上班了，与大妈的交往一度少了许多。直到 2001 年后她与大大住到高徐庄上来，我们的交往才又频繁起来。刚到高徐时，虽然大妈的年龄也不小了，但精神还很好。她总是把房子东边的一块空地整理得清清爽爽，种上一些蔬菜，有时还分发给左邻右舍。随着年龄的增长，加上亲人离世给她的打击，我觉得大妈渐渐地老了。于是我去看望她的次数也逐渐多了一些。每当我问及她有什么事需要我帮助时，她总是说：“不得事（没有事的意思），我蛮好的，难为（谢谢）你哟。”在与我的姐姐、她的三儿媳妇玉芳的交流中，常谈到大妈对她的关爱。我作为她的娘家人，常被大妈的言行感动。姐夫冯大仁不幸去世后，对做母亲与做妻子的打击都是巨大的，然而大妈坚强地鼓励着她的三媳妇积极面对生活，对我姐姐尤为关照。老人家在她内心承受着巨大痛苦的同时，仍然经常从老家太平到高徐来陪我姐，很多时候，都是强打精神。每到过节时，她总是前一天就到我姐姐家关照：“玉芳啊，明天过节，你一个人不要烧饭，到我那边吃。”姐姐告诉我，姐夫去世后，逢年过节没有在家做过一次饭，总是跟老奶奶他们一起吃。大妈的大爱，让我姐姐减轻了思念亲人的痛苦，摆脱了节日的孤单，享受着大家庭的温暖。尤为令我们感动的是，大妈一心一意要张罗着把我玉芳姐这户门庭撑起来。为玉芳姐的大女儿操心找对象、生孩子。大外甥女冯秋明生了一对双胞胎，大家都很高兴。大妈在高兴的同时为三房的香火着想，提出两个孩子中要让一个孩子姓“冯”。她对我说：“大舅舅啊（她有时以秋明的口气这样称呼我），大仁不在了，秋明养了两个，给一个我家，我要替老三家把这个门户撑起来，你要做做玉芳的思想工作，领一个回来养！”当时，我还劝她，姓名只是个代号而已，您年龄大了，就不要操这份心、烦这个神了。但她态度坚决，毫不动摇地坚持她的主张。她要让三儿子家的香火传承下去，让玉芳在冯家有地位，同时，也好告慰她三儿子的在天之灵。这不是简单的世俗观念问题，这是一个伟大母亲的良苦用心，我们能不感动吗？

大妈在世的最后一两年，身体虽然没有什么明显的病变，大生也经常带她去南京体检，但衰老还是一步步地向她逼近。走路时，腿子不得劲，步子不稳，有时不知不觉地摔倒。2018年11月18日中午，我刚丢下饭碗，就接到她家邻居打来的电话，说：冯奶奶在家跌倒了，脸上淌了很多血。我非常吃惊地赶到她家，旁边人告诉我，学军（她大孙子）已经把她送医院了。

我又赶到医院，跟学军一起，搀扶着她到医生值班室坐下，请医生给她清洗、缝合、包扎。接着又为她做了 X 光检查。大友（她的二儿子）、学松（她的孙子）也相继赶到了医院。后来了解到，她是在吃饭的时候突然跌下来，头撞在桌边上，皮撞破了，淌了不少血。幸好只是外伤，并无大碍。把她安顿好后，我安慰她说，不要紧，以后要小心点。她点点头，还是那句话："难为你哟。"没过多久，唐宝森（原高徐镇副镇长，跟大妈家靠得很近）给我打电话说："你有时间过来一下，冯奶奶有事要找你。"我放下手头上的事，跑到她家，只见她坐在堂屋里剪麦秆（据说是她折麦关金祭祀用的）。"大妈，你找我有什么事呀？""不得事哟，我把一盒茶叶给你。"我说："不要，由你喝，我有茶叶呢。""茶叶是大生带家来的，把一盒你，你不要，大妈不欢喜。"说着，她起身到东房间拿了一筒茶叶（绿杨春）塞给我，我一边叫她慢一点，一边接过茶叶。她是那么真诚，让我无法推却。

2019 年 3 月 1 日上午八点钟左右，玉芳姐打电话告诉我大妈昨晚走了。这突如其来的噩耗我无法相信，当我跑到她家时，眼前的景象告诉我，这是事实，大妈走了。她躺在那里，面容十分安详，像睡着了一样。听说人老了如果能尽快地离开这个世界，痛苦是比较少的，不折磨晚辈，也是福分。大妈的痛苦十分短暂，这也许是佛祖对她的恩赐。于我而言，大妈给我留下的是深深的不舍与永远的怀念……

（朱玉立）

筛喜孃孃叮嘱晚辈读书有出路

我老家在原高徐乡王贞村西河组，由于政府统一规划，现在叫小纪镇太平村西河组。为啥把我们划到隔壁的太平村呢？爷爷在世的时候曾说，我们祖上是太平村的，政府在现在所在地挖了一条河，我们就迁到河边，人工河是东西走向，居中有一座桥，叫王贞桥（西边与野田河交界的桥叫王贞西桥）我们住在河西部分，这个组就叫西河组了。王贞桥是当时的龚家组、袁家组、西河组、潘丁村、朱东村的十字交会中心，在乡村也属于“繁华”地带，有村部、合作社、卫生所等，是小商小贩的聚集中心。我家距离王贞桥约 50 米，就在合作社隔壁 20 米，卫生所隔壁 10 米左右。

上幼儿园之前，我整日在这些场所打发童年时光。每天看到太平村的人从我家门口经过，然后带着各种商品回家。四十多年过去了，每每想起，也只有少数人给我留下了深刻的印象。其中一个男人，看上去约莫四十多岁，长脸，清瘦，背略佝偻，没啥精神。但在那生活贫苦的年代，他却时不时买点猪肉鱼虾，那可是我们过年才吃得上的珍贵食材！所以我印象非常深刻。他每次从我家门口走过，都要停下来和我爷爷奶奶或爸爸妈妈或大大大妈说几句话。后来我才知道他是烈士的亲属，享受国家抚恤，说起来和我们龚家有一点沾亲带故，原来是我们龚家的姑娘嫁给他了。龚家的姑娘叫筛喜，娘家在我家河对过的西边，父亲是龚家的长字辈，和我爸平辈，大概亲娘早故，现在是个后娘，幼年过得很苦，大家谈起来不免同情。我就好奇筛喜是个什么样的女子呢？可是童年记忆到如今已依稀，只大约记得她个子不高，短发，印象深刻的是嗓门很大，很热情，看见我爷爷奶奶必然要大声地打招呼。当时心里想，家里日子一定还不错，不像我们很拮据的样子。

按照传统的辈分来看，筛喜和我平辈，按理我应该称呼姐姐才对，但不知道为什么，我们庄上人都亲切地喊她“筛喜孃孃”，应该是敬重她的为人，所以我也从了众，一直喊“筛喜孃孃”，这已失去本来的辈分意义，而含有一种尊敬的意味了。大约 2000 年之后，我才和筛喜孃孃有了比较多的接触。因为那时我家已搬到镇上了，房子在镇幼儿园旁边，菜场东南角上，筛喜孃孃住在邮电局附近，两家距离较近，走动比较方便。那时我已经工作，过年过节时是要去筛喜孃孃家拜会一下的，爸爸说筛喜孃孃帮了我家好多的忙，人不能忘本忘恩。我们一家都很感激筛喜孃孃，两家也一直走动往来。筛喜孃孃是农村妇人，除了热情善良、真诚待人、乐于帮人外，还有远见，有决断力，识大体、顾大局，她应该深深知道一个女人没有文化，生活在农村是多么的不容易。所以不管男孩女孩，在学业上遇到困难她都尽力帮忙。她知道，家族里的孩子，读书才有出路，走出去才会有广阔的人生，常常叮嘱我们要“发劲”读书，这在那个年代，是了不起的见识。遗憾的是，我并没有走多远，如今只是做着一名教师，但她常常对我说，本本分分做人，把书教好，把“霞子”带好，凭本事吃饭的人到哪都有饭吃！这些话一直鞭策着我认真工作，本分做人。孃孃家的晚辈们，也大都读书读得好，成为各行各业的佼佼者，我想这与筛喜孃孃无时无刻的叮嘱有很大关系吧。

在她住的那小楼里，我们曾一起包过饺子，叠过“金元宝”，掐麦关金。她曾坦言，自己没生一个姑娘挺遗憾的，也常常说老头子几句。那时姑父还在，但身体不是很好，喜欢拿个茶杯，打打小麻将。不打麻将就在旁边坐着，不大说话，表情严肃，不容易亲近。他听我们拉家常，有时插上一两句，有点冲，筛喜孃孃就说：“不要理他，我们谈我们的。”有时天气变冷变热，我会问有没有衣服穿，筛喜孃孃就很开心道：“大生他们给我买了呢，不要我们烦。”有时我家也有些人情事务，如我弟弟结婚啊、生小孩啊，我爸妈生日啊，孃孃她也会到我家，出个人情，我家人自然不会收，她就急道：“你们不要以为我不得钱（没有钱），我有钱呢，大生他们把钱给我呢，你们不收，我就家去了。”还好数目也不大，于是就收下来，她就开心起来，喊几个老年人打个小麻将。如没有麻将打，她会教我妈妈折“金元宝”、掐麦关金，讲些求神拜佛的事。我妈现在对这些很在行，也很虔诚，大概是受了筛喜孃孃的影响吧。后来姑爷去世，筛喜孃孃年岁渐大，身体还有些不好，我妈还陪睡过一段时间，所以她俩的感情很不错。我妈是个特别淳朴的农村妇女，吃苦耐劳，在田里栽秧割稻，为人老实善良，有三分力能出五分，家里舍不得吃的会拿出去给别人，也是个愿意帮人忙的热心人。她和筛喜孃孃有共同之处，所以她们处得来，但又有很大的区别。筛喜孃孃胸怀大局有主见，做事果断，处理问题面面俱到，用现在的话说，情商比较高。筛喜孃孃言传身教，所以她的儿孙们都很有出息。现在的农村社会治理结构虽然组织化程度较高，但以大家庭为基础的家族制影响力仍在，筛喜孃孃家在我们那一带有一定的影响，源于有着良好的家风。因此，一个家庭优秀品德的传承和发展，需要一个以德服人、高风亮节、识大体、顾大局并充满仁爱，富有牺牲精神的领头人，带动家里的一群人，秉承延续下去，久而久之就形成了一个家族的“家风”。那时的筛喜孃孃，总体健康状态还不错，虽也有些小毛小病，但也很正常，七老八十的人，哪能没个小毛病？主要是腿脚不好，后来就常常拄拐棍了。印象中她拄着拐棍，在院门口、在走廊里，甚至在菜地里，声音依旧那么爽朗地和过往的人打招呼。前年夏天我去看她，带了些应时水果，她说什么都不肯收，我说是大生哥哥让带的，她开心极了，笑颜真像一朵盛开的花，问我：“真的？”我说肯定是真的，她说我家大生心里有我呢，他就是工作太忙了！我那时内心颇为不忍，一个老人，孤孤单单一个人，虽然儿孙们都在附近，她怕给儿孙添麻烦而不要求他们来陪伴，但她内心肯定是孤独而又无可奈何的！这是怎样一个坚强独立自尊自爱的人啊！

转眼到了去年的正月，和往年一样我去拜个年，陪陪她。爸妈关照我不要带什么礼盒，说筛喜孃孃说的人老了也吃不了什么，于是我就准备了一个红包。那天去，只有她一个人在家，坐在客厅的桌子旁，执意要给我倒茶，我怎么忍心看她忙活，说不用不用，刚在家里喝完来的，赶紧扶她坐下来。当摸到她的手时，那手不太暖和，还有点粗糙，更多的是松弛的感觉，一双垂老之人的手，好心疼！我摸着她衣服上的毛领，柔顺舒适，夸她衣服很贵气，她说是大生与小丁买的呢。我看她一人在家，就刻意多停留了好久，陪她说说话儿，她还提到她的孙子果果在香港工作，说那里房子很贵，大生为这个事发愁呢，说万一买房差钱，要叫我们亲戚们帮忙凑一下。然后还说她之前头昏跌倒过一次，这几天时好时坏的，有一次夜里头昏没好意思打电话给家里人。我当时就很着急，说那很危险的，陪你睡觉的人呢？她说她夜里睡得太死了喊不醒。我关照她务必要当心，喊不醒也要喊，还把我们的电话都留在她的小本上，说以后有情况打我们谁的电话都行。后来我就告别回家了，筛喜孃孃抓着我的手，很不舍，我也很不舍，但我还是走了。

第二天，年初三下午三点左右，我的车停在筛喜孃孃家的屋后。大生哥哥要搭我的车到江都，然后再搭别人的车回南京。告别的时候，孃孃拄着拐杖孤独地站在屋后的松树下送我们上车，目送我的汽车在路口左拐，直到看不见。没想到这一次竟是我与筛喜孃孃的永别！直到现在，我手机里还有我弟弟后生40岁生日时给她拍的视频，孃孃爽朗的声音就在耳畔回响！我会记得你，我的筛喜孃孃，你活在我的心里，也活在我们大家的心里，从来不曾离开，永远永远！

（龚爱晴）

为人处世时想想奶奶的善良与周到

往年春节初一或是初二总要去冯奶奶门上拜个年，给她老人家送上一句祝福。2020 年的春节没能再给冯奶奶拜年，不是因为突如其来的新冠肺炎疫情，而是因为奶奶在 2019 年的那个夜里永远离开了我们。如今，路过奶奶屋前，再也看不到以往过年时一屋子人的热热闹闹，不能送上那一句“恭喜奶奶身体健康”的简单祝福，也听不到奶奶那声洪亮的“乖乖”！而奶奶门前原本的那块菜地被种上花木，那座熟悉的小土地庙也不见了踪影，想来奶奶要是还在，定是要护着自己的那块地、那座庙的。

奶奶出生在 20 世纪 30 年代的农村，没有读书的条件，跟土地打了大半辈子的交道，到了晚年丢不下的仍旧是她门前的那块菜地，即使去南京的大大家，住不了多久便要回来忙活着地里的那点活。干点农活、种点菜在她老人家眼里从来不是什么大事，我也时常吃到奶奶送来的菜。到了前几年，奶奶的腿脚不好使，常摔跟头，印象中比较严重的几次，一次是腿肿得发紫，一次是腰着床都在喊疼，一次是自己在家里摔得流了一地的血。于是每次去奶奶家我都要嘱咐她，地里的活千万不要再干了，而再去时发现她又在地里忙活个不停。她摔倒了，我再去看她，老人家笑呵呵跟我唠嗑，一边喊着疼，一边说跌习惯了没事，我离开时她还关照我不要把她跌倒的事情告诉在南京工作的大大。直到 2018 年在家里摔得流了一地血之后，终于没再看过奶奶在地里干活。有天去看她，她拄着个拐杖站在院门口，不知道喊的哪个食堂的人去她地里收菜，看到我来了，赶忙叫我记下人家收了多少菜走。奶奶是计较着她那些菜换来的钱，但我知道老人家从来不是一个财迷。年轻的时候，奶奶辛勤耕耘为的是能赚一点是一点、能省一点是一点，好养活一大家子的人；上了年纪了，奶奶还放不下那块地，以看菜地为名从儿子家回来，计较着那点菜钱，是因为吃苦耐劳了一辈子，闲不下来，也是因为作为一位母亲、一位长辈，即使老了、做不动了，也不愿意过多地麻烦子孙，自己能做一点、赚一点，子孙也就少做一点、少花一点。

除了那块菜地，奶奶最在意的是她门前东南面的那个土地庙。虽说是庙，实际上只有两三平方，一张条台、两尊神像、两盏蜡烛、一个香炉。晚年的奶奶每天都要去小庙里进上一炷香，逢初一、十五也要买些水果供奉那两尊神像。原本很难理解奶奶老迷信的思想，直到在父亲那里了解了一些奶奶家的事情才恍然大悟。冯奶奶生了四个儿子，而冯爹爹患有哮喘，年轻的时候奶奶她一手撑起了自己的家庭，做过裁缝、开过商店、收过鸡蛋、做过变蛋坊，总能把当时的政策用活，以自己的坚强、勤劳和智慧将四个儿子都拉扯大。到了晚年，奶奶本应当是享福的年纪，两个儿子却不幸去世，冯爹爹也走得早，伤心的时候，奶奶眼睛下面甚至哭出了一块黑斑，而这一大家子，孙子、孙女的事情，老人家也没少操心，特别是她三儿子家的大姑娘。好在奶奶生性乐观，年轻的时候吃过那么多的苦，也就没有什么是挺不下去的，只是随着年龄的增长，她越发的虔诚，哪里有庙、哪里的菩萨灵，奶奶一定会去拜上一拜，上香礼佛也就成了奶奶生活中不可或缺的一部分。有一次我去奶奶家看她，老人家跪伏在蒲团上，不停地祷告，我没有忍心打断她，就默默地站在旁边，而这一等就是十多分钟！那一刻我也终于明白了奶奶她老人家祷告的不是自己如何如何，求的是家人的平安与健康啊！八十多岁的老人家面对着一个又一个亲人的离去，显得那么痛苦和无助，唯一能为子孙们做的，大概只有一遍遍地祷告，希望菩萨能够保佑自己的家人。

冯奶奶与我们家的渊源要从父亲年轻时的一段往事说起。父亲刚走上工作岗位时，在镇供销社上班。冯奶奶在太平村开商店，常来供销社进货。有一次父亲发货一条“华新”牌香烟错成了十条给冯奶奶，直到第二天冯奶奶把多给的烟送回来之前，父亲都没有发现自己错给了。在那个年代多给的九条“华新”牌香烟钱相当于父亲大半年的工资，而冯奶奶回去发现多收了九条烟后，没有一丝的窃喜，反倒是担心年轻的父亲因此受到处分，一早便将多给的九条烟送了回来。也正因为这件事情，父亲与冯奶奶有了很好的交情。父亲打心眼里敬佩冯奶奶的为人，认为要是改革开放早个二十年，或许冯奶奶就是一位能人、强人。也因为冯奶奶助人为乐的热心肠，再后来父亲认冯奶奶做了干妈。从相识起算，奶奶与我们一家人相处已经有三十多年，对我们一家人一直都很好。过年我家里超市忙，奶奶总会送些做好的菜来；家里超市初二就开门，奶奶请我们到她家吃饭时，母亲大多去不了，奶奶总是给母亲盛上一大碗饭菜送过去；那年我快毕业，为找工作的事情担忧，奶奶二话没话，就委托在南京工作的大生大大帮我打听工作的事情；见我一直不找对象，奶奶着急，有一年春节硬是拽着我上门去相亲；2017 年结婚，奶奶刚摔倒不久，听到我结婚的消息，高兴得不得了，撑着拐杖、由孙子搀扶着来参加我的婚礼；2018 年上半年，我回江都工作，告诉奶奶，奶奶比我都开心；2018 年下半年，父亲出了车祸躺在市人民医院，奶奶自己也卧床，知道了这个消息，非常担心，托了好几个人去看父亲；2019 年春节后，我儿子小土豆过一百天，早就说要抱抱重孙子的奶奶，早早为小土豆求了一道平安符、买了一个平安锁，用红纸包好送了过来……小土豆过百日那天奶奶特别高兴，我还敬了奶奶酒，没有想到的是那一次竟是见奶奶的最后一面！ 2019 年 3 月 1 日晚上，我在茅山脚下的检察官学院封闭培训，接到父亲的电话说冯奶奶走了，我当时愣住了，没明白怎么回事，一周前还挺有精神的老人，怎么说走就走了，回过神来的时候，眼泪就流了下来。许是终究遂了奶奶的心愿，从来不愿让子孙为她担忧，哪怕就一天也不愿意。

奶奶走了，对于奶奶我有太多的遗憾，遗憾没有能送她老人家最后一程，遗憾没有能好好孝敬她老人家，遗憾儿子小土豆不能认识这位太太并亲口叫上她一声……遗憾是因为念着老人家的好，也学着她的好，奶奶永远离开了我们，但奶奶留给我们晚辈的精神财富，却可以让我们享用终生：余生遭遇挫折时，想想奶奶的坚强与乐观；为人处世时，想想奶奶的善良与周到；懒惰懈怠时，想想奶奶的勤劳与虔诚。今天是奶奶去世一周年的纪念日，谨以此文代表我和我的家人纪念冯奶奶！

（闵　成）

布谷声声唤插禾（陆抑非）

陆抑非（1908—1997），现当代著名画家和美术教育家，擅花鸟画。曾任中国美术学院教授、研究生导师，西泠书画院副院长，常熟书画院名誉院长，西泠印社顾问。

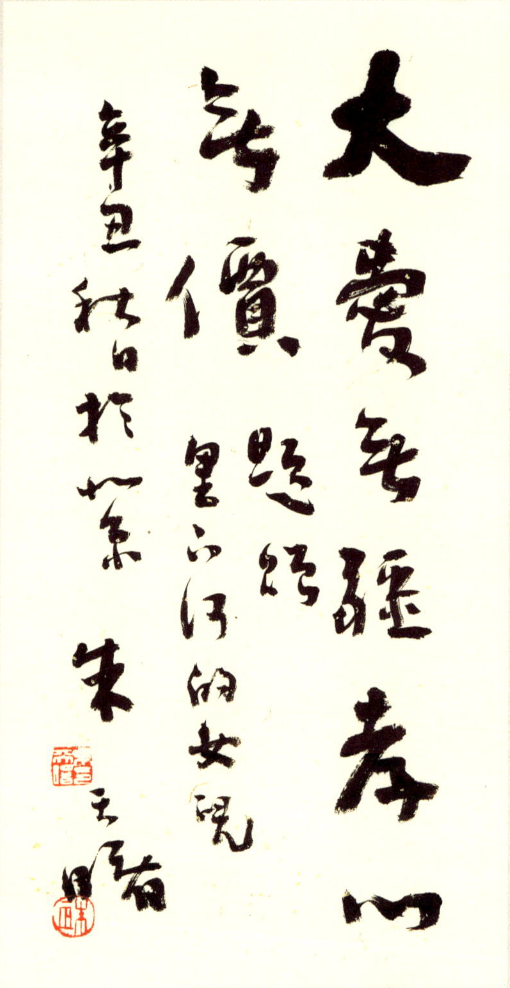

大爱无疆，孝心无价（朱天曙）

朱天曙，北京语言大学教授、博士生导师。中国书法家协会理事，中国书法国际传播研究院执行院长，中国书法篆刻研究所所长。

附录

父亲是一本无言的家教之书

那年的初冬特别寒冷，父亲蜷缩在床角，悄无声息地走了！

打我记事起，父亲就咳嗽哮喘不止，常常深更半夜坐在床头喘不过气来，脖子一伸一缩地呼喊着“不得命啦”。那时，人们都说我爸活不过五十。在母亲的悉心照料下，后来，父亲的哮喘不发了！那时，父亲也能做些力所能及的活计了。先是用两只专用的小箩筐收色蛋，后来又做皮蛋、开小店、做熏烧，还帮母亲当下手熨衣服、锁纽扣、拷边，也做点轻巧些的农活。父亲虽有脾气，也有点好赌，但他忠厚老实、耿直善良，从不与他人争什么，只是对母亲时有发火甚至吵架。父亲与母亲吵过后，脸色铁青，不久又会坐在大门旁，帮母亲做事。父亲烧得一手好菜，咸淡适中，客人吃了都夸好。那时家贫，难得杀只鸡鸭鹅，父亲总是啃鸡头鸭爪。父亲对儿孙们的爱从不放在嘴上，默默地把家庭日子过好是他的本分。1990 年我下派在响水县工作，他在夏天去看我但又未让我知道，恰好我回南京了他扑了个空。县教育局招待所张所长告诉我，他请我父亲吃了顿饭，我想象他们吃饭的饭店一定是苍蝇乱飞。那时从江都坐车到响水要六七个小时车程，但父亲没有一句怨言。三舅生病时，到南京等地寻医取药，多是父亲奔波，那时他也六十多了，身体又不好，我抱怨几个表弟为何不跑？可父亲一声不吭，他觉得他作为姐夫做这事再自然不过。我从未听父亲叫过爷爷奶奶一声“爸爸妈妈”，在爷爷奶奶去世火化告别时，我见他眼角流泪了。还有一次见父亲流泪是我从南京赶回来看他时，他躺在高徐镇医院的病床上哭了。最令人心碎的一次是三哥出车祸的第二天，我在三哥家的厢房见到他时，他呜呜地哭出了声！我见父亲流泪也就三四次。

父亲自个儿挣不了多少钱，身上常常没有钱。母亲怕他赌博就不多给他钱。所以父亲一生都是小心谨慎般的寒酸与拮据，再加上他一生体弱多病，老实巴交，从未高声讲过话，更无男人威风时。父亲不善言辞，人称他是个“闷子”（不大讲话的意思），他的感情世界我不得而知。但我深知，父亲是一个真实的人，他从不虚伪更不做假，黑白分明，为人处世实实在在。不过在他的心中也是有原则的，他正直仗义，明是非，知好歹，只是常常闷在肚子里不说而已。小时候我犯了错，父亲咬着牙一个巴掌下来，打得我两眼直冒金星。听母亲说，父亲做生产队仓库保管员时，家里常常揭不开锅，但他从未拿一颗粮食回家。父亲刚直不转弯，与遇事善于转弯的母亲在家庭生活中难免要发生矛盾，这也许是父母吵架的原因。父亲粗中有细，字写得疏朗，账目记得清楚。尤其常常听人说，父亲的麻将打得精明，头脑清楚，牌风好，从不赖账。晚年，父亲是个忠厚笃实的小老头，他的一只钢化玻璃茶杯，多半泡着我带给他的茶，走到哪里带到哪里。他把我早年给他买的一块怀表一直带在身上，直到去世。父亲去世后，那块怀表被放在了他的遗像背后。

父亲做事认真，我与他一起干活时，他都是一声不吭地埋头做事。夏天，汗珠顺着他瘦削的脊背直往下滚；冬天，水鼻涕顺着他挺直的鼻尖往下滴。做得差不多了，他对我说一声“丢手”（高徐话音如切他。好了的意思），然后收工。父亲的一生没有辉煌的事业，没有多少可以称道的业绩，他只是千千万万个农民中不起眼的一个，甚至都不能算一个干农活的农民，或许还有人认为他是个闲人。但父亲的本分正是农民的本色，他的天然不雕饰的品质与行为，为冯氏大家庭起到了不言不语、潜移默化的榜样作用，可谓润物无声。我的父亲，就是一本无言的家教之书。

小时候，我总是担心父亲会离开我们。有一次父亲都向母亲交代了遗言，希望我学个手艺。但父亲与世无争、随遇而安、上善若水，坚强地活了下来。父亲不信佛，他单薄而柔弱的生命力来自他的善良与率真。父亲有时也会因为生活中发生的一些事笑得咧嘴露牙，但平时他总是板着个脸。父亲，在我们家里甘当配角，也正是他配合母亲做事，才把我们这个贫困之家带上小康之路。

就这样，沉默寡言的父亲哈着个腰一直走到第 78 个年头，悄然走过了他默默无闻的一生。今天农历十月十四，是父亲的祭日，如果父亲还在，今年也 90 岁了。回顾父亲在世时的时光，我的心里充满怜爱。今天，我要再喊一声“爸爸”，爸，我忘了您的日子，二哥、侄子他们没忘。今天他们在老家为您做了

90 岁冥寿，并代表我们为您烧了纸。

今晚我转发了朱自清写他父亲的散文《背影》，谨以此文寄托我对老父亲深深的思念之情，我的眼前又浮现出十多年前的那个秋冬令我心酸的一幕：风雨中，母亲用三轮车驮着病歪歪的父亲去卫生院挂水——母亲用力往前的背影与父亲撑着伞弓着背的背影……

（2021 年 11 月 14 日深夜）

忆与爷爷奶奶相处的日子

打我记事起，爸爸妈妈与爷爷奶奶虽不住在一起，但是其乐融融的一大家子。现在回想起来，那时候我度过了最快乐的童年与少年时光。

那时，爷爷奶奶住田里（在种植庄稼的田野里居住，往往搭个很小的房子在田头高地上），我与父母还有哥哥们住在庄上（村里集中居住区，往往在小河边，高出田地许多）。父母亲何时与祖父母分开居住，我就不知道了。我印象比较深的是，只要我家中来了亲戚朋友，父母就会让我去田里喊爷爷奶奶到我家吃饭。在暑假这个季节吧，外公外婆常常到我家来。早上等我起来时，门口地上放了几颗连根拔起的毛豆与几样蔬菜，饭桌上放着百叶、豆腐与猪肉等。这时母亲会对我说："去喊爹爹（爷爷）奶奶家来吃饭。"我便一蹦一跳跑到爷爷奶奶家，大声对爷爷说："喊你们上庄吃饭！"因为爷爷有点耳聋，往往要重复几声。过了一会儿，爷爷奶奶就坐到我家的大门口前，爷爷正在熟练地划长鱼，奶奶剥毛豆。只见爷爷将父亲响好的黄鳝倒在凉水桶里，然后捞起来放在一块长木板上，头压进铁钉，用类似小刀的竹片从头至尾"嗞嗞"划开，一条鱼身上划三刀

秋光先到野人家（金寿石）

金寿石（1885—1928），著名海上画家，画宗山阴任氏，人物、山水、花鸟、走兽皆工妙。

就把肉与鱼骨分离开来了。奶奶剥好毛豆米，择韭菜，撕豇豆。我知道这些蔬菜是母亲一早从角（高徐话音入声，音同“格”，自留地里高出秧田的一小块菜地叫“角”）上采摘的。母亲还让我把门前屋后爬在树上稍大一点的丝瓜摘下来，红红的扁豆还嫩不能摘。母亲早上摊了面饼，会端给爷爷奶奶吃一点。父亲把锅拿下来刮锅灰，这样烧饭烧菜会快一些。又见他宰了一只小公鸡放在木桶里用开水烫一下，然后拔毛剖肚，打理干净后在小桌上用厨刀“咚咚”斩碎……就这样心照不宣地分工协作，锅碗瓢盆叮咚响，准备午饭的场面好像一首交响乐，一家人在各自岗位上心心相印地互动着，忙而不乱。母亲总指挥张罗着，父亲掌勺，二哥到邻居家借大桌子与大凳，嫂子拎水洗菜，我打杂。这时外公外婆也来了，外婆帮扫扫地，外公便与祖父聊天。当烧热的油锅放进菜的“呲啦”声激起阵阵香味时，我的涎水便流了出来。午饭时分，一大桌菜已经备好了，有老咸菜烧肉、韭菜炒黄鳝丝、红烧鲫鱼、盐水煮河虾、青椒毛豆米炒鸡杂、蒸茄子、小公鸡汤、丝瓜烩豆腐、豇豆茄子烧百叶、蒜泥香油凉拌菜瓜等，这些都是父母请客的传统家常菜。有时候客人多了，或者有大干部（县里的干部、公社书记之类的）到我家吃饭，荤菜要丰富些，红烧新鹅、老鸭汤或老母鸡汤等悉数登场。而开席时，母亲是从不入席的，她边做服务边招呼客人多吃多喝点，总是乐呵呵地说：“吃噴，嫌烧得不好吃啊？”如果见哪道菜的盘子见底，她便嗔怪我爸几句：“这个老头子，要他多烧点！”客人总会夸赞我爸的菜烧得好！饭后，母亲又张罗着让父亲、祖父陪外祖父打麻将，祖母、外祖母她们打纸牌。我奶奶打牌有个习惯，将长条的纸牌叼在嘴唇上。但那时我从未见母亲坐下来打过牌，她更喜欢忙家务。对于父亲打麻将母亲多有怨言，但对爷爷奶奶打麻将推牌九，母亲从未说过一声。

爷爷奶奶是烈属，那时乡村干部总爱到我家做客，只要有客人来吃饭，母亲总是让我叫上祖父母。平日里家里如果烧荤菜就会让我盛一碗送给爷爷奶奶。上桌吃饭时，由于奶奶没有牙齿，母亲总是说："把'软花'搛给奶奶！"其实母亲的牙齿也不好，有时我夹一块鸡肝给她，她也会推给我吃。不知奶奶何时没有牙齿的，在我的印象里，奶奶就全靠上下牙龈咀嚼了。祖母生得小巧玲珑，一年到头身上干干净净，哪怕是穿缝补过的衣服也是清清爽爽。祖父母也有几分自留地，打的粮食自己吃，由于是烈属，不用交公粮，而且有定期的粮食补贴。那时我家中的米柜里如没有米了，母亲便让我去爷爷奶奶那里要一点，奶奶会尽量把我的布口袋装满！爷爷奶奶家收麦子、收稻子了，母亲便会让二哥与我去帮忙。为此，爷爷奶奶有时会杀一只老母鸡犒劳我们。那时祖母头顶方巾，在炎炎烈日下割麦子，在打谷场上翻晒。傍晚总是早早地把麦子堆好，然后再帮我家收场。印象中爷爷奶奶从来都是在太阳尚未落山时就吃好晚饭的，且菜做得十分淡，我吃了感觉没有放盐，这一点与我妈做菜偏咸的习惯迥异。但每次爷爷奶奶到我家吃饭，母亲都会关照我爸："奶奶吃得淡，少放点盐啊！"人们都说婆媳关系是天下最难处的，可在我的记忆中，母亲从未与祖母吵过架，对祖母回过嘴。用母亲自己的话说，她对待公婆"一句高言都没有”。高言，我理解就是嗓门大不耐烦的顶撞之言。但母亲也对我说过祖母年轻的时候“量气大”，父亲如果下手打了哥哥他们，祖母也不会去管的。还有就是在我工作后，母亲让我不要把钱给奶奶，说奶奶有钱用，公家会给，还会把钱给姑妈家的。当时我想，奶奶给姑妈点钱补贴家用，姑父身体不好、子女多，日子过得苦，也是情有可原。为这事，母亲虽然有些想法，但大面上从来没有搞得不愉快。可能母亲在心中盘算，我家也困难，做长辈的怎么没给儿孙一点却把钱都给了姑娘？爷爷奶奶共生了两个儿子三个姑娘，大儿子在解放战争中被河对岸的子弹击中，用船运到兴化的茅山医院，因失血过多而牺牲，大女儿二女儿因病去世得早，爷爷奶奶直接要关照的就是小姑妈与我们家。在爷爷奶奶去世后，母亲倒是格外关心起小姑妈了，逢年过节都要我们去看看，姑妈来了母亲也很客气。大表哥（大姑妈家的儿子）从河南安阳找回老家来，母亲也是热情招待。甚至长期在上海的大伯母来我家母亲也奉若上宾，并且在伯母过世后安排烧一份纸钱。与公婆相处，母亲恪守了传统孝道，公是公，婆是婆，媳妇就是媳妇，即便心生不满也能克制容忍，不像有些农村妇女动不动对公婆出言不逊甚至打骂的。我在另一篇回忆文章里曾写过，年轻时母亲与父亲吵架，祖父护子，一把抓住母亲的头发暴打了一顿，母亲也没有还手。

据说，我的祖父是个脾气暴躁的人，发起毛来能把一桌子饭菜掀翻，但在我记事后从未见爷爷奶奶吵过架动过手。有两件事记忆犹新，一件是爷爷在外面打麻将回家吃晚饭迟了，奶奶便将饭菜捂在锅里，待爷爷回家掀开锅盖，饭菜尚热气腾腾，爷爷白酒一小杯自斟自饮。另一件是爷爷去世后骨灰入土的那天，奶奶端着一碗红烧肉随着送葬的队伍走了一圈，充满了留念之情。爷爷奶奶都是干活的农民，那时奶奶操持家务，爷爷帮生产队种西瓜。我曾跟爷爷睡过看瓜的棚子，爷爷手持木棍与手电筒巡夜，听到了响声我们便警觉地去察看，原来是一只猫。然而有一天下午，烈日炎炎，我却与村里的小伙伴去爷爷的瓜田偷瓜，爷爷发现了追了过来，我们便连人带瓜一起跳进河里，爷爷站在岸上发了几句狠话道“小东西”，便不再追了。爷爷也会在自己的家前屋后种点瓜，熟了送到我家。有一次我与母亲走亲戚，见亲戚家的南瓜造型特别，形状像香炉，上部橙黄色下部有四个青白的脚。母亲便要了几个“香炉瓜”带回家中让我送给爷爷。谁知以后爷爷年年都种这种南瓜，放在堂屋的柜子上挺好看的。爷爷还要在南瓜上刻上“毛主席万岁”的字样，长老了便留下字样疤痕。1977 年夏天的一天我去爷爷奶奶家，见爷爷光着上身搭着条毛巾在菜地里干活，圆圆的光头上冒着滴滴汗珠，顺着他凸起的脊梁背往下流。他正用心在南瓜的侧面刻“毛主席万岁”。我告诉爷爷，现在是华主席了。于是爷爷又在另一侧刻上“华主席万岁”的字样。改革开放之初，我们的生活仍然是艰苦的，爷爷很会过小日子，除了去王贞供销社买便宜的“小货”（高徐话拟音词。猪的生殖系统）回来加工外，还会把大哥为生产队骟下来的猪卵子拿回家洗净用沙罐炖，虽然香气扑鼻，但我只尝了一块便不敢再吃了。那时，爷爷奶奶家住的是“丁头舍”，周边是一片水田，爷爷靠水吃水就地取材，用工具捕长鱼、钓泥鳅。因此从小我吃了不少这样的鱼。但凡爷爷奶奶烧正规的菜，总要盛一碗送给我家。有一次，爷爷家来客人，盛了一碗肉给我吃，那时的猪肉肥的多，我吃撑了，到赤脚医生家要了“食母生”。就是这样，家中有了好吃的，包了饺子啦，摊了烧饼啦，父母与爷爷奶奶都是互相送的，有时母亲还会给邻居送点。那个年代没有什么东西吃，只要有了好吃的，大人们都会分享。爷爷还有门手艺就是补碗凿字。如果碗摔破了，爷爷会用耙钉把碗修好再涂上一种腻子。家里买了一打新碗，母亲就让我拿给爷爷做标记。爷爷用小铁锤轻敲金刚钻头在碗底刻上字，我父亲叫冯满章，我家的碗就刻上“满”，爷爷家的刻上“金”字。我的爷爷是文字辈，叫冯文金。我的奶奶，直到她去世后才得知其名叫“朱小怀”。

我考上大学的那一年，把录取通知书送给爷爷看，他很开心地摸了摸山羊胡子。在我开学前与爷爷奶奶道别时，爷爷不但给了我一点钱，还语重心长地对我说：“你到城里与人说话要和声细语，做人做事要低调随和。”并且交代我两件事，一是帮我找他失散多年的外甥，二是打听打听他大儿子在新四军时的一个叫金湘（音）的领导。后来在爷爷奶奶去世后，我的大表哥倒是从河南找回来了，我父亲过世后他还是来我家，觉得舅母待他不错。爷爷奶奶的晚年，我已到南京工作，但是我知道母亲在侍奉二老，为祖父祖母养老送终方面还是尽到应有的责任的。1989 年国庆节前，我接到三哥电话，说爷爷身体不好，估计就在这几天了。等到我回家时，爷爷已躺在我家堂屋的东边，父母为祖父请了和尚超度，还请花匠为爷爷扎了漂亮的“花屋”。化库的那一天是放在打谷场上的，乡亲们都夸赞，还没见过这么大的场面。当花花绿绿的“花屋”被我们付之一炬时，家人更多的是开心，因为爷爷已经八十六岁了。大约过了十年后，奶奶也过世了。爷爷去世后，奶奶先是与二哥住在一起，后来在我家的西边又搭了个小房子给奶奶住。也许有人会对我父母让我奶奶与孙子生活在一起有看法，但我想这也是母亲的一片良苦用心，这样便于奶奶对干农活的二哥也好有些照顾吧？在祖母身体好的时候，母亲一直未安排与他们住在一起，大概是她处理婆媳关系的智慧吧？但是在祖母生病后，父母便让我奶奶住到我家里来了。祖母去世时已是九十六岁高龄，父母同样为她请和尚超度，请戏班子唱戏办喜斋。

回忆我的爷爷奶奶，不能不多说几句。爷爷奶奶不但高寿，而且晚年幸福。现在想想，那时祖父母的生活条件艰苦，住的是农村最差的房子，丁头舍后来拆了，那块房基让给我二哥砌了三间屋，而祖父母迁到南边搭了两间很小的屋子，屋顶的材料是钢芦（芦材的一种，芦秆比普通芦苇粗且硬），但二老的生活非常安逸，在家前屋后栽些瓜果蔬菜，自给自足。粗茶淡饭，日出而作，日落而息，与世无争。爷爷奶奶虽是烈士家属，但从未对公家提分外要求，为人处事心平气和，心态好应该是祖父母长寿的秘诀，吃得早、吃得少、吃得淡，荤素搭配，爷爷还喜欢吃肥肉，抿点小酒。我印象中，祖父母从未住院看过什么毛病，去世前可能都是生病的，但都未进医院检查。如果有城里人的医疗条件，奶奶活过百年，爷爷活到九十岁，应该没有问题。当然，祖父母的晚年幸福，也缘于我们家的孝顺氛围。

父亲不多言但心里是孝顺的。母亲不因为自己能干就处处逞强，她能摆正做媳妇的位置，尊敬公婆，即使有点想法也是放在心里，不像有些农村媳妇不讲理甚至闹矛盾让老人伤心。我的几个哥哥与嫂嫂也都对爷爷奶奶们孝顺有加，有了好东西总要想到二老，有时还会给点钱让爷爷奶奶打小牌。尤其是二哥二嫂、三哥三嫂，他们与爷爷奶奶住得近，后来又与奶奶生活在一起，孙辈对祖辈的照顾在农村也很少见。用我们老家的话说“一代管一代”，可是二哥他们照顾祖母，从未有怨言，这一点也是令我感动的地方，所以我要多写几句。过穷日子、苦日子不怕，怕就怕家庭缺少温暖与关爱，子女不孝，为家产闹矛盾，甚至兄弟反目成仇。我记得父母与三个哥哥分家时，都很和气，人人顾大局讲亲情。这就是母亲常挂在嘴边上的两句话：“和气生财”与“家和万事兴”！

（2021 年 8 月 30 日）

钱是什么东西？就像人身上的根

追思亲人的日子不止清明时节。

朋友的老母亲去年突然离开了人世，自此，每个月的那一天，他都会在手机上记下一些往事片段，然后随手发到家庭群里。一年过去了，他的祭母文字，已经长达29页。朋友说，他也想出版一本"家风教材"，继承并弘扬母亲一生所形成的"艰苦奋斗、乐观生活"的家风，供大家庭的后人们代代传阅。

别人的母亲的故事，读得泪眼模糊，念念不忘其中两个情节——

当年，朋友家里缺钱缺粮，母亲只好到上海去做保姆，挣点粮票带回来。一次，远房亲戚建议把最小的他给沪上大户人家收养。第二天交接时，母亲的心怦怦直跳，浑身湿透，她突然决定放弃，把小儿子紧紧抱在怀里，生怕被人抢走。亲戚开导她说，你上面还有三个儿子呢。母亲却鼓起勇气，说：我，舍不得。收养的人家急了，骂出一句：江北佬，不懂事。

朋友四次参加高考，前三年都以几分之差落榜。第四年，父亲希望他跟村里人一起去西安做白铁工，三哥怕他读书读呆了，也劝他放弃复读，只有母亲一个人反对。她找来本村老师商量，老师分析说，你家老巴子，不是没有能力学，主要是没有上到像样的学校。再坚持一年，必有希望。母亲很开心，一直将老师送到桥口。她还对儿子夸过海口：要是推荐上大学，我也要去公社、县里帮你通通关系……

母爱是坚韧的、执着的，母爱更是智慧的。朋友在省级机关供职，母亲在家乡一直放心不下，每次见面都要唠叨几句：做事要稳一点，不能办的事不要办。去世前三天，她还在电话那端提醒儿子：钱是什么东西？就像人身上的硍（kèn，江苏苏中地区方言，意为“污垢”，通常指人体体表上脱落的衰老死亡细胞与皮肤上的油汗混杂而成的混合物）。钱怎么会是“硍”呢？“钱是一张纸”“有钱能使鬼推磨”“有钱是大爷，没钱是孙子”“钱不是万能的，没有钱是万万不能的”……古往今来，众说纷纭，而“钱，就像人身上的硍”的民间说法，听来有趣。

“钱”和“硍”，怎么可以类比起来呢？内事不决问度娘（指百度），外事不决问狗哥（指谷歌），这事儿只能乡友群里问问。

有人说，硍嘛，脏啊；钱也一样，太多人经手，最脏了。——不只“硍”是脏的，也不只“钱”是脏的啊。

有人说，硍和钱，都是身外之物。——身外之物太多了，名声、地位、权势，哪个不是？

有人说，钱，就像浮在人体表面的硍一样，一擦就没有了……

朋友们像在做一道“阅读与理解”的测试题，每个答案都富有想象。但是，都难以代入朋友与母亲交流的那个语境。而我，一开始琢磨这个说法时，也有些跑偏，认为钱和硍来历差不多，都要流自己的汗，都要靠劳动所得。老同事反驳说，有的人不劳动、不流汗也来钱，甚至钱更多。

想想也是。转头又向家乡的长者寻求“标准答案”，长者哈哈一乐：硍嘛，搓掉了，还会长；钱嘛，用掉了，还会生。

忽然惊叹于民间语言的智慧，它让我们多年摇摆不定的“金钱观”落地、落细。硍是人人随身携带的“秽物”，钱也带着浑身的细菌，“钱就像硍”，多么通俗。钱和硍一样，总会生生不息，多么乐观。

硍多了，不卫生，人会难受；钱太多了，人也不自由、不舒服。多么理性。

你会炫耀自己有很多很多硍吗？钱就像硍，你有必要炫耀自己有很多很多钱吗？多么哲学。

钱是钱，硍是硍，两者八竿子打不着。比喻都是蹩脚的，但不得不承认，作为价值观教育的切口，“钱，就像人身上的硍”，没有理论高度、专业深度，但有接地气的乡村角度，直白透彻，容易上口，也因此更有生命力啊。

（周云龙）

注：本文发表于2020年4月8日《南方周末》网络版。作者周云龙，江苏电视台高级编辑，江苏省杂文学会副会长。

跋｜家教家风出农家

家庭是社会的基本细胞，是每个人的幸福港湾。作为人之社会化的初级场所，家庭同时传承文化礼仪、磨砺个人品德、熏陶家国情怀，对个体价值观的形成与行为习惯的养成具有不可替代的作用。这其中，发挥作用的不仅是家庭的物质基础，更重要的是良好的家风。正如《周易》所说的，“积善之家，必有余庆，积不善之家，必有余殃”。良好家风的形成，有着言传身教的特点。这其中，父母往往起到主导与示范作用。

《里下河的女儿》这本书，以编著者大生的母亲为原型，以散文体裁，回忆、记叙、抒写一位农村妇女，在贫困年代以柔韧之躯撑起一个家的故事。通过编著者本人、众多家庭成员及亲戚朋友之笔，从不同侧面与角度，呈现了冯氏家门这一乡村家族所具有的“勤劳发家、勤俭持家，忍让包容、坚韧不息，苦中有乐、乐观生活，热心待人、为人着想”的家风，体现了传统价值在新时代的相融性与统一性，见证了改革开放以来时代变迁与农村社会的变化。较之于一般的家教家风读物以说理为主，本书由一个个鲜活故事组成，具体、真实、形象、可感、可亲。编著者大生用真挚的感情、敏锐的洞察、细腻的描写，将母亲为人处世的经历、情感与智慧梳理凝练到心头笔尖，展现了母亲的孝道可歌、爱心无价。同时通过其他作者的一篇篇文章，也看到了儿孙晚辈们的孝心无价、爱心可嘉。编著者与家庭成员及亲戚朋友共同抒发对“母亲”“奶奶”“太太”“姑妈”“大妈”的怀念之情，挖掘其情感与精神世界，组织写作其本身对晚辈就具有很好的示范与教育意义，也是家风从无意识的孕育形成到有意识的构建过程。通篇蕴含了儿子对母亲无比的热爱和思念，多维立体塑造了一位平凡但充满大格局、大智慧与大爱的农村妇女形象，体现了深厚的社会学涵养和文学素养。小中见大，细致感人，普适价值和教育意义十分突出。文笔朴实自然，具有浓厚的地域特征、乡土气息和直击人性柔软之处的感染力。

一方水土养育一方人。里下河地区位于江苏省中部，地势低洼，状如锅底，水网密布，在农业社会往往靠天收成。生于斯长于斯的人，追求幸福美好的生活，要面对更多的困难和挑战。正如编著者所言，改革开放以来，经济与交通虽然发展了，但环境污染和交通事故却给不少家庭带来了变故。他的母亲几经摔打而不倒，其身上集中体现了水乡女性特有的意志和韧性。在这个意义上，编著者的母亲具有典型意义，代表了里下河地区千千万万个家庭主妇。她一生所追求和付出的，正是无数家庭努力改变贫困面貌、吃得饱穿得暖住得好这一朴素愿望的体现，由此产生了一种神圣的义务感与奉献精神，形成了超越普通人的“能干”品质，使我们对“艰难困苦、玉汝于成”坚信不疑。

耕织图（钱松嵒）

钱松嵒（1899—1985），著名画家，“新金陵画派”领军人物。曾任江苏省国画院院长，江苏省美协主席。

勤劳善良、不辞辛苦、任劳任怨、无私奉献，差不多是母爱的标签。而在《里下河的女儿》这本书里，我看到了不一样的母亲，感受到不一样的母爱。粗粗翻读一遍，许多段落让人过目难忘。相对于通常家庭主妇而言，编著者的母亲扛起了更多的家庭责任，在家风形成上处于主导地位，同时也呈现出更多不一样和难能可贵之处。其一，承担了家庭主角，对生病体弱的丈夫服侍周到，即使前一天被打了次日仍然把早茶端到丈夫床头，长期坚持，让丈夫的身体逐渐向好，这在农村媳妇中少见。其二，胸怀大局有远见，集中体现在家庭经济条件不好的情况下，坚决支持编著者复读考大学，最终成就了小儿子、成就了大家庭，这在当时农民家庭中少有。其三，勤劳发家有办法，动脑筋想法子多种经营，磨豆腐，踏缝纫，种蘑菇，栽甘蔗，做皮蛋，腌咸蛋，收色蛋，制砖坯，搓草绳，卖熏烧，贩茶叶，开商店……闯过上海，跑过武汉，在江都县小纪区的太平村创造了许多“全村第一”，令人称奇的是，虽是文盲却把裁缝手艺学到，披星戴月、含辛茹苦做缝纫，一举摆脱家庭贫困面貌，这在农村妇女中不多见。其四，面对困难不退缩，家庭屡遭打击而不倒，把痛苦留在黑夜，把微笑带给他人，乐观开朗的精神状态在农民中非常珍贵。其五，既善良又无私，为他人着想，热心帮助乡邻，不贪小便宜，把供销社一年轻职工错发多给的九条烟急匆匆退回，这在农村妇女的思想与行为中尤为难得。其六，心中始终装着大家庭，教导侄媳妇用做裤头的办法化解妯娌矛盾，为三儿子留后续香火扑通跪地求媳妇，不远数百里数次远赴南通、南京探监看望鼓励孙女，为大家庭的平安幸福求神拜佛每天早晚一个多小时，这种包容与境界在农村女性中屈指可数。这样的事例在书中还有很多很多，有待于读者去发现、去体会了。梁启超在《新民说》里说：“妇人弱也，而为母则强。”这本书里“母亲”的名字，有三个叫法：筛喜、龚云英、冯奶奶，恰好对应了她人生的三个阶段。从儿时小名筛喜，到青壮年龚云英再到冯奶奶，她每一步都选择坚强，同时又呈现出刚柔并济的博大胸怀。她在上海打工时，迫于家庭生计，经亲戚牵线与劝导，打算将编著者大生送给人家抚养，就在怀抱着交接的那一刻，思想充满了激烈的斗争：一方面家里是个缺粮户，面临着养不活的处境，另一方面虽然收养人家条件好又没有子女，能够把儿子养育好，但做母亲的舍不得骨肉分离。面临着两难选择时，伟大的母性战胜了一切困难，其情形好比戏剧冲突！网上流行一个说法：“贤妻良母是一个家庭最好的风水。”从“这一位”母亲的身上，得到了印证。网上还有一个有关“文化”的定义，大致体现在四个方面：根植于内心的修养；无须提醒的自觉；以约束为前提的自由；为别人着想的善良。大生的母亲没读过书，大字不识一个，只能记住家人的手机号码。不过，对照这个定义，可以说，她比今天的文化人更文化，更纯粹。不仅如此，老人家有主张、有见识，有担当，有胸襟，有格局，有信仰。在孙辈们的叙述中，还可以发现她是一位更加可敬的长辈，一位慈祥而风趣的祖母。

一个人是一本书，一个家庭则是一本大书。这本大书的主题，多与母爱相关。母爱伟大。古往今来，母亲总是人们讴歌、称颂的对象。但是，用一本书多角度、全方位记录一位母亲的故事，全家总动员回忆、追思他（她）们心中的母亲、祖母、老祖母、姑母、伯母的一生，并不多见。这是我看到的“第一本书”。《里下河的女儿》另一个看点是，母子情深。大生是一位内敛的人，不善言辞，而他在讲述母亲的故事时，声声情，字字泪。每到母亲的忌日，他都要写上一段纪念文字，用手指在手机屏幕上一笔一画地写，直到三更灯火五更鸡叫。这是一种“子欲养而亲不待”的孝子以心血来书写的感人行动。作者告诉我，他写这本书的最初缘由是对母亲的深深思念与不舍。自己没有更细心周到照顾好、保护好老母，使她不该在身体还好的情况下突然离世，没有尽到儿子的责任与孝道，是他最不能原谅自己的痛点与悔恨之处。他后悔，母亲那么细心尽力把儿女养大，儿女为何不能悉心照料把老母守护好？“养小不养老”，对年迈的父母关心重视不够、体贴照顾不周，这也许是一个社会之问、时代之问！他想通过自身的经历与体会，给做儿女的以经验教训与启示。

当然，《里下河的女儿》面世的意义还在于，它给我们处理亲子关系、婆媳关系、妯娌关系乃至邻里关系提供了有价值的参考。质朴无华的文字，不加修饰的表达，都在字里行间传递着如何做人、做事的智慧锦囊。无疑，这是当下更接地气、更有特色的家教家风读物。千家万户都好，国家才能好，民族才能好。我国历来重视家教家风，无论是传统的耕读为本、诗书传家，还是倡导的孝亲、明理、忠厚、勤俭等，都像一根根牢固的纽带，不断地延续着中华民族的优秀文化传统。当今，城乡家庭结构和生活方式发生了很大变化，更加需要重视家庭建设，更加需要构筑人们精神家园，更加需要以淳朴的家风促进形成纯正的世风，使千千万万个家庭成为国家发展、民族进步、社会和谐的重要基点。

幸福的家庭都是相似的，母亲与长辈的故事各有各的精彩。母亲的故事，往往都是家庭内外口口相传。口传不过三代，一旦形成文字，印刷成书，不但流传久远，而且受益者众。相信每一位正在翻读这本《里下河的女儿》的读者，都会有不同的感受。但有一点应该是共同的：此时此刻，你想到了你的父母，你可能已掏出手机拨起老家的号码，你也许有了写写父亲母亲的冲动……

（袁振国）

袁振国，著名教育学者，华东师范大学终身教授。曾任教育部师范司副司长、社科司副司长，中国教育科学研究院院长。

后记｜家风——家族生命的延续

在人间，母亲的地位与分量是不言而喻的。突然有一天，母亲不辞而别、永远地走了，儿女的感受可想而知！我的母亲，就是在没有征兆、没有器质性疾病的状态下，在新年刚过不久的正月里，在那个阴冷寒湿的夜晚永远地闭上了双眼。每每想象那个与死亡抗争而又无助的场面，我的心都在滴血，悔恨与痛苦交织在一起。那天晚上，我体会到了痛不欲生，体会到了生离死别，体会到了失去母亲的巨大恐惧！在母亲刚刚去世的那些日子，我无时无刻不想念她。在母亲离世一年后直至现在，我没有一天不想念她。这种相思之苦，只有亲生儿女心中能够感受到，因为在儿女的心目中，母亲是个有血有肉、有情有义、可亲可爱、活生生的生命体，而之于其他人，母亲只是个概念而已。

对母亲的思念之情，伴随着我多少个不眠之夜。为了寄托哀思、排遣痛苦，我在夜深人静时，在手机的屏幕上，用手指头一笔一画地写怀念文章，每月母亲的忌日写一篇。写好后发到我小家的微信群里，发到“冯氏家训”大家的微信群里，发给对我母亲了解并理解的亲戚朋友。当我在《圣母颂》《梦幻曲》的旋律中写完一篇后，虽已夜半三更、手指与肩背酸痛，但心里却舒坦了许多。“桌上寒灯光不明，伴我独坐苦孤零”，耳畔响起徐小凤的《明月千里寄相思》，书房飘荡着邓丽君演唱的《但愿人长久》：“人有悲欢离合，月有阴晴圆缺，此事古难全……”

母亲在世时，有时我还嫌她烦。坐下来静静地回忆母亲一生，我渐渐觉得母亲的身上所体现出的精神状态与为人处世的方式，是一笔宝贵的家庭财富。母亲“为了一大家子把日子过好”的人生价值，也是大部分农民的人生追求，具有普遍意义。于是我萌生了把母亲的故事写出来印成书，作为家教家风读物的想法。在母亲逝世一周年的重要时节，我在微信群发出征文启事。效果还不错，收集到了十多篇文章，从不同的侧面与角度，叙述母亲的人生故事。我感到每个人都是带着真情实感写的，写得真实而形象。我把这本书编辑成册，目的是以家书的形式，学习、传承以母亲为代表的冯氏一家在他们所处的时代所形成的家风。我的父辈与祖辈所处的时代，主要是在农业社会，那时自然条件差、生活贫困，辛勤劳作了一辈子也就图个温饱，奔小康是他们的理想追求。但那时民风淳朴，家风和谐，社会风气良好。如今社会进入了工业化与信息时代，生活条件好了，但社会风气也变了。家风失传，忤逆不道，好逸恶劳，自私自利，追求享乐的多了，甚至出现了不赡养父母、兄弟姐妹反目成仇的现象。有感于传统美德的缺失，我从家庭的实际出发，通过回顾总结我母亲及她身边亲人同心同德维持家庭生计、努力打拼改变贫穷落后面貌的所作所为，描写和谐的家庭关系与互敬互爱的场景，从而为传承并弘扬家风留下一点有价值的实例，并为新时期党和政府倡导家风建设而做一点实事。今年七月，中宣部、中央文明办、中央纪委机关、中组部、国家监委、教育部、全国妇联印发《关于进一步加强家庭家教家风建设的实施意见》，要求运用生活化场景、日常化活动、具象化载体，开展爱国主义、集体主义、社会主义教育，引导家庭成员牢固树立新时代家庭观，传承尊老爱幼、男女平等、夫妻和睦、勤俭持家、邻里团结等中华民族传统美德，讲好家风故事。家风的内涵十分丰富，一个家庭也好，一个家族也好，在长期的繁衍与发展过程中，会日积月累形成传统风尚。家风是家庭成员世代遵守的共同价值、集体认同与家族文化。家风具有言传身教的特点，体现在家庭成员每个人的言行上，在家庭核心成员的引领下，成为一种精神力量，世代相传。因而，家风可以说是一个家族生命力的延续。就我母亲而言，虽然她有形的生命消失了，但她的音容笑貌仍历历在目，她的精神力量仍强大可感，她所聚集的好传统、好作风仍在散发——母亲似乎以另外一种方式活着！

家庭是社会的细胞，是最古老最基本的社会组织形式，是人之社会化的初级场所。重视家庭建设不仅是家事，也是国事。“家之兴替，在于礼义，不在于富贵贫贱”。家是最小国，国是千万家，“一家仁，一国兴仁；一家让，一国兴让”。中国传统的家庭文化是以“礼义”与“孝悌”为核心的，所谓“仁义礼智信”“温良恭俭让”。儒家所推崇的“孝悌忠信、礼义廉耻”是为“八德”，在家风建设中具有价值导向作用，这与当今所倡导的社会主义核心价值观是一脉相承的。“富强、民主、文明、和谐，自由、平等、公正、法治，爱国、敬业、诚信、友善”，这既是全体社会公民遵守的价值信条，也是每个家庭成员所遵守的价值主体。因此，我从“我家”这么一个“细胞”出发，归纳提炼一个家庭单元的家风特征，为全体家族成员及社会提供一本读物。我想，这就把个人感情上升到社会理性层面，把私人阅读变成公众阅读，让他人也能感知一个普通母亲的精神世界。于是我把这读物称作《里下河的女儿》。这倒不是刻意把一个普通的农村妇女与平凡的母亲拔高，而是我的母亲是里下河地区千千万万个家庭主妇的一个代表。俗话说，一方水土养一方人。我相信，我母亲的一生经历能够说明地处偏僻低洼地带女性的生存状态，如果用文学的语言来说，就是具有“典型环境中的典型人物”的性格。这样看来，我编辑这本“家里的书”还是有一定社会意义的。当然，像《曾国藩家书》《傅雷家书》影响力很大，具有引领社会风气的价值，值得每个家庭学习。对于有名望的家族，平民百姓可能觉得不好比。其实每个健康的家庭都有其可贵之处、闪光之点，重点在于总结与发掘。我认为，普通家庭的家风也许更接地气、更具有普遍意义。

在对我的家庭与母亲进行回顾时，从社会学的视角看，我的家庭结构具有一定的特殊性。由于父亲体弱多病，家庭的责任自然落在母亲的肩上，我的母亲扛起了家庭的重担。这就形成了女性主导的家庭结构，在家庭关系上母亲处于支配地位，成了主角，父亲处于被动地位，成了配角。丈夫大事小事往往听从于妻子，这与父系社会形成以来绝大多数家庭以男性为主导的家庭结构不同。我称之为“辅佐式家庭”。因此，在家风的形成上，母亲起到核心与主力作用。从我写的十多篇文章与其他相关十多篇文章看，以我母亲为代表的冯氏家族之家风可凝练为：勤劳发家、勤俭持家，忍让包容、坚韧不息，苦中有乐，乐观生活，热心待人，为人着想。我家在农村是个贫穷之家，成分为贫农，住的是土坯草屋，吃的是粥汤粗粮，人口多劳力少，主要靠母亲打拼，才一步一步过上温饱的日子。如果不是母亲承担起家庭主力，恐怕连养活子女都困难。1978 年改革开放后，我家也与千万个家庭一样，逐渐过上了小康生活，脱去了缺粮户与贫困户的帽子。然而家庭又遭遇飞来之祸，自 2001 年后的十年间，相继去世四位亲人，这对从艰难困苦中走出的家庭的打击是沉重的。两个好不容易养大的儿子，一个车祸一个癌症，这对我父母亲的打击就更大了。对于爷爷奶奶而言，又有一个孙女两次坐牢，情何以堪？那时，我母亲是叫天天不应，唤地地不灵啊。然而屡遭打击并未击垮我那满脸皱纹、饱经风霜的母亲，总是很快从痛苦中走出来，笑对人生，笑对生活、笑对关心她的人。用她的话说：“日子还得过，有什么法子呢！”有时我真的舍不得她，但我也知道母亲有一颗强大的心脏，她把泪水往肚里咽、苦水往心里流，在面对生活时坚强地忍着，唯有夜深人静坐在床头时独自流泪到天明。这就是我母亲广阔的胸怀与坚强的品质，她带给人的是快乐，留给自己的是苦楚。母亲的这种精神来自她特殊的角色与艰辛的经历，她必须坚韧坚强，才能担当起这个家。她必须拿主意想办法，才能撑起这个家。她必须察人情懂世故，才能使一大家子生存下来。也正是由于母亲的大家庭意识强，凡事有主张，管的事、操心的地方多，因此难免会产生家庭矛盾甚至冲突。做媳妇的不理喻，做儿子的不理解，做孙辈的不领情，然而母亲都以“和为贵”为上，把委屈与指责忍在心中。有多少次我见她就要发火而未发出，脸涨得通红，言语急切起来，然而母亲终究是忍住了。她并未拿家长的威风与长辈的尊严压人，因为她往往以大局为重，在晚辈面前，她选择忍让包容，让我们别因她而闹矛盾。她最担心的就是家庭不和，常常对我说：“只要你们日子过得好，我就开心！”

母亲的心中装着一大家子，总是希望家族体系和谐协调。她始终以他人的感受为中心，为全家老小奉献毕生精力，从未把自己的享受放在前面。我过年过节带点营养品给她，她都舍不得吃，藏在箱子里，有些还会放坏，但她舍不得扔掉，还在吃。母亲以身作则，凡事尽量不给人添麻烦，即使生病了，摔骨折了，她也不准让人告诉我。这种自觉性来自她能设身处地为人着想，心胸开阔不自私自利，大度有涵养。应该说，这一点也不是农村妇女都具备的。母亲除了具有开朗而坚韧的性格与容人之短的气量外，还有就是她不怕吃苦，敢想敢干，不乏智慧。从她处理家庭矛盾与社会关系来看，母亲具有大多数农村妇女所不具有的见识与格局。她到大上海闯荡过，见过有社会地位的人，见过有钱人，也见过生活在社会底层的人。母亲的见识与大局意识集中体现在支持我复读考大学这件事情上，这在当时生活尚不宽裕的农民之家，可谓是站得高看得远。一个不识字的农村妇女，可并不是被人称作“头发长见识短”的那类人。

母亲凡事有主见，处事有胆识，或多或少也遗传给了我们。因此，母亲就是我们家最好的教科书，她用她一生的勤劳、智慧与坚强书写了冯氏家训，树立了冯门家风。作为家庭中学历最高的人，我有责任有义务把母亲身上所具有的精神变为家庭成员共同所有的价值认同，并在新时代发扬光大。

母亲的心理变化与精神追求，有一个从原始到自觉的演变。在她年轻时忙于生计，操劳不已，只是在过年过节才有空敬祖宗拜神灵。我三哥的意外对她的打击很大，使她的心理变得十分脆弱，她不能保护好儿子，观世音总能救苦救难吧？于是她全身心投入到求神拜佛上，她需要有一个神灵来保佑全家的安宁与幸福。于是她虔诚地走进寺庙，在家门前修造土地庙，请了一尊又一尊大小菩萨与财神。她每天都要花一个小时烧香拜佛，每逢初一、月半坚持吃斋，哪怕是大年初一。在这个过程中，她的心灵与观音对话，默默为全家祈祷。她的精神有了寄托，晚年牢固地建立了信仰，她对生死有了坦然的态度，在去世前的那几年早早为自己准备了寿衣寿帐，准备好了去另一个世界。这种接地气的宗教观与生死如常的态度，是母亲精神境界的升华，这在农村这样一个世俗社会里，也是不多见的。相对于现实中的农民之于生死，母亲有了超然物外的感觉。

我写这个后记，实际是对我母亲的身上所表现出来的品质与作风的深层挖掘，是对她老人家精神、意志、品格与理想的梳理，进而阐述以母亲为代表而形成的冯门家风的现实意义。我老家地处江都东北角，与兴化、高邮、姜堰搭界，穷乡僻壤、交通闭塞，俗称“锅底洼”。改革开放四十多年来，经济与交通发展了，但环境污染与交通事故成了很大的社会问题，因癌症与车祸死去的乡亲不在少数。时代的尘埃落到每个人头上都是一座山，落到每个家庭都是沉重打击，许多家庭并不能从痛苦中走出。而我的母亲几经摔打而不倒，她的身上集中体现了水乡女性特有的意志与韧性。母亲是龚姓家族的人，龚家大院的风气自然流淌在她的血液中，烙印在遗传密码里。母亲嫁到冯家成了我们这个大家庭的实际掌门人，发挥了家庭建设的主力作用。因此冯氏家庭所有与她有血缘关系或没有血缘关系的成员，都受到了母亲的影响，母亲是真正融进了冯家。冯氏之家就是农民之家，朴实勤劳，厚道自律，随遇而安，苦中有乐，乐于助人。母亲常说："比上不足比下有余。人生哪能都如意，万事但求半称心。人心不足蛇吞象，心口堂儿难满足。"这也许就是母亲善于解脱、自我安慰的人生哲学吧。我寻思，我们姓冯的这一支应该是世代务农，不知什么年代从何处迁徙到生存环境恶劣的低洼之处，饱受水患涝灾。俗话说，人往高处走，而我们祖辈何以择水乡凹地而居呢？可能有一个原因就是我们这一支冯姓在丛林社会中比较弱小，老实并受欺，被逼到水乡泽国、穷乡僻壤生活了。父辈说，我们的家谱在20世纪五六十年代因房子失火烧了，但家族的排辈仍大致记得："君良士必有，曹长悦文章。大学广天德，诗书镇万方。"到我这一辈是"大"字辈了，再往后"学"字辈，这一辈往后，许多家庭就不照家谱起名字了。这一变化意味着农耕社会家族制的解体，宗祠关系的弱化。现代社会是一个开放的社会，社会组织代替了家族长老会。虽然家族功能弱化了，但家庭的功能仍然强大。

因此，建立在家庭基础上的家风，在现代社会仍然具有规范家庭成员社会道德与行为的意义。曾国藩说：“凡家道所以持久者，不恃一时之官爵，而恃长远之家规，不恃一二人之骤发，而恃大众之维持。”笔者希望通过这本书来共同维持家风、传承家风、弘扬家风，同时也是借以发动大家动笔、加强学习、提高水平、注重家教。由于我对我母亲了解得多一些、理解得全一些，且与她在感情与思想方面交流比较深，因此我倾注笔墨来抒写母亲的为人与精神风貌，希望以母亲为楷模，教育后人。

感谢我的恩师严正敖先生对我的每篇文章做了认真的评点：

“里下河的女儿”——这是一尊塑像！她没有文化，所以带有原生态的质朴与粗犷；她没有妆饰，却有着水乡的自然与润朗！她赤着脚，扶着犁，踩着老沤田的冰碴，走来了；她抹一竿竹篙，撑一叶小舟，破开小河的薄冰，驶来了；她披星戴月，走村串户，挑着豆腐担，赶来了……她很美，这是劳动者的美！是许多艳丽佳人无法比拟的。她还有一颗躁动的心。她不安于现状，不安于贫穷：磨豆腐，学缝纫，植蘑菇，种甘蔗，做皮蛋，腌咸蛋，卖熏烧，贩茶叶，办商店，乃至闯上海，走武汉……她创造了多少“全村第一”！她要把儿子送进大学，用知识改变家族的命运，拿定主意，百折不回！每做出一个决定，每走出一步，不仅仅要有勇气，更要有一种见识和智慧，巾帼不让须眉！晚年笃信佛教，这是她的悲悯情怀与佛教教义的契合，也是由于三哥、大哥、二嫂的不幸，使她感到人生的脆弱，祸福的无常，于是希望于冥冥之中有一种超常的力量，能拯救

水国清秋（钱松喦）

水國清秋
钱松嵒畫於江南

人于苦难。母亲这样的选择，有其必然性。即使许多学问渊博的大师，晚年也遁入空门，因为这是一种慰藉，这是一种寄托。

对《哦，那永远失去的年味》的评语："年味"，是一种浓郁的乡愁，是人生"少小"时最美好记忆的积淀，古往今来，它牵动了多少人的心！作者以其对传统节日丰富而深刻的人生体验，从办年货到贴对联，从守岁酒到观龙灯，从走亲戚到迎财神……真实地再现了故乡的一轴风俗画！在这卷画中，母亲操劳的身影、忙碌的节奏、热情的性格、周到的礼数，以及晚年烧香礼佛的虔诚皈依，让人印象深刻！"我"与父母一起，儿子与父母一起，同是过年，虽然年味迥别，但浓浓的亲情却是一脉相承的。这时的"我"，为人父母了，才真正体会到当年母亲的良苦用心，然而她已经走了……"只等来世了"，令人心碎！

当年我在丁沟中学复读临近高考时，我母亲去了学校一趟，找到班主任严老师，希望老师关心我。那时我身体瘦弱、神经衰弱，为此，严老师每天早上煮一个鸡蛋给我加强营养，师母詹会计在学校食堂做会计得便，让我到教工窗口打菜。严老师爱生如子，无私关照，品德高尚，与我母亲的一次接触，使我终生难忘。他不但语文课上得好，而且学问也做得好。学高为师、身正为范，他那谦谦君子之风，影响着一届又一届学生。严老师曾鼓励我写作，认为我会编故事，可是我辜负了恩师的希望。

感谢我的导师丁帆先生题词。当年我在江苏教育电视台工作期间，几番报考求学南京大学，承蒙丁老师厚爱让我有幸成了他的博士研究生。丁老师作为南京大学人文社科资深教授，曾任中国现代文学研究中心主任、南大文学院院长，是著名的文学评论家，报考他的考生众多，那一届进入复试的十九人，最终只录取三人，可见丁老师对我这个在职学生的期待。丁帆教授指导我做的论文题目为《社会转型期底层文学叙事论——以农民工与留守妇女题材小说为主要案例（1995—2007）》，我用社会学的方法研究文学问题，获得了答辩专家组的肯定，打了 A 等，被评为那届的优秀毕业论文。丁帆教授不但是位著名的学者，而且是位书画评论家与书法家。其行书具有文人书法韵味，隽秀而劲道，形气神俱佳。

感谢著名作家，我的扬州师范学院（现扬州大学）师弟毕飞宇先生欣然作序。丁帆老师告诉我，毕主席很少为人作序，但毕主席不到三天便把序言发给我，使我喜出望外，足见校友之情的珍贵与扬师院人的实在！感谢著名学者、教育家，我的扬师院师兄袁振国先生鼓励支持，应允作跋。袁先生曾任中国教科院院长，担任过国家教育体制改革领导小组办公室副主任、国家教育咨询委员会秘书长，那时我与他工作上多有联系。我思考我写的这本书为家庭教育题材，便以短信方式求助于他，不想这位曾在中央政治局集体学习会上讲过课的大家给予了温暖的回音。巧合的是，毕飞宇、袁振国，还有吴为山、朱天曙等，都是里下河地区的人（丁帆老师也在里下河水乡插队生活过），他们最能感知、理解生活在那里的人和事，地缘相近，人缘相亲，让我倍感亲切！

感谢文化艺术与书画界的几位老师与朋友友情支持！为了

使这本读物图文并茂、形象生动，我将收藏的水乡题材的画作为插图，根据文章内容尚需补几幅方好，于是我请有关书画家赐墨添彩。中国书法家协会主席孙晓云女士题写书名。青年书法家、江苏美术馆副馆长赵彦国与西泠印社徐锋分别为本书治印。萧平、宋玉麟、言恭达、徐利明等书画家都在文中作了介绍。让我感动的是，他们得知是为母亲、为家教家风、为弘扬传统美德而为，便欣然命笔，慷慨相赠。

感谢南师大出版社的总编徐蕾女士，对家教家风读物出版的大力支持。在得到我的书稿后她一个晚上便读了十几篇，体现了特有的母性情怀！感谢林荣芹、崔兰、付旭阳等老师认真而细致的沟通、协调与倾注爱心的编辑。感谢昔日同事周云龙、王从庆的帮助。

最后还要感谢花时间写回忆我母亲文章的亲戚朋友。他们带着真情、带着尊敬、带着挚爱抒写了与我母亲交往的故事与感情，许多情况与细节，我也是读后才知道的。感谢大家对我母亲、对我家庭的关心与帮助，使我们家走出困境、走向未来。在里下河水乡千千万万个家庭中，我家是万家灯火中最普通的一个。那盏灯曾照亮黑暗的小屋，照亮母亲的面庞，照亮我的世界。如果有人对里下河的风土人情有兴趣并阅读了发生在我家的故事，那么可能最令人称道的就是我的母亲，最令人难忘的是一个个“家风”的故事。

哦，快三年了。母亲走远了，似乎又未远去……在我的心中永远留着在家的母亲！

（写于 2021 年 10 月 15 日）